长篇小说·银城系列

剧终

THE END

陆 涛

LU TAO

壹嘉出版　1 Plus Books

剧 终

本书由陆涛授权壹嘉出版在美国、加拿大独家出版发行

ISBN 13: 978-1-7326164-6-2

出版人：刘雁

装帧设计：高岚

献辞页图：freepik.com

www.1plusbooks.com

1plus@1plusbooks.com

旧金山，美国

献给我敬爱的母亲

陆涛，1957年8月生，北京人，小说家。以在《人民文学》《北京文学》《大家》《十月》发表中篇小说步入文坛。

迄今出版长篇小说十部，其中《会飞的九爷》被译成英文、法文 在亚马逊和巴黎René vien é 出版社出版发行。《造化》《伞下人》两度加盟"布老虎丛书"；《京西大嘴》"奇迹"般地占据了《大家》跨年度六期；《屈体翻腾三周半》等多部小说荣获《北京文学》年度奖、北京市建国50周年佳作奖、第一届、第二届老舍文学提名奖；《京西大嘴》荣获《大家》第三、四届荣誉奖；《伞下人》荣获2002年全国优秀畅销书奖等。

《造化》由北京金英马影视公司改编成20集电视连续剧《总统套房》；《京西大嘴》由中央电视台影视部改编成20集电视连续剧《永不低头的向日葵》。

曾做过十余年记者，在大学教书十余年。北京作家协会理事，中国作家协会会员，北京大学访问学者，清华大学职业经理训练中心特聘教授。

陆涛主要文学作品

长篇小说

《会飞的九爷》（银城系列1）

《剧终》（银城系列2）

《就这么个人》（银城系列3）

《谁杀死了阿哈》

《京西大嘴》

《伞下人》

《造化》

《一次够了》

《脸皮》

《天大地大》

《About My Dad, Who Could Fly》（亚马逊英文版）

《L'âne dans la fosse aux tigres》（René viené法文版）

中篇小说

《我爱我爸》

《屈体翻腾三周半》

《零点播出》

《像蚂蚁那样哭泣》

《黑头发飘起来》

《黑枪》

《都不是外人》

《翅膀硬了》

《这个夏天有点酷》

《不能错过》

《唱支山歌给谁听》

《红色激情》

中篇小说集

《屈体翻腾三周半》

短篇小说集

《灰色地带》

影视·剧目

20集电视连续剧《总统套房》编剧、制作人

大型无场次话剧《千吻千情》编剧、导演

目　录

刑　场　/　001

离　别　/　009

遇　见　/　018

新　奇　/　031

无　病　/　052

老　鹰　/　076

演　习　/　105

鼓　声　/　130

草　莓　/　143

爸　爸　/　170

火　焰　/　199

强　奸　/　229

落　日　/　253

倒　立　/　273

谢　幕　/　312

花儿开了，花儿落了

花开花落就是活过了……

　　她的一生，有多种说法、多种议论、多种评价。

没有不败的花，越娇艳的花活得越短。对于一个美丽的女人来

说，十八岁，已经够长了。

刑 场

现在，他转过身来，告诉自己快一点，别让人看见。

已经够快了，他从裤兜里取出一颗子弹，右手悄悄弹开手枪弹匣，想把枪膛里的三颗子弹换下来。那是局长亲自装好的炸子儿子弹，要被枪毙的人脑袋开花。听说过铁树开花，没见过，银城的人都没见过，今天都想看一看客山红的脑袋开花。

不能够。

想哭。执行枪毙的警察不能哭，他怎么能哭呢，会成为银城的笑话。可这不是笑话。刑警队的人对由他来执行枪毙自己恋人的任务大为惋惜。不得已的事，银城公安局每次对死刑犯执行枪决都是靠抓阄完成的，偏偏就是他抓上了，局长都快哭了，为他哭，与客山红无关，谁让她卖淫呢。她自己卖已经不可饶恕了，偏偏还带着两个未满十八岁的女孩，这就绝不可饶恕了。

"来人！下他的枪！"范书记喊。

他听见了吼声，怒吼，想让全银城的人都听见。全银城的人几乎都到山谷来了，喜欢看有人被枪毙，何况还是银城第一美女，从北京来的，十二岁到银城，十八岁被枪毙，真好。不，不太好，好不好已经不知道了，反正就是要枪毙了她，这个玷污了银城的姑娘。

还是被发现了。吼声在山谷回荡，还带着回音，重重叠叠远去，飘散了，撞上峡谷，碎了，栽进黄河。他怔怔地抬起头，一只全自动步枪对准了他。七八七车间研制的全自动步枪，客山红的爸爸童主任研发了它。童主任要是知道他研制的全自动步枪有一天会用来枪毙女儿，一定心痛到死。

他瞪着范书记，是银城革委会主任范书记下达的命令，吼的这样大声。局长挥了一下手，重复道："下他的枪！"

局长的声音也很响，还是没有范书记的大，山谷没有听到回音。跑过来两个警察，他听到了牛皮鞋的声音，咚咚咚的声音，踩疼了沙子，一定踩疼了沙粒，沙粒很疼，疼痛的沙粒有一种缠绵的声音。

看着对准他的枪口，冷冰冰的枪口。枪口是冷的，黑黑的小圆洞，枪的眼睛，那么冷，又那么圆。记得老师信誓旦旦说过，世界上没有绝对的圆，那是老师没见过枪口，枪口好圆，圆圆的，冷冷的，原来有绝对的圆时就会有绝对的冷。

两只枪眼对准了他的脑袋，是怕瞄不准把子弹打飞吗？如果打飞，子弹飞多远才会落下？掉在地上的时候会疼吗？硬硬的子弹摔在硬硬的花岗岩上，是子弹摔的疼，还是花岗岩山被砸的更疼呢？

硬朗的山，挤满了硬朗的银城人。不全是银城人，按照伟大领袖毛主席的教导都是来自五湖四海，为了一个共同目标走到一起来。国家往银城派来了北京人、上海人、东北人、湖南人、江西人，从祖国四面八方拥来为伟大祖国进行国防建设。没想到要枪毙一个，而且是北京人，而且是刚刚年满十八周岁符合判死刑年龄的人，而且是叫客山红，而且是胸脯丰满头发卷卷的洋娃娃，而且是他下决心和她一生一世在一起的女孩，却由他来执行死刑。

人山人海，几万人围住了山谷，兴致勃勃，银城热闹非凡的一天，一九七六年九月三十日的这个早晨，目光集中在一个地方，峡谷中间废弃的沙石场已经挖好了一个坑。

昨天晚上就挖好了，请消防队来挖的，银城公安局人手不够，看来消防队不仅会灭火，还会挖坑。上万银城人一大早走着、跑着、骑着自行车来到刑场看这个坑，不，来看客山红。

她已经没有了名字，人们都管她叫"客山红"，好漂亮的女孩，不，不是女孩，是姑娘。也不是姑娘，姑娘是指没结婚的，她虽然没结婚，可早就已经不是"姑娘"了，都知道。没想到亭亭玉立的客山红居然胆敢组织比她小、未满十八岁的未成年少女卖淫，这是不对的。

做了不对的事就得纠正，而且要有担当，有担当就是脑袋开花后一头扎进银城为她挖好的坑里。

可这个坑看上去太小了，装不下她，客山红很高，还不说她的丰满。丰满与身高无关，可这坑怎么看也不像能装下客山红。法医说量过了，法医天没亮就先来到了刑场，那就是量过了，确认过这个坑能装下客山红。看来人站立的时候无论有多高，躺下都没有想象的长。人只有到死时才知道无论有多大抱负和理想，原来最终需要的地方竟是这么小，客山红只需要一个还不到半米深的坑，而且给挖成了圆的。有点圆，从山顶往下看像一只独眼，直愣愣瞪着天空。

此时的他是全天下最痛苦的人，最悲情的人，二十一世纪的时候年轻人会把这个说成悲催，叫成杯具，他是二十世纪银城最悲催又杯具的屌丝。这些词汇还没有来，客山红只是在这里被枪毙，展览死亡。

押送客山红的车还没有到。他有一瞬间的恍惚，脑海突然一片空白，只紧紧抓住一个想法，就是绝不能够对客山红使用炸子儿，他想替换炸子儿，还是被发现了。市委书记开会时决定对客山红执行死刑时不打头部，向她的心脏开枪。组织对客山红已经足够宽宏大量了，可他怎么也不能用炸子儿炸开客山红的胸，她有多么丰满又漂亮的胸，学名叫乳房，白兮兮的乳房，那么诱人有弹性的乳房，上面有像蜜桃一样鲜红的乳头，被炸开，不能够！

他想哭，也是不能够的，真的要泪流满面了。客山红需要什么他知道，很多银城人也知道，没想到银城给她的竟是一块怎么看都不够大的坑。客山红要去北京，带上她的妈妈，到天安门广场，金水桥边，不，该是金水桥东边的华表下。银城人人都会唱《我爱北京天安门》，他也爱北京天安门，又有谁能想到客山红就是出生在天安门呢？太奢华了，太幸福了，太不可思议了，中国能有几个人竟会出生在天安门呢？

他在圆圆的、冷冷的、黑黑的枪口下望着远处的坑，那个让他心碎的坑。客山红将在这里倒下，软软地倒向坑里，十八年的饭是白吃了，衣服白穿了，学也白上了，辛辛苦苦长大，长到够法律规定的年龄被枪毙，想这十八年的辛苦，又何必呢。

没有太阳，苍穹很刺眼，天上像是飘着雨。好嘈杂，乱哄哄的，天气预报没说有雨，可都带着伞呢，放眼望去，被万人围满的峡谷撑起无数的伞，白色的，黑色的，像蘑菇，也像花，漫山遍野开满了花，伞花。

雨飘下来了，轻轻扬扬的雨花，雨也开花，雨也像花，雨也能像花一样在伞上开落。雨花是有声音的，在伞上作响，油布伞，塑料伞，不是沙沙，而是嘭嘭，落在伞上轻婉的嘭嘭。雨无论是飘，是落，是摔，是打，一定很疼，雨也疼，伞也疼。围观的人可也疼？不，不会疼，不知疼，银城人感觉不到疼，只有兴奋。

他愿意原谅，历史终将也会原谅银城。发展总是痛的，他二十一岁了还有成长痛，腿总是莫名其妙地疼，去了医院什么药也没开，医生告诉他这叫"成长痛"，证明他还能长，还在长，所以才疼，所以才痛，原来很像银城，成长痛。

银城很少有大事，让破鞋游街也比不过枪毙一个美少女，没有比这更喜庆的事儿了，鲁迅要是活着，看到这些必会死，若不死，他会杀死银城，用他的笔。客山红杀死了银城，不是银城要杀她。她用身体杀了银城。

卖淫是在银城宾馆给抓住的，带着几个未满十八岁的女生一起被抓，定性为组织未成年少女卖淫，整个银城都轰动了。大家骚动，客山红不死银城不瞑目，路灯都会暗淡。其实银城的夜晚也没多少灯。出了卖淫女让银城激荡，没有卖淫女的城市就不是好城市，不够鲜活。老不出事的城市也不是好城市，正如一个老没事的国家叫什么国家啊，跟死尸了一样。坦桑尼亚、赞比亚好像只有伟大的祖国给送去援助的时候地球人才知道世界上还有两个这样的国家，都活着，世界上人口三分之二生活在水深火热中的国家中的两个，我们好像跟富国都有仇。瞧人家西哈努克亲王活得多滋润，在北京每天遥望他的祖国。银城人传说西哈努克亲王有好多老婆，让银城的男人羡慕不已，怨不得男人都想当国王呢，而女人都想当王后。哪个男人不想当国王、女人不想当王后呢？可那太遥远，太遥远了，比北京还远，银城人做梦都梦不到那么远，也就梦到省城，银城人买张地图就周游世界了。

他被缴了枪。范书记走过来，没有穿中山装，穿的是没有领章帽徽的呢子军服，不知道热不热。范书记兼着银城军分区政委，一旦战争爆发大山里所有工厂里的人都归他管，十万武装基干民兵，抗击胆敢侵略的敌人。

敌人就是苏联。建立新中国，国家决定把国防建设的神秘武器放到西北大后方制造，这里安全又踏实，哪知道"苏修"让银城从大后方一下变成了前线。银城市委第一书记亲自在银城大道走走视察时，扑通一下掉进失去了井盖的井里没了，第二天才从通向黄河的出水口找着，范书记就成了代理书记，上任第一件事就是枪毙客山红。不杀不足以平民愤，北京来的首长也住在银城宾馆啊，给遇到了，范书记做出了一个伟大的决定。

他知道范书记有枪，一把小手枪，专门对内的，不打敌人专门枪毙内部人的，向临阵脱逃的人开枪，叭叭，想逃跑的人脑袋就开花了。范书记同意枪毙客山红不向脑袋开枪，用炸子儿打她的胸脯，对准心脏，让她心花怒放。

银城对罪大恶极的死刑犯才会使用炸子儿，打脑袋，决定不打客山红脑袋这事必须保密，怕会引起混乱，要严防死守。因为每次枪毙人都有人冲向尸体，用馒头蘸上脑浆子赶紧往家跑，给爷爷奶奶治病，都说这是天下独一无二的药方，专治癔症。癔症就是脑子不好使，吃了蘸了人脑的馒头脑子一下就好使了，鲁迅很有经验，写过这事，银城太多人需要人脑馒头。

漫山遍野的人，四处站满了警察。银城公安局哪儿有这么多警察，把三个消防队都调过来了，消防队和公安局的警服没有区别，全国都一样，银城也没有不同。兴致勃勃看热闹的人，谁能知道哪些警察是公安局的哪些是消防队的？反正是要灭火，枪毙客山红，建设银城社会主义新文明。文明是涉及肉体的，客山红出卖了肉体，也就出卖了精神，而精神是灵魂，她出卖了灵魂。

他紧盯着范书记的手，怕范书记掏枪一咬牙把他给崩了。他的手心出汗了，子弹湿了。他知道范书记的手枪是装在兜里的，里面还装着毛主席语录。毛主席语录才是一把真正的枪，好枪，全世界的无产者都喜欢、崇拜。范书记对他大声呵斥道："把手伸出来！"

他慢慢伸出手，张开。三颗已经卸下来的子弹。

"你个尿尿驴日的，想干吗？"范书记火了，对着局长说："把他押上三轮摩托，必须由他执行！"

"爸！"他悲痛地叫了一声，"别用炸子儿！"

"闭嘴！"范书记大声呵斥，命令警察说："押着他！"

"范书记，"公安局长有些不安，"换人执行吧？"

"继续！"范书记脸色铁青，"让范无病执行任务！"

"别枪毙她了！"他扑上去，跪下，失声痛哭，"求求你了，爸爸！"

范书记后退一步，从兜里掏出手枪，顶住了范无病的脑门，"立即执行！"

离 别

烈烈的风吹起妈妈的衣角，她紧紧攥着妈妈的手，生怕一下会失去她。妈妈是守护她的天使，孤独天使。"天使"，一个精灵的词，带着让人感动的温暖。妈妈让她温暖，妈妈那样漂亮，总是安详的表情，白净的脸上总是挂着淡淡的笑容，还有一个词叫优雅，妈妈很优雅，站立和走动都带着一种韵味。

温暖、优雅、韵味都是形容词，好像就是为形容妈妈而有的，不知道古人在什么情境下造出这样的词汇，是专门来形容妈妈的吧？她能有妈妈的一半就知足了。幼儿园阿姨看到她惊讶得不得了，说她小时候不好看，太瘦，皮包骨，像饿死鬼转世，没想到出落得这么水灵灵，加上自来卷的头发，就是一个洋娃娃，像个天使。

她就是这样第一次碰到了"天使"这个词，说撞上也可以，隐隐约约感觉到"天使"是一个好词，亲切，温暖，还像妈妈那样柔软。妈妈今天更柔软，脸上溢满幸福又甜蜜的表情，带她来天安门看灯前，来到金水桥畔的华表前，先去的王府井北京市百货大楼，买了好多臭豆腐、黄酱、六必居咸菜、北京米醋，还有二锅头。

"阶级斗争，"售货员微笑地看着妈妈，"一抓就灵。"妈妈顺利答出了。"同志，您怎么买一箱臭豆腐呀？"售货员亲切地问，妈妈笑笑，有些不好意思地说："她爸爱吃臭豆腐，我和女儿要去大西北了。"

售货员不再疑惑，去那么遥远的地方，所以要带上北京的东西，又问："您爱人没来接你们娘儿俩？"妈妈有些难为情："他很忙，组织上批准我带着女儿去落户，我等不及了。"售货员麻利地包着东西，装进一个大纸箱，说："你是打篮球的吧？"妈妈说："不是。"售货员又说："反正是搞体育的吧？这么高的个儿。"妈妈笑了笑，说："我是中学老师，教舞蹈，现在舞蹈改成忠字舞了，我教忠字舞。"售货员说："真好，你能把北京的忠字舞带到边疆去，太好了！"

边疆，班长说边疆就是鸟不拉屎的地方，她跟妈妈说了，妈妈优雅地一笑。用鸟拉不拉屎是来形容一个地方的荒芜，老师在课堂上也讲过。都没去过好像都知道，就跟人们爱说没吃过猪肉还没见过猪跑一样，细想想到底有几人真见过猪跑呢？猪跑怎么会给人留下这么深的印象？董爷爷老说狗咬人不是新闻，人咬狗才叫新闻，妈妈矜持地表示同意，点点头。董爷爷又说："说狗咬人不是新闻也不对，那要看咬谁了，要是咬了列宁呢？"妈妈算是白矜持了一下，尴尬地笑笑，好无奈地看着董爷爷。"他们背叛了列宁，像狗一样地想咬列宁，这可恶的'苏修'！"妈妈知道了，点点头表示同意。

妈妈总是同意董爷爷的话，让董爷爷很开心。董爷爷并不老，才四十，头发有点花白，从没听到过妈妈管他叫叔叔，却一直让她叫"爷爷"。董爷爷原先是社会科学院古墓研究所的，被打成右派，到中国历史博物馆看仓库了。

她知道这下好了，司马钢没法儿老欺负她了，竟在梦中说梦话："司马钢你别过来！"知道她要转学到一个叫银城的地方去上六年级，司马钢下课老跟着她，上厕所都跟着，站在女厕所门口不让别的女生上厕所："都别进，你们拉屎太臭！"妈妈忍不住问："司马钢是谁呀？听见你说梦话来着。"她说："我们班长，按年龄都该初中毕业了，他留了三次级。"

妈妈带她到了天安门。她总在想"天使"这个词，是名词还是形容词呢？上小学六年级了，《语文》里的词语依然充满力量，革命，战斗，把无产阶级文化大革命进行到底。也有让人充满恨的，美帝国主义，苏联修正主义，都是仇视中国的。历史反革命，现行反革命，走资派，地富反坏右，全是中国自己的。

学校里，大街上，胡同口，大字报贴得到处都是，有的名字还画了叉叉倒过来写，不知道是不是让人倒立着看。那些倒写的名字代表一个人的历史或现在，被倒过来写名字的人没有未来。文化大革命开始后，妈妈忽然发现伟大的祖国原来差不多是由坏蛋组成的，一下子全冒了出来，妈妈就跟董爷爷这样说了，把董爷爷给吓一跳："阿娇，可不敢胡说！西北彪悍，你们娘儿俩去了别让人扒了皮做了人皮灯笼，德国法西斯二战的时候对犹太漂亮女人干过这事儿！"

老师在课上也讲过这事儿，每次还瞪她一眼，司马钢说："'苏修'要是打过来，我先把你做了人皮灯笼，不能让老毛子碰你！你冰清玉洁，皮肤好的一碰就出水儿！"她每次都往外蹭一下，不喜欢跟班长坐同桌，可她的数学不好，班长语文很差，老师安排她和他"一帮一、一对红"了。

人皮灯笼没见过，开膛破肚的毛骨悚然她见识过。妈妈带她去了幼儿园，园长是妈妈师范学校的同学，要妈妈走前去幼儿园再教一次忠字舞，妈妈跳"忠字舞"进过中南海给周总理跳过呢。到了幼儿园才知道园长是潜伏在北京的台湾特务，被揭发有一个小半导体收音机专门收听敌台的，红卫兵认为不会光收听，一定还会把情报发出去，那就还该有一个发报机。

红卫兵怎么也找不到发报机，把园长押到幼儿园的旋转木马上，衣服给扒光了，赤身裸体，开膛破肚，肠子都流了出来，也没有从肚子里找到发报机。

那是个黄昏，残阳如血，园长身材那么好，两个丰满的乳房，细细的腰，长长的腿，一丝不挂地死了，在木马上旋转。忘不了那个情景，红卫兵开动了旋转木马，让人参观，转出了月亮。夕阳西下的时候就有风了，从轻轻地吹到猛猛地刮，她吓得脸色苍白，风吹起她的衣裳，随风飘荡，像是在飞。妈妈一句话不说，幼儿园的大喇叭在响，说着风，不是东风压倒西风，就是西风压倒东风。祖国好像是一个气象大国，广播里天天声音嘹亮又气宇轩昂地说风。

整整一夜妈妈都不说话，她也睡不着，排斥着旋转木马上园长留在脑海里的影像，显现出来的竟是那些围在木马边的男红卫兵各个裤裆凸显出来。忘不了那个景象，问妈妈那是怎么回事，妈妈怔了一下，然后明白了，告诉她那是手电筒，男孩子放在裤子兜里的手电筒。

"快看课本。"妈妈给她的《语文》包着封皮，转学要带上北京的课本，翻开看了看，"真好，每个词都充满了力量，带着革命的色彩，鲜红，像血一样红。"

而她的名字也叫红。

站在天安门前的华表下，她拉住妈妈的手，妈妈额头前的刘海在动，轻盈飘动。妈妈一定想起了园长，曾看见她出生的园长。妈妈十九岁生下了她，她十二岁就见过死亡了，好疼，死亡一定很疼。如果知道会死在银城，妈妈一定不会带她找爸爸，到大西北一个叫"银城"的地方。

银城，一个在中国地图上找不到的城市。三岁的时候爸爸就支援三线去了大西北，是个冬天，妈妈抱着她为爸爸送行。爸爸在北京站嘹亮的歌声中上了火车，从飘着雪花的北京站消失了，她记得车站上大喇叭那样响，放着震耳欲聋让人热血沸腾的歌：

> 毛主席的战士最听党的话
>
> 哪里需要到哪里去
>
> 哪里艰苦哪安家
>
> 祖国要我守边卡
>
> 扛起枪杆我就走
>
> 打起背包就出发

爸爸在嘹亮的歌声中走了，充满激昂，她上到小学三年级再没有见过爸爸。妈妈一直以为国家把爸爸给弄丢了，妈妈在地图上怎么也找不到银城，爸爸来信说那个地方真的叫"银城"，不过火车站的名字叫"甘家旺"。

她和妈妈也要坐火车去甘家旺了，可爸爸来信又非说叫"银城"，真是奇怪，伟大的祖国怎么连个地名都无法确定呀？妈妈好需要一个家，没有爸爸的家就不是家。她也想爸爸，好像不太确定，爸爸好陌生，"爸爸"在她心里已经成为一个形容词。爸爸每次来信都说不清楚到底在哪儿，工作单位也令人生疑，没有名字，没有地址，只有数字，七八七信箱。那是哪里？邮局知道，邮局是国家的，那就是国家知道，妈妈和她不需要知道。

妈妈说再看看天安门城楼上的红灯笼。看不出来红灯笼，灯笼没有点亮，整个天安门广场暗淡无光，不像妈妈说的灯火辉煌，只有五月的惨淡月光挂在布满星星的夜空。妈妈说国庆节的时候会很辉煌，每年十月一日，天安门广场会变成灯的海洋，那样灿烂，到那时一定会知道"灿烂"这个词是专门形容北京天安门的。

妈妈就是在天安门的华灯下许诺了终生。天安门城楼前有两个华表，当时妈妈在西边，爸爸在东边，妈妈向东走，爸爸往西去，就在金水桥边认识了，这是缘。妈妈说天下没有一对夫妻没有缘，有缘才会结婚，生子育女，在一起。

"等将来我们全家一起回北京的时候，再来看天安门的灯，"妈妈说，很动情，"那么好看。"

她知道，妈妈也是带她看她出生的地方。爸爸当年是环卫工，清扫天安门广场，每天早晨还负责顺便升国旗。简直就是个奇闻，爸爸是清洁工而且是每天早晨顺便升国旗的人。爸爸成为工人技师，发明了垃圾自动清扫车，后来被首钢要去，加入了革新组，再后来又被七八七要去，到银城。妈妈认识爸爸之前爸爸上过报纸，跟时传祥登在一个版面，照片一样大，时传祥是淘粪工，爸爸是清洁工。妈妈就想找一个根红苗正的工人，何况爸爸那样英俊，长得像赵丹，而妈妈最爱大明星赵丹，文化大革命一开始妈妈就把赵丹的画报全悄悄地烧了，好在爸爸像赵丹。

出生在天安门，而且很具体，妈妈把她生在天安门前的华表下，居然生在妈妈和爸爸相识的地方，简直是传奇。妈妈忘不了那个雨夜，轻轻扬扬的雨，天安门广场湿了。那是九月的一天，妈妈和已经当了幼儿园园长的同学去看赵丹演的《乌鸦与麻雀》，自行车滑倒了，她是摔出来的。妈妈说那时候大街上全是好人，听见一个婴儿在天安门哭泣，把妈妈团团围住，一个叔叔刚为单位从大栅栏买了一面红旗，就把她用红旗盖上了，等着救护车来。

就是这个缘故吧，妈妈才给她起的名字叫红。爸爸不仅同意，而且高兴，"真悬，我闺女叫红！"爸爸说，"真悬"是爸爸的口头禅，"生在红旗下够盖帽了，第一件衣裳还是红旗！真悬，不，是真好！"

妈妈老以为国家把爸爸给藏起来的时候，前年春节，大年三十爸爸突然回家了，说有七天探亲假。妈妈激动不已，又失望："才七天？"爸爸开心地说："可以啦媳妇儿！一天两次七天就是十四次！一年十四次，十年就是一百四十次。姥姥，我知足了！成仙了！"妈妈说："头两天你还行，七天达不到十四次的，十年不够一百四十次。"

"真悬！"爸爸摇摇头，"我非把你弄到银城去，一年就超过二百次！"妈妈优雅地笑笑："那敢情好。"爸爸拍了一下腿："不说了，我早晚能把你调到银城去，我闺女在哪儿？真悬，都长这么大了？在大街上都不敢认呢！"

爸爸想拉她，她不知道要不要过去，看了妈妈一眼，妈妈示意她过去让爸爸抱抱。她害羞地上前，站在爸爸身前，倒让爸爸不好意思，向后退着，被龙椅给绊倒了，还说着他的口头禅："真悬！这龙椅，哈哈，太坏了！"

龙椅，一把传了几百年的龙椅，自明朝开始传下来，姥爷最后传给了妈妈，还有这套两进式四合院。爸爸知道龙椅的神奇，谁坐在龙椅上谁要是说假话，龙椅就会哭，渗出水来。爸爸回家后经常坐在龙椅上问妈妈："阿娇，你快问我我爱你吗？"妈妈说："别闹了。"爸爸说："不行！你快问！"妈妈就问："你爱我吗？"爸爸说："不爱！"

爸爸哈哈大笑，张开全湿了的双手，像个孩子似的兴奋得不得了："太神奇了！"妈妈又问："红她爸，你爱文化大革命吗？"爸爸一下从龙椅上跳下来："真悬，你可别害我！阿娇，不带这么开玩笑的！"妈妈知道错了，说："我错了，我坐龙椅上，你赶紧问我爱不爱你。"爸爸说："那还用问？媳妇儿当然爱我了！要不咱们怎么会有客山红呢！"

妈妈迷惑了，问："客山红？什么客山红？"爸爸挠挠头，不好意思地说："客山红是一种鸟儿，银城才有！不知从哪儿飞来的一种麻雀，比北京家雀儿好看多了，脑瓜子是红的，漂亮！爱叫，哨起来那叫一个好听！"

爸爸把她当鸟儿了，叫了"客山红"，怪不得董爷爷老说她有一个奇葩的爸爸。妈妈叹了口气，坐到龙椅上："她爸，我坐龙椅上，你问吧，问我对你忠不忠诚。"爸爸一把拉起来妈妈："阿娇，这还用问！"

　　妈妈拉紧了她的手，五一过了，下一次天安门城楼上的灯全打开是七一，再能看见辉煌要到十一国庆节了。妈妈默默地说："红，不知道什么时候才能回来，回北京看天安门的灯。"她看着妈妈，也攥紧了妈妈的手，说："妈，将来我一定带您回来。"

遇 见

从来没有坐过火车，这是她的第一次。

第一次，激动，兴奋，还有些紧张。火车一开，还多了些伤感，忽然明白了"故乡"的含义，故乡原来就是可能不再回来的地方。

在《社会主义好》的乐曲声中，火车徐徐开动了。车厢里响起铿锵嘹亮的女广播员的声音："同志们，列车徐徐开动，离开了我们伟大祖国的首都北京。本次列车的终点站是西州，苏联修正主义背信弃义，把祖国的大后方变成了前线，马步芳的残匪还贼心不死，妄图配合蒋介石反攻大陆，革命旅客要提高警惕！带小孩的革命旅客不要让小孩在车厢里大小便。列车为革命旅客供应盒饭，每份两毛钱，不收粮票。列车员会送开水，请旅客同志们准备好杯子。列车前方到达——妈呀，你怎么进来了？快出去！"

传来咔嚓一声，广播停止了。广播员最后一句话不属于准备好的内容，那就是发生了意外，有人闯进了广播室。人们好像没有什么反应，麻木了，都是呆滞的表情。

感觉到新奇，妈妈表情很平淡。妈妈故意表现出平淡，就要见到爸爸，不用每年见面七天而老在一起了，掩饰住激动才显得体面。妈妈是一个非常体面的人，董爷爷说就喜欢妈妈这股劲儿。

昨晚妈妈很晚没睡，董爷爷过来帮着包装龙椅，用布条精心把龙椅包好，动作都很慢，妈妈和董爷爷也都不说话。

董爷爷不说话，妈妈从不会先说话的。董爷爷说："小红她爸真好玩，非要把龙椅捐给中国历史博物馆，人家不收还急了，现在倒是非要你带到银城去。"妈妈笑笑："是我要带的，国家不要，我也不能留给您，怕给您惹出事儿来。"董爷爷说："我知道！这是你的传家宝，我也不能要啊！这可是个宝贝，将来谁想娶小红，让他坐在龙椅上考问一下，你就知道该不该要这个女婿了！"妈妈很认真地问："她爷爷，您是考古的，兴许懂得这把龙椅，才变着法儿地住进四合院来的吧？我知道，您是冲这把龙椅来的，可我还是感谢您这些年来对我们娘俩的照顾。"董爷爷委屈地说："这话怎么说的？"妈妈说："那就不说了，我自己包吧，不早了，您赶紧回去歇着。"

董爷爷没生气，她明白妈妈是故意气董爷爷，好让董爷爷伤感，也就都断了念想，这怎么可能呢？"红，你睡觉吧！"董爷爷说，"我和你妈且得收拾呢，一早儿我把龙椅送到火车站去托运，跟你们娘儿俩随车快件！"

她就翻过身去，想尽快睡着。可是睡不着，北京的最后一夜，想让妈妈能和董爷爷好好说说话。没有动静，只有包龙椅的窸窣声。

广播没有再响起，她充满好奇，刚才列车员说不让带小孩的"革命旅客"随地大小便，那"反革命旅客"就可以让小孩在车厢里随便拉屎撒尿吗？当然不是这个意思，可听起来又只能是这个意思。好玩，列车员还说要为革命旅客送开水，列车员是怎么知道哪位旅客是革命旅客哪位旅客是反革命旅客呢？列车员送开水要区分阶级，怪不得董爷爷老跟妈妈说共产主义太浪漫了，马克思写《资本论》的时候还很年轻，按北京话说就是一个傻逼青年，可把妈妈给吓坏了："爷，您吓死我了！"董爷爷不喝正好，沾酒就醉，偏偏还老爱喝，说："我这不是醉了跟你说嘛，在外面哪儿敢！"

来了一位"革命旅客"，坐在了她和妈妈的对面，火车开了才从前面的九号车厢过来。当广播员说到"马步芳"的时候，这个叔叔很激动，一定和马步芳有深仇大恨，脖子暴起了青筋，从兜里掏出烟，划了两根火柴才点着，狠狠吸了一大口，恨恨地说："我把你尻屎驴日的！"

西北话，他声音好大，还雄厚，空气都在颤动，音调怪怪的，一句骂人的话，骂一个叫马步芳的土匪。一个英俊的三十多岁的人，穿着一身没有帽徽和领章的军装，有一米八，胸前戴着毛主席大像章，比她的手掌还大，快占了中山装的半个胸了。脸是古铜色，脸颊有两片圆圆的红色，一张刚毅的脸，像雕刻出来有着硬朗的线条，眼神却是柔柔的，怯生生的样子，有些难为情，不习惯面对面坐着漂亮的妈妈吧。

她坐在靠窗户的位置，妈妈面对着叔叔。妈妈把腿侧向里面，叔叔把腿侧向外面，两个人的腿都很长，这样腿就碰不着了。对面靠窗户的座位没人，叔叔很规矩，没往里坐，坐在他该坐的位置上，好像不敢看妈妈，看了她一眼。

有点难为情，她为自己的卷发苦恼。五一节到天安门旁边的中山公园为游园的革命群众跳忠字舞，人们都爱看她，她太漂亮了才惹人注目。可她不想招人眼球，除了卷发，对自己不满意的地方还有嘴唇，嘴唇有点厚，还有点大，红红的唇和白白的牙，像妈妈。妈妈是单眼皮，丹凤眼，而她是双眼皮，明亮的大眼睛像爸爸。爸爸身高有一米九，更像个运动员，她遗传了爸爸妈妈的身高，显得成熟，说她上高中都有人信吧！

"马团长，补卧铺要等一会，唱首歌吧！"列车员来了，看着叔叔说，"感谢毛主席又让你坐上了十号车厢，我又能拿到流动红旗了！"

列车员叫叔叔马团长，那就是团长了，他有着军人的体魄，强壮，硬朗。马团长弯下腰从座位下面拽出包，拉开拉链，拿出一个心里美萝卜。萝卜是削好的，切成没有散开的一条一条，他掰下一条萝卜放到嘴里，嚼出一片清脆声。

列车员大声说："旅客同志们，下面请马团长唱歌，大家欢迎！"

马团长站起身，眼睛放出光来，站直在过道上，双手张开向上举着，开口唱道：

山丹丹的那个开花哟，红艳艳……

从来没有听过这样高亢、激情、喜悦还带着满足感的歌，妈妈好像被马团长的歌给感染了，抬头看。

列车咣当咣当，向西。她把脸紧紧贴在车窗上，看见了火车头冒出的黑烟喷薄向上，正在拐过一个弯，列车在黑暗中广袤的原野上画了一个圆润的弧线。

马团长额头沁出汗珠，唱完歌的脸更显得生动了，回来坐下，看着妈妈，说："这回唱的不行！"

妈妈优雅地一笑，没有搭话，算是回应了。妈妈跟异性历来保持距离，尤其爸爸去了银城以后，她记得董爷爷到家来，有时坐半个晚上妈妈只是微笑而一句话不说，董爷爷不生气，磨叨一句就喜欢妈妈这一身资产阶级臭小姐的劲儿，妈妈才急急火火地说："我可不是啊！跟您说过我是从南方抱养的，所以才叫阿娇，住西屋跟前后院的工人阶级在一起，多热闹啊！"董爷爷笑笑："幸亏你没坐龙椅上说，非把龙椅招哭了！不怨你，老爷子一解放就把前后两院捐公家了，给你留的是里院正房。一结婚您那了不起的男人非把北房让给孩子多的人家住，搬进西房，还说是西厢记，胡同里的流浪狗都服了！"

　　妈妈这时候就不说话了，奇怪董爷爷怎么什么都知道。董爷爷是考古专家，该了解死人才是。

　　董爷爷住在阁楼上。阁楼是自己建的，把南院和北院中间门洞的墙加厚，在门洞上搭了一间房，组织上批了一些材料，董爷爷给自己找了个好地方，住在高高的阁楼上。董爷爷在阁楼上看前院后院已经变了的工人之家的风景，闹中取静，吹起排箫，愣说是屈原用过的，一曲委婉凄苦的楚音，经常把妈妈给吹成了泪人。

　　"就吃了一片萝卜，"马团长说，"要是吃了整个大萝卜，我能把火车唱尿停了！"

　　马团长很幽默，故意幽默了一下。妈妈低头削苹果，没有回应。

　　"你是北京人吧？"马团长唱完歌很高兴，主动跟妈妈搭话了，说，"北京人是看得出来的，骨子里大气，伟大祖国首都的人，天生硬气！"

　　妈妈笑笑，算是回应了。

马团长又说："这是你妹妹？十几了？"

她不惊讶，丝毫不觉得奇怪，跟妈妈在一起经常让人搞错，她十二，看上去有十五六，妈妈三十一，可看上去也就二十六七。妈妈这才说话："您是马团长？马团长，这是我女儿。红，快叫叔叔。"

"叔叔好！"

"不可能吧？多大了？"马团长好惊讶。

"十二。"她说，"九月就十三周岁了。"

"十二？才比我姑娘大半岁？真不像！"马团长正了正胸前的毛主席大像章，问："你们在哪下车？"

她刚想说话，妈妈笑笑说："西州。"

"噢，终点站。"马团长说，"越往西越冷，你们要拿出衣服来，晚上很冷的。我比你们提前一站下车，到甘家旺！"

甘家旺，相遇了第一个也是去银城的人。妈妈撒了谎，不知道不告诉陌生人在哪下车算不算过错。妈妈脸红了一下，有些不自在，站起身，从行李架上取下包，里面有毛衣，她的新毛衣，红色的，下车时穿给爸爸看。

这半年她又猛长了，爸爸说五月的银城天气还凉，不像北京可以穿衬衫了，妈妈为她织了一件红毛衣，穿给来接站的爸爸看。妈妈说爸爸前世情人才能修来今世的女儿，她不懂什么意思，问："妈，什么是情人？"妈妈说："就是不在一个户口本上的亲人。"她一下就懂了："妈，我懂了，就像董爷爷吧？不在一个户口本上的亲人。"

列车突然哐当了一下，刹车，妈妈也没坐过火车，没准备，因惯性一下扑到了马团长的身上。马团长条件反射抬起手想扶住妈妈，却不料摸在妈妈胸上，赶紧张开手，伸向两边，反而倒让妈妈扑在了身上，他大声说："好臭！"

她也闻到了臭臭的味道。

臭味儿是从妈妈带的纸箱子里发出来的，肯定有一瓶臭豆腐给撞破了。恰在这时列车钻山洞，一个黑黑的山洞。山洞很长，不是哐当哐当，火车钻进山洞还有余声，哐当当，哐当当。

"同志，我没说你臭，真是的！"马团长懊恼得不行，"这臭味哪屎来的？"

妈妈不吭声，羞愧，无地自容。列车员来了，捂着鼻子，大声嚷嚷："谁带臭豆腐了？也不装好，太不像话了！"

马团长站起来，摆摆手："是我！对不住大家啊，我马上处理！"

"你不是最讨厌北京臭豆腐吗？上回还差点跟人打起来！"列车员说，"那就罚马团长再唱支歌，唱你拿手的《花儿》，大家欢迎！"

马团长安慰地看了妈妈一眼，站起身。火车出了山洞，妈妈心存感激。

马团长提了口气，胳膊往两边撑，扩了扩胸，一开口就像喷出的火焰，不是燃烧而是一种撕裂，悲凉，凄婉，沧桑：

　　花儿
　　花儿
　　花儿开了，花儿落了
　　花开花落就是活过了……

火车向西，穿进夜幕，火车头的黑烟揉进了黑云。马团长把纸箱搬下来，没说话，走向车厢口。一个懂得体贴别人的马团长，遮挡了妈妈的难为情。董爷爷说好男儿就是该担当，能担当，陌生的马团长是好担当。

"我补上卧铺了，"晚上九点多，马团长说，"有缘再相见！"

妈妈笑笑："我送送您，马团长。"

"行！"马团长小声说，"这半天了你脸还这么红，这是闹尿啥子？马上关灯，你在车厢口待一会，灯灭再回来！"

妈妈看了一眼她，她说："您去吧，妈。"

列车发出一声长鸣，又钻进了山洞。昏暗的灯光，车厢里的人都没什么表情，好些人到这会儿还捂着鼻子。妈妈总能遇到喜欢帮助的人，才有了她生下来身上的红旗。她像妈妈一样漂亮，也有人帮，可她不喜欢，不喜欢三年级新来的体育老师。男老师让全班跳木马，每次她都跳不过去，老师不让她动，一定要把她抱下来，还总是把手一下就伸进她衣服里。别人看不见，老师每次都用身体挡着，摸她的乳房，还拨弄她的乳头，麻酥酥的，不知道是怎么回事儿。男老师不敢停留太久，抱她下来，裤子兜里有一个手电筒，每次都顶疼了她。男的干吗都爱在裤兜里装个手电筒啊？

军代表也是。去年新来的军代表进驻中学，总到家里来，说要好好跟妈妈谈谈心，要妈妈把忠字舞编得更好，国庆节到天安门表演忠字舞。妈妈排出过七人宝塔忠字舞，她们学校只能排两层，过去排过三层的，结果最上面的女生掉下来给摔傻了，还变成了大舌头，班长给她带来西瓜的时候总追着班长说："吃鸡巴，吃鸡巴！"班长说："滚！我不让你吃，给童小红吃！"

跳忠字舞才有机会穿上漂亮衣服，海军横条衫，蓝裙子，白球鞋。她回家一进门，妈妈正急急忙忙去胡同口买肉馅，军代表又来了，说要吃炸酱面。

她进了屋，军代表坐在龙椅上，用奇怪的眼神看着她。她有点害怕，妈妈的紧张传染给了她。军代表招着手："小姑娘，过来！"

"叔叔，您坐。"她转身想出去，"我去董爷爷家取点东西。"

"过来！"军代表跳起来上前一把抓住她，"我问你话！"

她好害怕，又紧张。

"你上五年级？上初中才对，跟你妈一样瞎编！"军代表坐在龙椅上，把她拽过来，"你妈给我泡绿茶，南方人才喝绿茶，故意证明你妈妈是从南方抱养的，假装跟你姥爷没有血缘关系就可以逃避了？我得调查你妈，你要不听话我就立即把你妈带走，关进学校审！"

"别关我妈妈！"她迅速看了一眼龙椅，龙椅没湿，龙椅没哭说明军代表说的是真话，真会把妈妈关起来，不会也开膛破肚找敌台吧？"我妈给您买肉馅做炸酱面呢！"

"小姑娘，你穿海军服真漂亮，就是裙子有点长，过膝盖了！"军代表把她一下抱起来，放到腿上，搂着她，一只手摸向她的腿，"我量量裙子长多少。海军裙是有标准的，美帝国主义的女兵不出海，只上床！你的头发是卷毛，下面的毛也是卷的吗？我得摸摸，看看你是不是好少女！少女下面的毛才跟你头发一样是卷的，贴在肉上才对！"

她挣扎着想下来，可军代表把她锁死了，一只手伸进海军衫摸住了她的乳房，一只手向下伸进她的裙子里，手电筒顶着她的屁股，说："你下面没毛？学校女老师说的你妈下面也没毛，还真是白虎啊！"

传来咚咚的脚步声，军代表惊慌地一下把她推开，端起了茶杯。

董爷爷来了，推门而进，肩上扛着一个大板斧。

董爷爷的大板斧好威武，一直要再做一把龙椅，说一把龙椅太孤单，十年了也没做完。她长大一些才明白，那是到家来的借口，做给院儿里人看的，免得多费口舌解释，时间长了也就不解释了，哪天没来倒需要解释了。董爷爷说我们生活在需要解释时不解释而不需解释却老解释的时代中，十年一百年或者一千年来都这样，每个时代都有后人不太承认被冠以形容词的伟大。

伟大的是董爷爷，进屋一板斧就把地上大圆木墩劈开，军代表才想起来晚上有会："坏了，我把开会给忘了！"董爷爷说："您吃了再走吧！"军代表说："不了，你忙，我得开会去！"董爷爷拎着大板斧送到门口："您慢走啊，有空来！"话音未落便劲关上了门，转回身看着她，她也转过身去整理着衣服。董爷爷问："小红，没事儿吧？"她转回身来说："没事儿，董爷爷，您怎么来了？"董爷爷弹了一下衣服："第六感让我来的，你没事儿就好！"

今年除夕爸爸没有回家，信来了，说正在研制一种新型全自动步枪。董爷爷带着一身雪花刚进屋，妈妈就不安地说："她爷爷，今个儿学校把老师都叫去了，军代表探亲回洛阳，让人砍掉了一条胳膊，齐刷刷的从肩膀没了。"董爷爷惊讶地说："有这事儿？胳膊可是再长不出来了，可惜。"妈妈百思不得其解地说："她爷爷，真是奇了怪了，前年个红她们体育老师也让人砍掉了胳膊，教不了体育课了，坐在传达室成了独臂人，案子现在也没有破。"董爷爷大为惋惜，摇头说："独臂人越少越好，得把文化大革命进行到底呢，回头别残疾人协会发展越壮大了。"妈妈不明白："您说什么？"董爷爷说："不说这些个了，来信了？让你们娘俩什么时候去？"妈妈惊讶地说："去哪儿呀？"董爷爷说："估计还没给你找好接收单位，你进不了七八七。"爸爸再来信就找到了，真的不是爸爸当主任的七八七，是妈妈一直暗暗想的文工团，银城战斗文工团。妈妈暗想爸爸也知道，原来女人想什么男人都知道，有时候女人自己还不知道没想呢男人就知道了，所以北京是男人的北京，银城也可能是男人的银城。女人就是被人爱的，不多想正好，一想准多，跟董爷爷喝了酒似的。

车厢里进来了一个人，摇摆着走到她的座位前，长得面目皆非，像个活鬼，主因是脸，鼻子塌陷，还有点歪，左脸必是经常被人抽耳光，现在上面还残留着好多红手印，被人抽耳光和抽他耳光都已成习惯。看不出他的年纪，能看出好疲惫，左摇右摆行走，像是走出了个人沉痛的历史，还有点悲壮呢。有的人天生喜兴，有的人天生悲壮。有的人死了还活着，有的人活着已死了。董爷爷说前面的是人，后面的是鬼。

他在她对面坐了，把手伸向裤裆，唰地拉开拉链，说："呵呵，还冒热气呢，水淋淋的！"真是见了鬼了，班长也经常这样。坐在教室可从来不会掏出来，他自己伸进去摸，在北京的最后一课还非要让她摸，她不摸，班长快哭了，把决心告诉了她："我早晚去找你，不让你摸，让你吃！"

"吃吧，大萝卜，心里美！"他的绿色军书包里也有切好的萝卜，在昏暗的灯光下闪动着两只贼亮的眼睛，突然咧嘴笑了。她的头发一下竖起来了，头皮发麻，扭过脸去，有点害怕，盼妈妈快回来。"没礼貌！吃不吃也得吭一声呀？"他很生气，"给你吃！"

"谢谢您，我不吃。"她紧张地说，想起身，他的一只脚伸过来放在她身上，"您干吗呀？"

"北京人？"他笑笑，居然有一口齐齐的白牙，昏暗中露出了白牙，在长相中纯属意外。"带您字就是屄的北京人，你到哪下车？"

她想了想，说："西州。"

"终点站？干吗坐到终点站？"他像猴子一样灵活起身坐过来，伸手从后面抓住她的皮带，使劲提了一下，"别叫，叫我捅死你，要不就捅进去，舒服死你！都在甘家旺，你坐到终点站干屄的？骗我吧？我向毛主席保证，骗子可没屄好下场，会死得很惨！"

皮带把她的肚子勒疼了，竟然还打了一个喷嚏，被从体内勒出一口气来。车厢里的人都睡着或假装睡着了，文化大革命开始后再也碰不到她出生时妈妈遇到的好人，想哭。他的脸快贴到她的脸上了，向她的耳朵吹着气说："我的大萝卜香甜可口，一般人看都不给看，更别说吃了！快说，你上高一还是高二？"

"我上六年级，叔叔，您勒疼我了！"她躲着，大口喘着气。

"六年级？骗屄谁呢？"他的手一下伸了进去，摸到了她的屁股上，"都来月经了吧？头发还烫成卷毛？够骚的，我喜欢，像个洋娃娃！"

车厢灯忽然亮了，响起咚咚的脚步声，四个戴着"纠察"袖章的工人民兵急匆匆走来，他抽出手，又像猴子一样利索地跳回座位，刚拉上裤链，被一个工人民兵拎了起来，狠狠抽了他一个耳光："你往哪儿跑？回行李车去，还尿的看不住你！"另一个工人民兵从后面把他一脚踹倒："你尿的不是把广播室当厕所吗？跪着去！"他大声喊叫："没锁门！我向毛主席保证，以为是厕所呢！"又一个工人民兵照胸给了他一拳："你爸教你的没进厕所先掏出尿来？"

新 奇

第三天早晨终于到站了。火车本来晚点三个小时，给货车让路，就是爸爸说的运往大西北的战略物资专列吧，这趟旅客列车逢车必让，艰难向西行。居然挤回来两个多小时，像北京班长说的六年级女生的乳房挤挤都会有，而她不仅早有了还未免太大太丰满了。缺德班长还当着全班出题，让大家猜百年以后从大西北荒芜的沙土中没有挖着童小红，考古专家挖到了什么呢？没人猜得出来，司马钢站在桌子上："笨死你们这帮孙子，挖出两袋奶粉呀！"

自他该上六年级来到三年级的班里以后，那时候就老看她的胸脯，她恨死了班长，火车上的这个更流氓，流氓终究有流氓的去处，怕妈妈担心，她没告诉妈妈。

凌晨四点列车员就把旅客叫醒，一脸怒气地查票，因为没拿到"红旗车厢"，革命旅客对臭豆腐有意见，都没忘，不肯在意见本上写表扬，列车员很生气。董爷爷总说国人一代比一代可爱，不是贵在坚持，而是贵在遗忘。人都是这样，失去比得到印象深刻。人都是选择性记忆，记不住得到的，对失去的总是耿耿于怀。男人记住幸福，女人恰恰相反只记住痛苦的部分。记不住幸福的男人不是好男人，忘记痛苦的女人也不是好女人。

妈妈又一次陷入了尴尬，列车员说车票不行，转学证明是转学用的，不能用于买学生票坐火车，妈妈很吃惊，说："同志，北京站卖给我的是学生票呀？"列车员更生气，看不惯妈妈高高耸起的乳房，女列车员跑火车这么久没让人给摸大乳房，北京班长说他爸爸坐火车老有女列车员的乳房摸，就因为脸上一边一块疙瘩肉，以为是李玉和呢！

她知道了，女人讨厌起女人来既不遮掩还会变本加厉，列车员大声叫道："快补票！别磨蹭！"妈妈好难为情，不明白："是补儿童票吗？"列车员指着妈妈的鼻子说："啥尿？儿童票？你要脸不？她多大了？"妈妈赶紧解释："同志，她长得高，看上去很大，不信我给您看户口本，不是户口本，是户口转移证。"列车员厌恶地说："你捣什么乱啊？没坐过火车呀？"妈妈尴尬地笑笑："不瞒您说还真没坐过火车，第一次呢。"列车员嘲讽地说："你不会说自己还是个黄花闺女吧？带着妹妹出门？别说还挺像，可你蒙不了我！赶紧拿钱，十二块五！要不我叫工人民兵了，把你俩也拉尿终点站去！"

车厢里的人都站起来围着看，发出哄笑，声声笑浪翻卷，袭击了她的耳鼓。她悄悄拉了一下妈妈衣袖，要崩溃了，脸发烫。妈妈也从来没有这样无地自容过，出了一脸汗。妈妈多热也很少出汗的，洁净的脸上从未有过汗珠，现在有了，豆大的汗珠从脸上流下来，让她终生难忘。

如此羞愧、羞涩、羞怯、羞耻、羞辱，学过的词都用上，也遮不住她比妈妈还羞愧难当，四周的人还都说她长大奶子了还想买儿童票。她紧低头，唾沫能淹死人是真的，初次体验就这样到来，知道了"无地自容"是怎么回事。那么多一张张原本麻木的脸有了表情，幸灾乐祸，这情景像一根鱼刺扎进喉咙，如鲠在喉，咽不进，吐不出。丢人，这才是一根最大的刺，刺进了她的童年。

早上七点多，天还是黑的，这个时候的北京太阳早就升起来了，银城没有，银城的月亮还在。好大的月亮，像一个明亮的银盘挂在天上，银城的名字是不是就这么来的？不知道，爸爸没说过，国家也不公开银城叫银城，火车票和火车站都叫"甘家旺"。

一个毫不张扬的车站，站台上竖着一块孤零零甘家旺的牌子。无论叫什么，跟她所知道的伟大祖国扯不上关系，伟大祖国是由北京、上海和一个叫广州的城市组成的，还有辽阔的东北和美丽的新疆，怎么也想不到伟大祖国还有如此其貌不扬的地方，只能用灰暗、简陋、粗糙形容。

没有候车室，火车站居然没有候车室，银城真豪迈。下车的人群在银色的月光中行色匆匆，没有回家的喜形于色，也没有到一个新地方的好奇，面无表情走下坡道，不知是两夜一天的火车坐傻了，还是这鸟不拉屎的地方把活人变成了僵尸，要么就是西北干燥的风吹干了人的表情？

妈妈脸羞得通红还未褪去，真不懂上小学是不是该买儿童票，或许北京站售票员看妈妈太年轻，想不到妈妈带的女儿是亭亭玉立的少女，美到羞花闭月。爸爸说她像一只鸟，客山红，美丽的鸟，她会不会是一只无脚的麻雀，落不下来，一飞到死？

站台上一盏孤单昏黄的灯，跟天安门的灯真的不是一回事儿，无法比拟。董爷爷站在北窗时老看她们家，站在南门总是远眺天安门。董爷爷也喜欢天安门的灯，看不见，可董爷爷老说看见了，只要你心里有那盏灯。

拉住妈妈的手，人都消失了，爸爸还没有来。风来了，吹起妈妈漂亮的刘海。爸爸喜欢齐刘海姑娘，在天安门巧遇十八岁的妈妈时好激动，但文化大革命一开始妈妈就不留了，留成了刘胡兰的发型。妈妈要调到银城又开始留了，头发长得好快，一年多就快长到腰了，头发越长表明离开北京的日子越近了。

妈妈的刘海轻轻飘动，长长的睫毛也在动，胸脯起起伏伏，忘不了列车上的遭遇，好受伤。她攥紧了妈妈的手："妈，您忘了吧！"妈妈搂紧了她，说："红，你忘了吧！别跟你爸爸说啊，太丢人了，妈带你到银城可不是来丢人的。"

她点点头，看着陌生的城市。看不出来是"城市"，火车站是城市的脸，看来银城没有脸。这感觉真是怪怪的，好比走进电影院看电影，进去却没看见银幕得有多恐怖啊！"把无产阶级文化大革命进行到底"的大白字刷在一面墙上，妈妈和她并没有被时代抛弃，国家没有丢了银城，与北京同呼吸，标语口号都一样。厕所的墙上，左边写着"男"字，右边写着"女"字，都用一个白圈套了起来，套住了男和女。火车站最大的建筑居然是公共厕所，不仅证明银城豪迈，还硬朗。

一盏晨曦中孤独昏暗的灯，吊在同样孤独的一间房子屋檐下，搬道工的屋子。风吹起妈妈的衣角，还有她飘动的卷发，一头自来卷总被人说成"洋娃娃"，董爷爷说她是中国的"芭比娃娃"。不知道什么是芭比娃娃，董爷爷说总有一天会知道的。毛主席带领人民翻身解放，建立新中国，荡尽一切污泥浊水，中国人民一定能过上好日子，忘了谁也不能忘了伟大领袖毛主席。她使劲点点头，记住了，毛主席，那样慈祥的毛主席像挂在天安门城楼上，让全国人民放心、美帝国主义担心、苏联修正主义揪心，世界上一切反动派都闹心。

深深吸了一口气，到银城的第一口深呼吸，一股怪怪的味道，呛鼻子，没有了北京的味道。爸爸说银城离北京太远，历史上换了皇帝要好长时间银城人才知道换皇帝了，还真是够远的。银城来了好多人，都在深山里的工厂做神秘的工作，灰烟飘满银城，不好闻，但银城人习惯了，那是革命的味道，"抓革命、促生产"。爸爸当了七八七车间主任，正科级，既抓革命，又促生产，组织上还同意把妈妈调到银城来，不必每年只有七天的探亲假了。一年只能激动七天，爸爸两次掉下床。不知道是怎么回事儿，隐隐约约也知道，不能说。在屋里拉着窗帘的夜晚，妈妈和爸爸以为她睡着了，她睡不着，爸爸回家总让她激动又兴奋，听着肉的撞击声，还有妈妈抑制不住的呻吟。初一早上妈妈脸色更好看了，走路都轻盈盈的，先到前院给邻居拜年，回到后院穿过董爷爷的阁楼时，董爷爷站在推开的北窗前喊："看着点儿脚下！谁家的屎孩子在院儿里拉屎了！"爸爸听到后总是笑笑，说："闺女，快过来让爸爸看看！真悬，你可别长太快了啊！"

远处全是山，不仅高，还层层叠叠，山外还有山。爸爸说他命中注定离不开山，祖上传给爸爸一个伟大的"雇农"身份，穷到连"贫农"都不是，爸爸总问妈妈："好悬！阿娇你说我祖宗们有多不幸还是有多懒呀？怎么穷成那鸟样？就有个屌，把姓童的我这一杆子一代代传下来！"爸爸有这认识妈妈也高兴，能结婚的人总会在一个地方有共识，爸爸倒插门住进四合院也就心安理得了。妈妈知道爸爸好像不心安理得，才主动提出要去支援大西北吧，到了银城才知道银城的北京人并不多，结婚有孩子的居然就爸爸一个。"别老念叨咱俩不是一个阶级的成不成？我是抱养的，还不如你呢！放心去吧，我们娘儿俩等着你。"妈妈说，依偎在爸爸的怀里，她依稀记得，那时三岁，妈妈才二十一，妈妈和爸爸结婚一天都没耽误就有了她，还比预计的日子提前了。爸爸说："阿娇，下辈子我还娶你！"妈妈说："想得美，下辈子你就不是无产阶级啦！你说下辈子就你这出身，会不会很丢人呐？"爸爸说："你这个落魄的贵族小丫头！真悬，老实交代，在金水桥遇到我是不是故意的？找我图个安全？"妈妈说："还时髦呢！我们师范学校的女生都想找工人，最好是开汽车的，更好一点找个医生，最理想的是找一个当兵的。军人，听诊器，方向盘，我们女孩的梦想。"爸爸说："可三样儿我一个都不沾啊！"妈妈说："皇帝还有走眼的时候呢！"爸爸说："好悬！阁楼上那小子说我像赵丹，你是不是因为这样才在华表下对我风情万种了一下？"妈妈说："还风情万种，多恶心！不过我高兴，你是如此聪明，我真是嫁对人啦，在天安门跟你相遇。"爸爸激动地说："那天升完国旗，到金水桥扫马路，每回站在华表下我都要先向毛主席敬个礼，我爱毛主席，没想到爱毛主席让我得到了好处遇见你，这可不是红她姥爷显灵，是毛主席他老人家让我遇到了爱情！"妈妈说："那好哇，工人阶级有力量，你要坚持一个时辰。"爸爸咕噜一下就掉下床了。

两束贼亮的光射过来，伴着能震碎晨阳的突突声，她和妈妈不约而同地用手挡住了眼睛，光芒万丈的两盏灯，照耀着她和妈妈。

"阿娇！"爸爸大声喊，"我来了！"

看见了，是爸爸，开着辆神经病似的怪车，蓬勃有力的马达声，不知道叫什么车。是汽车吗？不是。是拖拉机吗？也不是。那是什么车呢？

"蹦蹦车没油了，好悬！"爸爸兴奋不已，"中途借辆自行车拿桶打油所以来晚了，银城满大街都是好人，以后可不见得有了！"

哦，蹦蹦车。蹦蹦车没有油了，骑着人家的自行车拿桶买汽油，所以来晚了。爸爸坐在高高的驾驶台上，翻斗在前面，有一个脑袋随着蹦蹦车乱蹦，悬在空中颤抖。爸爸跳下车，摸着那个脑袋，大声说："真悬，你俩坐一趟车！"然后向妈妈挥舞着手，"媳妇儿过来，认识一下，你们战斗文工团的马团长，带把儿的！"

妈妈瞪大了眼睛，居然是马团长！马团长又回来了，坐在翻斗里伸长脖子像只长颈鹿，也瞪大眼睛看着妈妈。

马团长伸出大长腿从蹦蹦车前面的翻斗里下来，爸爸好开心，压过蹦蹦车的突突声嚷着说："好悬！马团长，我媳妇儿个头高没说错吧？那叫一个漂亮！我在金水桥边认识的，向毛主席敬完礼扭头遇到她，是毛主席送给我一个漂亮媳妇儿！"

马团长知道了是毛主席让爸爸遇见了妈。妈妈真的爱爸爸，工人阶级有力量，妈妈不仅喜欢爸爸像赵丹一样英俊，还有力量，爸爸回家床总是咚咚响，还叭叭。有些懂了，男欢女爱，结婚就是为了这个。爸爸跟妈妈像朋友，好朋友，从不吵架，彬彬有礼。可董爷爷跟妈妈也是朋友，更彬彬有礼。爸爸又大声说："你收了我媳妇儿肯定错不了！给你们战斗文工团找了个旗手，庆祝毛主席发表最新指示游行的时候，阿娇举毛主席像在前，你举战斗文工团旗帜在屁股后面，你俩都是大长腿，好悬，天生的一对儿！"

妈妈好无奈，有些无地自容了，幸好列车员让补票没让马团长看见。马团长过来了，妈妈向前迎了两步，马团长突然停下，一个立正，说："一万年太久……"

妈妈怔了一下，原来银城跟北京一样见面也是要对毛主席语录的，赶紧说："只争朝夕！"

"干吗呀？又没外人！"爸爸哈哈大笑，"一不争发财二不急着死，只争朝夕干屎！"

马团长有些尴尬，一脸严肃回过头。爸爸立马站住了，拍了脸一下："瞧我这操性！整个儿一胡说八道呀！"

爸爸有点夸张，妈妈却意识到了距离。这举动表明爸爸跟马团长并非爸爸口口声声的"哥们儿"，一兴奋走了嘴的这句话要是被马团长给传出去，传到七八七会打成现行反革命。

妈妈面对新领导，既不做作的亲切，也不故意保持距离，拿捏得很是到位，亲和地看着马团长，手动了一下，并未扬起。马团长不知所措地伸出手："同志，再重新认识一下，我叫马三娃。"

"您好马团长，跟您真是有缘。"妈妈握住了马团长的手，说，"您别见笑，红她爸历来嘴上没把门的，是没把您当外人。"

"好悬！还真是的，马团长，你们团还没成立红联？阿娇跟着你要尽快加入红联！"爸爸转向妈妈，喜悦地说："怎么样？我给你找了一个好领导吧？真悬，马团长政治可靠，出身贫寒，作风正派，身体倍棒，刚才在坡底下撒尿滋出好几米！"

妈妈的脸唰地一下又红了。让人无语的爸爸，可爱的爸爸，总让妈妈很无奈的爸爸。马团长脸也红了，眨巴着眼睛不知道说什么，真不该在山坡底下撒尿。爸爸这才转向她，惊讶地说："这是我的公主？闺女，客山红！一年多没见怎么一下成大姑娘了？

好悬，太悬了！"

马团长又走了。妈妈说："我不加入红联，才不跟着你们打打杀杀的，哪派都不想参加，好好过日子，将来我们一家人好回北京去。"爸爸笑了："你可真成，以为到银城是来旅游呀？真悬，告诉你吧，咱们都不走了！"

爸爸不是喜悦，是幸福。她也幸福，坐在奇特的翻斗里，屁股下面垫着包裹，身体有节奏地随着蹦蹦车的摩擦，一种麻酥酥的感觉。

太奇怪了，股股电流从底下往上传递，陌生又新奇的刺激，还舒服，看来银城是一个让人既刺激又舒服的城市。哪是城市啊，全是光秃秃的山，被露出头的太阳染得血红，那就是血红的银城了。她的名字就叫红，命中注定该属于这里吧。妈妈是寻找，而她是归依。

拐个弯，又见马团长，山坡下面就是马团长的家了。马团长快到家了被爸爸看到又给拉了回来，见过妈妈了，战斗文工团有了一个从北京来的漂亮旗手，带来了北京的忠字舞。爸爸边开蹦蹦车边使劲地向马团长挥手，歪头靠近妈妈的脸说："你也挥挥手！马三娃是个好团长，浓眉大眼，穷苦出身，力大气沉！"

妈妈扬起胳膊，有韵味地向马团长挥着，说："你这些话都什么组合呀？乱七八糟的，没逻辑。"爸爸喜盈盈地说："逻辑有鸟用！这就是一个毫无逻辑的火红时代！"妈妈好无奈："你真成，又来了，还胡说？"爸爸笑了，说："我这不是跟媳妇说嘛，好悬，刚才幸亏你搭把手！马团长是银城有名的好男人，他老婆是有名的妇科大夫，原来学骨科的，十六岁跟马团长他妈学正骨，就学成一家人了！马团长他妈可是全银城有名的正骨老太婆，南山的房子还是范书记特批的，天南地北住南山的家属上山不习惯，老有摔断胳膊腿儿的，神老太一捏准好！"妈妈笑笑："也真是的啊，走到哪儿都有神人。哎呀，别走呀，龙椅还没取呢！"爸爸说："下午取！到银城的随车快件太多，从咱北京开来的嘛，谁不想多买点儿东西把北京的日子带到银城？下午才让取！"爸爸向前探了一下身子，大声对她说："客山红，转过头来让爸爸好好看看！"妈妈说："你也真行，哪有爸爸给女儿取外号的？还当着马团长叫出来。"爸爸说："怎么是外号呢？我闺女都遗传了你的基因了，瞧瞧你们家有多强大！好悬，你进文工团了，你说过我闺女也会喜欢文艺，先给闺女起个艺名，怕把她爷爷那一竿子先祖们吓着，万一哪天被老董给挖出来一个，在棺材里气得扭曲样儿再把老董给吓尿裤子！"妈妈叹口气："你可真贫。"爸爸哈哈大笑："闺女，转过脸让爸爸看看！"妈妈说："红，爸爸叫你呢，这孩子，看到爸爸还不好意思了。"

是的，见到爸爸还真有点不好意思。也不全是，还因为麻酥酥，身体怎么会有这种奇怪的感觉呢？一股股电流从下往上往心里钻，这种有节奏的摩擦，感觉乳头慢慢硬起来，太奇怪了。

"叫爸爸！"爸爸太高兴了，"真悬，妈妈像女王，闺女像公主！我怎么这么幸福呢，是她姥爷显灵了吧？"

妈妈有点急："我说你怎么老瞎说呀？"

"哪是我呀？董可笃！"爸爸开心地嚷着，"他老说你和他是从古代穿越过来的，他是皇子，而你是水国公主，我说你那么多水儿呢！"

"快杀了我吧！"妈妈说，"红都多大了，你怎么嘴上老是没把门的？"

"红长得显大，懂什么？"爸爸说，"对了，带你们家血脉的人是不是懂事儿都早呀？好悬，我闺女可别真长太快了，怎么看着就像个大姑娘！叫爸爸！"

她扭过身子转回头："爸爸。"

"大点声！"

"爸爸！"

"哈哈！太像你了阿娇，回头都有韵味！"爸爸真是美翻了，"回头把我闺女也弄文工团去，真正的文工团，穿军装，专招小孩，少年文艺兵！我把张卫东弄学校去，他爱好文学，在《银城日报》发表过诗，做工代表合适！我把他儿子弄学校去，洞庭雀也得帮我把闺女弄去当文艺兵！"

"洞庭雀？银城是动物园呀？怎么全是鸟儿呀？"妈妈说。

"他是湖南人，可屌了！洞庭湖上的老麻雀，所以都管他叫洞庭雀，那叫一个油！"爸爸又肯定了，说，"油归油，能办事儿，神通广大，吹笛子的，吹得那叫一个好，刚从非洲吹完《我是一个兵》回来！"

妈妈轻轻一笑。

"马团长和洞庭雀都跟我好着呢！可他俩尿的不对付！"爸爸说，"搞文艺的都这尿性！老范说我们央企要跟地方搞好关系，我不仅搞得好，还搞得妙，老给他们团做演戏的道具，要不马团长就一个进人指标也不会给你的！他以为你过了六一儿童节我闺女演完《一块银圆》才来呢，我哪儿等得了！"

为妈妈高兴，妈妈想进文工团，这理想让爸爸给实现了。她没想过要进文工团，能参军倒是挺好的，不，是太好了。在蹦蹦车有节奏的颤动中麻酥酥的舒服，明白了，这是到了一个让人既痒痒又舒服的城市。

　　从未有过的感受，深深地吸了口气，没闻出四合院里的北京味道，银城的味道有点呛。坑坑洼洼的路，放眼全是又高又险的山，没看到楼，平房也不像北京的平房，看不出屋顶，像大石板扣在上面。还没有看到一棵树，光秃秃的城市，赤裸裸的银城，没有一丝遮掩和修饰。硬朗的银城，原始的银城，张扬着凶猛，银城很凶猛，甚至暴烈，晨阳从裂开一条缝的云层穿出来，照到哪儿都很刺眼，刺眼的银城。

　　"派不出车来，我就弄了辆蹦蹦车，从山里直接开来接你们娘儿俩，差点来不了，好悬！"爸爸喊着说，发动机的声音像发飙的战鼓，突突响。"出事儿了，我真怕老范把王二小给毙了！"

　　"王二小？"妈妈说，"还有老范是谁？干吗要把王二小给毙了？"

　　"王二小是流氓，现行反革命，还穿糖葫芦俩罪名！"爸爸大叫着说，"老范是我的死党，铁哥们儿！我俩一个车间，他书记我主任，老范去年调到公司去了，还兼着银城革委会的副主任，也就是市委副书记。我现在是七八七的老大，我够大吧媳妇儿？"

　　"什么呀！"妈妈难为情，"王二小怎么了？"

　　"发生了猪事件，一头反革命母猪，敢啃毛主席语录！"爸爸生气地说："王二小用面糊糊把毛主席最新指示贴在车间门口，哪承想让一头饿晕了的母猪给啃了，被巡逻的民兵看见，开枪，居然没打死！向老范汇报，人是国家的，猪当然也是，打电话问范书记对这头反革命母猪该怎么办。是交给公司呢，还是同意七八七把它给炖了？范书记一听立马派人过来要拉走，结果出了大事，王二小居然把昏迷的母猪给奸了！"

"别说了成吗？太恶心了！"妈妈要崩溃了。

"可不恶心吗！七八七的千百号革命青年常年在大山里，见头母猪也不易啊！"爸爸大声说，"咱们家在南山，向阳村，可是汇聚了五湖四海的生猛娘们儿！阿娇啊，到了银城你性子可得改改，成不？别老文绉绉的，人家会说你是大尾巴狼！"

"干吗还大尾巴狼？狼尾巴有什么好看的？又不是狐狸！"妈妈无奈地说，"还有多远啊？"

"到了！"

蹦蹦车停在了山脚下，一片开阔地，两根水泥杆子上吊着两个大喇叭。一条路从山上延伸下来，太阳正在升起，看哪儿都反光，刺眼，光芒万丈的银城。家在南山，不撞南墙不回头，南山可比南墙壮实多了，很硬，上山的路更硬。硬的山，硬的路，不像北京的家，四合院外面的路很矫情，从土路修成石子路，再从石子路铺了青砖，后来又修成柏油的。八百年的皇城，帝都八百年来一直不知该走什么路，土路、石子路、青砖路、柏油路，理应是越来越好了。

好些个人欢欣鼓舞向蹦蹦车冲过来，围住，七嘴八舌地说："童工，嫂子来了？""主任，我给你带了一条大板儿带，护腰的！嫂子一来得好好护一下腰了！"有一个人看见了翻斗里的她，瞪大眼睛："嫂子，你怎么从北京还带来了一个大洋娃娃？天，眼睛还会动呢！"

这是说她呢，被围观了，第一次感觉到热情具有的震撼力，有点不知所措，所有脑袋都齐刷刷伸向她，爸爸大声说："都闪开！这是我闺女，客山红，什么洋娃娃！"

所有人都定住了，惊愕、惊慌、惊喜的表情，一下安静了，有的张大了嘴，有的眨巴着眼睛，还有一个莫名其妙系了一下裤腰带。就一个戴眼镜的还摘下了眼镜，张开嘴哈了一下镜片，用工作服的衣角擦了擦，戴上，说："来！叔叔把你抱下来！"

她是不能抱的。慢慢站起身的时候，大家都知道了她不能抱，美丽的少女也是有一种震撼力的，她拽了一下毛衣，向妈妈伸出手："妈！"

妈妈拉住了她的手，她没办法从翻斗上下来，在所有眼睛直勾勾的注视中，抬起长腿迈向驾驶台，再伸出长腿从驾驶台上下来。

"真悬！"爸爸大声说："你们干屎来了？"

"搬嫂子，不，搬毛主席！"一个人说："范书记不让打搅你，让我们加班，把咱们七八七赠送给银城的毛主席大铜像安装到百货大楼前，可卸不下来，钢丝绳都折了还一动不动！"

"老范神经病呀？搬毛主席没有我哪行！"爸爸急了，说："赶快先帮着把东西拿上去，我们再一起去搬毛主席！"

"童主任，"戴眼镜的人说，"你说'苏修'啥时候打过来呀？"

"干吗？"爸爸没听懂，"真悬，你个尿屎驴日的盼着'苏修'打过来？"

"是，我趁乱好把嫂子抢走，到山里去做山大王！"

"做梦呢你！"

"爸爸，我们的家在哪儿呀？"她问爸爸。

"好悬，不，好高！"爸爸双手放在她的肩上，"公主，你抬起头，往上看！"

看见了，山很高，被升起的太阳照得明晃晃刺眼。很多房子，依山而建，星罗棋布，像码乱了的棋子，零乱摆着。轰轰烈烈来到银城的新家，早起的人都看见了，听见有人说这是一对仙女下凡呢，爸爸别提有多高兴了。

好大的一间屋子，两边有窗，像两只呆傻的眼睛盯着没有院门的院子。门口不到两米就是黄河，很深，从山缝间流过。隔着的对面也有一户人家，正对着她家，同样没有门。南山来自五湖四海的人家好像不需要门。

进门就看见毛主席像，爸爸已经挂好了，那样慈祥的毛爷爷，有着和蔼又像是意味深长的笑容。董爷爷说，中国五千年来只有毛主席把穷苦百姓当人，放在心里，就是为老百姓做主的，毛爷爷身边有不为老百姓的人，挥挥手就让人民起来给打倒了。董爷爷考古挖历史，只有妈妈知道也挖未来，这才是"考古"的真谛。

妈妈站定，静静端详着毛主席像。她吸了口气，有点呛鼻子，爸爸把新家的门和窗都用油漆刷过了，油漆还没干透，飘出味道，仔细辨别还有点甜，香蕉水的味道。爸爸做好了两道隔帘，把屋子隔成三间，模仿北京的家，中间是正堂，挂着毛主席像，下面是空的，必是放龙椅的。

东边挂着一块拖到地的塑料布，西边也挂着拖到地的塑料布，塑料布上都印着一模一样的牡丹花。爸爸说："漂亮吧？真悬，我的俩牡丹！咱俩睡东边，闺女睡西边！西边有窗户，能看到喜翠家！"

"喜翠是谁？"妈妈问，对这个新家充满好奇，"七八七的？"

"马团长的闺女，比我闺女小一岁，也就小五个月，上五年级！"爸爸说："没事儿就笑，有事儿就哭，比她奶奶正骨的神老太婆还神，真悬！"

知道了，一个叫喜翠的女孩，马团长在火车上提过。

爸爸放好东西带着人哗啦啦走了，说晚上回来吃饺子。他们去百货大楼安放白天黑夜都站着向银城人挥手的几十吨重的毛主席青铜像，要在正中午竖起来。毛主席是红太阳，照到哪里哪里亮。姥爷说这是废话，太阳可不照哪儿哪亮吗，前面一句足够了，后面的话就多余，新中国就是废话多。姥爷幸亏死了，该死的时候就死了，安排好了妈妈的身份，说是从苏州抱养的，要不妈妈总是喃喃细语呢，还叫了南方人爱叫的名字"阿娇"。

妈妈收拾着东西，好好打理一下这个新家。妈妈不让她干活，当"公主"养，女孩从小就要自尊自爱。有些不安，发现自己不够"自尊自爱"，坐在蹦蹦车上为什么会麻酥酥的很舒服呢？有时候还会做一些奇怪的梦，却不是梦见北京班长摸她的腿，司马钢真摸，她不让摸，他就把手伸进裤子兜里摸自己，说擦擦手电筒，她的脸一下羞得通红。五一在天安门前跳完忠字舞，班长带大家去景山公园，从山顶下来的时候让别人顺山下，非拉着她钻山洞，比比哪边快。山洞有的地方好窄，司马钢先下去，回过头来扶她，也不好好扶，趴在地上往她的裙子里面看，还流着哈喇子，太缺德了！更缺德的是，到了另一级台阶前非挤着跟她一起下，洞里好黑，他挤着她，下面被顶的难受，还蹭。她说："别蹭了！把手电筒掏出来，硌的我难受！"司马钢大喜，身子贴紧了，说："那好吧，我把手电筒掏出来你拿着，还热乎着呢！"可不热乎乎的，电池坏了还流汤呢，然后才觉得不对，赶紧闭上眼睛："司马钢，我恨你！真烦人！"

　　妈妈收拾着东西，看出来挺高兴，妈妈爱爸爸，爸爸更爱妈妈，可没听爸爸妈妈说说过"我爱你"，只说"在一起"，那是妈妈的愿望，更是爸爸的愿望。妈妈好像命中注定了孤独，盼着爸爸过年回家，董爷爷说的"西厢记"。妈妈离开北京有一汪收不起的缠绵，也有辛酸的遗憾。她也有遗憾，不能六一儿童节的时候到劳动人民文化宫演《一块银圆》了，那是一部让人哭的剧。老师让她演陪葬的少女，因为她长得太好看，头发还是自来卷，穿上裙子，更美了。老师说，悲剧的力量就是把美撕碎，愈美愈撕碎，愈碎愈美丽。妈妈给她做了一条红裙子，扮演被撕碎的女孩，她不是被撕碎的，而是灌了水银陪葬。万恶的旧社会，学校把它改成了一个该死的坏蛋死了还不放过少女，竟要童女陪葬，到阴间地府还要玩耍。被水银灌死的少女很鲜活，画上红脸蛋，比活着还鲜活，把她抬上舞台，她和同学们一起哭，排练的时候大家都哭得哇哇的。老师说谁都可以哭，唯有她不能哭，因为她是陪葬的，死了，不能哭，不会哭，让别人哭。

　　妈妈在院里爸爸用树皮搭起来的"厨房"忙碌着，说："红，出院门可得小心点，别掉下去！这个家也忒吓人了，出门就是黄河！"
　　门口就是黄河，大山像是被突然撕裂开，一道深不见底的沟，下面是黄河，甩出来一道弯，流向远方，却听不见黄河的声音。黄河静无声，这倒是没想到。
　　"红，去把北京带来的肉馅拿来，在木箱子里，好给你爸爸包饺子。"然后听到妈妈叫了一声："哎呀，吓我一跳，真对不起，快请进屋，请问您是？"

一个中年妇女进了院子，走路极轻，竟一点声音都没有，像个幽灵，穿着中山装、亮皮鞋，有点像男人呢，短发齐整整的一丝不苟，一看就是个女干部，说："我姓赵，向阳村革命居委会主任。"

"赵主任？您好！"妈妈在围裙上擦了一下手，看出人家没有握的意思，有点小尴尬，难为情地说："向阳村是什么村儿？在哪儿呀？"

"在这，这里就是向阳村！可大家都习惯叫南山，也挺好的，提醒革命家属们别不撞南墙不回头！"赵主任一脸严肃，没有亲切，但也不是故意冷峻，就是这样表情的一个人。"从北京来的？马团长让他家喜翠告诉我了，我叫赵小辉。"

"我叫唐阿娇，您快请进屋里坐！"妈妈让着，有点不好意思，"没收拾利索呢，有点乱。"

"屋子乱不怕，心不乱才好！"赵主任郑重地说，"无产者就是要走四方，党让去哪里就去哪里，党让做什么就做什么！"

"我心不乱，您放心吧，到银城就是来好好工作的。"妈妈转向她："红，别在门口站着，多没礼貌，快叫阿姨，请阿姨进屋，给阿姨沏茶。"

"阿姨好！"她出了屋，"您请进屋，我这就给您沏茶。"

"你可不能叫我阿姨，得叫赵主任，上学归学校管，放学归居委会管，唉，革命居委会有操不完的心！"赵主任又往棚子里看了看，"和面呢？这是要包饺子？不过年不过节的包什么饺子呀？要注意生活方式，你这是资产阶级生活方式，腐化！北京来的也不能有什么特殊，首都人民更要起好表率作用！"

妈妈愣了一下，包饺子涉及生活方式，这可没想到，脸唰的一下红了。

"跟我来吧，马团长要你明天赶紧上班，排忠字舞。带上你们的户口转移证明，到居委会接受政治教育后才盖章，你明天就去派出所落户口了！"赵小辉看着她，"客山红是吧？不对，你叫童小红，谁给你起了一个鸟的外号？还不是什么好鸟，麻雀！你上初几了？"

"阿姨，我上六年级。"

"六年级？不像！"赵主任摇着头，"看你年龄不大胸倒大，真是的，深入地说，可要注意作风问题啊！"

她脸唰地一下也红了，大乳房涉及"作风问题"，真深入。她一向怕别人对自己深入，可毛主席说"要深入灵魂闹革命"，董爷爷说妙就妙在那个"闹"字。她不想闹，不想跟别人闹，也不想别人跟自己闹，可总有人闹，就连坐无轨电车都有人闹，男的站在身后老蹭她的屁股。班长中途上车后把人推一边，站在身后护着她，悄悄说："童小红，你就是躲到天涯海角我穿过云彩也得去找你！我这辈子就一件事，跟你睡！"

"童小红，一会儿你跟着范无病参加校外活动吧！每个人都是有组织的，去老龙湾宣传毛泽东思想！"赵小辉又转向妈妈："阿娇同志，你把童小红的转学证明也带上，把章盖了，明天好报到！可银城没有六年级，跟北京不一样，银城教育革命走到你们北京前面了，小学五年，初中两年，高中两年，一共上九年就高中毕业了，而且是春季升学，不是北京的九月升学！"

有些惊讶，她转向妈妈，妈妈只好无奈地笑笑，问："赵主任，那怎么办啊？"

"这事情不归我管，也不归校长管，银城子弟学校所有事情都由工宣队管。"赵小辉抬起手指了指，"张代表就住你家对面，回头问问他，他说了算！"

"那好吧，谢谢您。"妈妈歉意地说："赵主任，我洗一下手就跟您走。"

她转身进屋给妈妈舀水，两个大水缸，不明白为什么会有两个水缸放在屋里，里面的水缸还挂着一个用铁丝做成的小筐，装着白矾，爸爸说是用来沉淀泥的，第一个缸里的缸底全是沙子和泥。

忽然有点担心，为妈妈担心，别躲开了军代表又陷入了赵主任的怀疑。

咚咚咚的脚步声，一个人挑着两大桶水豪迈走来，扁担在肩上一上一下有力地弹着，带着一阵风，进了院子。她站在门口向外看。

"范无病你可真行，人家刚到你就挑水呀？"赵小辉不高兴，"你是红卫连的连长，可别做了奴隶！"

"奴隶都翻身做主了，赵主任！"范无病说，"我爸让我给客山红家挑水！客山红，别堵门，让我进来！"

妈妈没洗手，解下围裙跟着赵小辉走了。她退回屋里，看见他浓眉大眼，眉宇间一股英气。肩宽胸阔，自是豪杰气概。军帽正戴，确有军人风骨。手大脚大，铜钟般亮嗓。身高一米八，臂长过三尺。高鼻阔嘴，唇上一层细须密布。耳垂肥硕，福大命大造化大。梦中不见书常见，纸上英雄降眼前。

"嗨，你傻屎的了？"他搁下桶，"快把扁担接了！"

"好的，无病哥。"她慌张接住扔过来的扁担。

"无病哥？好，我喜欢！"他轻松地拎起水桶，往缸里倒。"童叔说女人费水，可银城的女人才不费水呢，人一辈子就洗三次澡，生下来一次，结婚一次，死了一次。"

这也忒吓人了，一辈子洗三次澡？无病哥定是瞎说，没话找话，她却喜欢。

"客山红，快，"无病哥走过来，盯着她看，拿过扁担，"你快把衣服脱了！"

无 病

她惊愕地瞪大眼睛，比听董爷爷说日本人开始研究吃屎了还震惊，哪有刚见面就让人脱衣服的？董爷爷说多年以后会这样，生在20世纪末的人真有可能还不太认识就脱衣服了。文学也不一样了，50后作家写痛苦，60后作家在寻根，70后作家玩反思，80后作家写上床，90后作家第一页就已经上完床了。妈妈吓得瞪大眼睛："我老以为您是从古时候穿越过来的呢，和着您是从未来穿越到现在的？龙椅居然没哭，看来这龙椅有时候也犯迷瞪！"董爷爷说："你得信！什么都不信的人不是没出息而是没前途，什么都信的人不是没前途而是没出息！"妈妈眨动着长睫毛："您都把我给绕糊涂了。"董爷爷说："不能糊涂！难得糊涂是对大智慧的人说的，小人物糊涂得死，不糊涂也得死！"妈妈好无奈："您就绕吧，怪吓人的，我站远一点儿。"董爷爷笑笑说："女人爱说反话，我避邪，考古的都避邪。"妈妈说："我碰到邪事儿了，军代表派人下江南去了，对我搞外调，还说过完年他要亲自去一趟。"董爷爷笑笑："让他去呗，脚长在人家腿儿上也挡不住，还下江南？听着都醉了。"

她也是醉了，不，有点傻了，无病哥越发坚定地说："把毛衣脱了，快把你化了妆的脸洗了，别湿了！"

明白了，无病哥以为她化妆了，怕湿了袖子才让她脱掉毛衣。

"赶紧洗！"无病哥关上了门，把扁担靠在门上，"洗完我带你去浪一下！"

不明白。她瞪大眼睛，惊愕地看着他。

"就是去玩，银城话说浪！"

明白了，她的脸唰一下红了。浪一下，北京话这可是骂人的，银城不是，无病哥要带她去玩。去哪儿玩呢？老龙湾。赵主任说范连长要带她去老龙湾宣传毛泽东思想，而无病哥是要去玩，很亲才直率，果然是哥哥。

"我帮你脱，客山红。"

"不用！"她后退了一步，反应有点过激了，然后抬起手，伸直了，"无病哥，你帮我挽一下袖子吧！"

需要一个哥，北京班里好多同学都有哥，谁被司马钢欺负了都说"你等着，我叫我哥去"。她也这么说过，没用，因为司马钢知道她没有哥哥，才从三年级欺负她到六年级。

这下好了，刚到银城就冒出来一个哥，爸爸的铁哥们范书记的儿子，莫名的有一种亲切感，长得正气、阳刚，她喜欢。

"快屄洗！"无病哥给她挽起红毛衣袖子，"这是银城不是北京，你怎么敢化妆呢？到学校还了得？非屄整死你！"

银城人爱说屄，就连爸爸都说，爸爸一直跟妈妈学优雅，老受董爷爷打击。"无病哥，我没化妆，怎么可能化妆呢？妈妈也不让啊！"

"你是说你天生丽质？我信，可没化妆我不信！"无病哥拉了她一下，拽到跟前，抬起手擦她的眉毛，又搓着脸蛋，还抹着她的嘴唇，说："你描眉了，还抹了红脸蛋、涂口红了！"

"真的没有！"她挣扎着说，无病哥的手好热，"无病哥，不信我给你洗，洗完你就相信了！"

她转身走到脸盆架，无病哥给她舀水，还从暖壶里倒了热水，倒是体贴，会照顾人的大哥哥，不像北京班长只会欺负她。当然，司马钢也照顾她，护着，在学校倒是没人敢欺负她。

洗完了，打了两遍香皂呢，无病哥从脸盆架上拽条毛巾就给她擦脸，她向后躲着，无病哥很生气："躲屎的，怕了？"

他搂住她使劲擦，胳膊还碰到了她的乳房。面对这突如其来的霸气擦脸让她顺不过气儿来，她越推越被搂得紧，感觉到了手电筒，能装六节电池的大手电在碰她，她一把推开了他。

"你干屎的？"无病哥脸红了。

"无病哥，你用的是擦脚巾！"

"擦脚巾？"无病哥明白了，"你们北京人可真屎的事儿妈！洞庭雀家脸盆面盆都用一个！"

无病哥没再靠近她，脸微微泛红，掩饰不住的惊讶。她的皮肤像妈妈一样冰清玉洁，碰哪儿都能出水儿似的，无病哥好迷惑，她真的没有化妆。她不需要化妆，将来也不需要，她和妈妈都喜欢听董爷爷说将来。那时候多幸福，大学恢复了，过节农村人往城里跑，城里人往乡下跑。农民兄弟刚把青菜上的虫子灭掉，城里人却专捡有虫子啃过的菜。有钱人刚把破裤子扔掉，更有钱的开始在裤子上剪洞了。一半中国人开始穿睡衣睡觉了，另一半中国人开始裸睡了。她和妈妈呆呆地听傻了，关键是龙椅没哭，那情景真是让人醉了。

更醉人的是司马钢问从北京大学犯错误发配来的老师："老师，我将来要是想娶童小红做媳妇，可她不跟我好怎么办？"老师扶了一下眼镜："那好办，科技发达了，爱谁就到机器人商店定做一个谁！你可以定做一个童小红，更温柔，更可爱，头发可卷可直，人可胖可瘦，你想怎么着就怎么着，姿势任性，她叫床的声音还可以调节大小。"司马钢问："什么叫叫床？"老师好惊讶，说："你爸那么牛逼，把锅炉厂厂长打倒自己当厂长了，没让你妈叫过床？"司马钢说："你个傻逼，什么都不会才来教我们政治吧？我爸当厂长，锅炉爆炸给弄成烤鸭了，我为这个休学三年！童小红太傲气，我还是做一个女机器人王芳吧，我爸也喜欢，还有我爷爷。我爷爷看《英雄儿女》看了六十多遍，只看王芳！"老师沉重地说："我担心你家有点乱，可别乱了伦理，要讲伦理，伦理家规，伦理经济，伦理社会，还有伦理政治！我就不往下讲了，你们听不懂，继续上课。"

"客山红，你真没化妆？"无病哥抓住她的手，"走，我带你去抓老鹰！"

"抓老鹰？无病哥，不是去老龙湾吗？"

"老龙湾去不得！"无病哥大声说，"老龙湾没龙，有一头愤怒的狮子！"

"太好了！无病哥带我去看狮子吧！"

"看什么看？那是老校长，被打倒了给遣送还乡，恨死子弟学校了！当初还是我爸给请来当校长的呢！"

"那好吧！"她心里更高兴，"无病哥，我们是在一个学校吗？"

"当然，来建设大西北的都在银城子弟学校，从小学到高中！"无病哥放开了她的手，"就一个不是，喜翠不是。她奶奶会正骨，她爸爸是团长，战斗文工团是跟银城合建的，也归我爸管，喜翠就来子弟学校上学，她爸她妈不怎么来南山，喜翠照顾奶奶。"

说喜翠喜翠就到，只是没一下推开门，门被扁担顶住了。"可愁死我了，流氓，顶门干吗？是不是亲嘴呢？"喜翠使劲推着，把头伸出来，很生气，"范无病，是不是她爸爸亲过你爸爸你就亲她？客山红，你亲了没有？"

要崩溃。

简直是奇闻，什么叫爸爸亲过范书记？太荒唐了，太可怕了，太惊天动地了，还好无病哥解释了，说："七八七刚建好的时候我爸给高压电电倒了，差点死尿了！只见你爸抱根棍子冲了过去，好多人都以为你爸趁机想打死我爸好当七八七主任，原来是挑我爸身上的电线！刚下过雨，你爸被电得蹦了起来，棍子一甩正好把我爸身上的电线挑开了！你爸爸爬起来冲过去，趴下就给我爸做起了人工呼吸，不是你爸我爸就死尿的了！"

人工呼吸，喜翠给说成亲嘴儿，她松了一口气。要说男人跟男人亲嘴儿也是有的，四合院住进来两户人家的男人就亲过嘴儿，工人阶级之间相互一亲可是惊天动地，被判了刑，监外执行，送到门头沟挖沙子去了。

"我爸和你爸那时候就成了生死兄弟！"无病哥拿开扁担，"你长成洋娃娃，奶子又这么大，太流氓了。人家会叫你破鞋，那你妈妈就成大破鞋了，谁不知道文工团爱出破鞋！"

破鞋，好难听，太难听了，无病哥怎么会冒出这么句话来？喜翠的出现让她有点不安，她来晚了。

门被使劲推开，喜翠进来了，大声说："怎么还没来？可愁死我了！"

无病哥拿起扁担，靠在水缸旁边，不说话。

"可愁死我了！"喜翠打量着她，"你长得真漂亮，还是卷毛？这么大的奶子？太流氓了！"

她又坐下了。

"坐下干吗？"喜翠过来，拉住她的双手，"快走啊！我们抓大老鹰去！"

"你们去吧！"她笑笑，"我不去，我等我妈。"

"那哪行？"喜翠把她拽起来，"不参加校外活动，赵小辉就不给你在转学证明上盖章，居委会不盖章你就入不了学，可愁死我了！"

她知道，赵主任说过了。不去，怕影响了无病哥和喜翠的关系，可多想去啊，跟无病哥还没走近，就要走远，心里酸酸的。董爷爷说得对，女人永远是自己的敌人。可她还不是女人啊，少女。少女都会有坐在蹦蹦车上的那种奇异的感觉吗？

"赶紧的吧，客山红！"喜翠拉她，"没看见范无病快死尿的了！"

就这样认识了喜翠，飞速扫了一眼无病哥，无病哥好慌张，为什么要慌张呢？不能只问无病哥，因为她也慌。

无病哥脸红了，脖子也涨粗了。脸红为什么脖子就会粗呢？因为红色，董爷爷说红色是一种膨胀的颜色，光谱大，很长。她不懂什么是光谱，董爷爷说为什么路口要设计红灯呢？是要停下来，红色很刺眼，远远的就让你看见知道该停下，她就懂了，红色的灯是让人停止的，可红色的旗帜是要人前行。

她看着无病哥，喜翠看着她，说："你的脸和眉毛，还有眼睛，包括嘴是不是都化了妆的？"

"我没有，喜翠！"她说。

"帝王将相的女人才这样，古代仕女的画儿也这样，客山红，你的卷毛是烫的吧？真难看！下面的毛才是卷的，我们都是卷的，贴着肉呢，只有文文的毛才是直的，飞起来。客山红你想干尿啥，让卷毛在头上飞起来？可愁死我了！"

她没想干吗，只那一刻心跳得像兔子。四合院东屋的人养过一只小白兔，她好喜欢，小白兔总在院子里蹦蹦跳跳，爱找她，她抱起过小白兔，感觉到过它的心跳得好快。有一天小白兔被挂在了东屋的门框上，上海人吹着口哨把小白兔的皮剥了，从头开始用刮胡子刀片一点一点剥，然后把脱了皮的兔子跟猪棒骨一起给炖了，说兔子跟什么肉炖就是什么肉的味道，跟牛肉炖就是牛肉味儿，跟羊肉炖就随了羊肉味儿。上海人喜欢吃猪棒骨，就跟猪棒骨炖了。两个小女孩在院子里跳田字格，蹦蹦跳跳高兴地闻着肉香，中午的时候哭了，没吃着肉，那个上海男人说小孩子要长骨头，喝汤才好，肉没得吃。

她哭了，为可爱的小白兔。看见上海人戴着一个兔皮帽子，居然把兔皮做成了帽子，从此她恨所有帽子上带毛的人。喜翠说女孩下面的毛是卷的，贴着肚皮，而文文的毛是直的，还飞起来。可她那个地方没有毛，不知道该卷该直，为什么有的毛是卷的而文文的毛是直的呢？不懂。

喜翠也叫她"客山红"，绰号在她还没来银城就已经传遍南山了，爸爸收拾屋子向阳村的人就都知道她叫"客山红"了吧？爸爸也真是的，怪不得赵小辉来了呢，看见了她和妈妈，不让包饺子，不过年不过节包饺子吃属于资产阶级生活方式，然后带妈妈去革命居委会先政治学习一下，才好盖章明天到派出所去落户口。落了户口妈妈和她就都不再是北京人了，从此吃银城的粮，喝银城的水。黄河水，无病哥从坡下的水房给她家挑，挑来她少女的第一次芳心动。

喜翠终结了她的动心，有那么瞬间她的心乱跳之后都要停止了，是喜翠让她停止的。喜翠瘦小，大眼睛好灵动，有两颗喜兴的虎牙，脖子长，跟身体不太协调。喜翠还没长开，未来更美丽。马团长那样英俊，还没见过喜翠妈妈，一定错不了。喜翠的军衣好绿，这里差不多人人都穿绿军装，她的比大家的都绿，像个绿精灵。右边的乳房好像高一些。

"客山红，你上初中还是高中呀？"喜翠站到了无病哥身旁，右边的乳房好像高一些，不知道为什么，头快要靠到无病哥的肩上了，说："无病哥哥，可愁死我了，客山红把自己画得太流氓了！"

把范无病叫成了无病哥哥，有点矫情，北京话叫犯贱。哪个学校哪个班都有一个犯贱的女生，还会有一个傻乎乎总被欺负的男生，一个小贱女一个大傻子成为班里的风景。当然还会有一个学习特好不可一世的骄傲女生，班里最不招人待见的公主，也许是女王或女魔。不知道喜翠是哪一个，不像是最贱的那一个，相反一定是学习虽不好依然最牛气的那一个，因为爸爸是战斗文工团的团长，妈妈是银城医院的名医。没有文工团的城市算不得城市，没有名医的城市永远成不了名城。

董爷爷说她是"名城公主"，在北京是董爷爷心中的"北京公主"，到银城是爸爸会好好守护的"银城公主"，却叫了她"客山红"，爸爸心目中的"公主"是"客山红"，一只鸟儿。在北京，她是班里最漂亮又最无辜的那个，必须跟班长好，没有司马钢护着一定要倒霉，总被欺负，刚到银城本以为会是他，无病哥，看来不是，要是也得挺难。

对子弟学校一无所知，不知道有多好或者多坏。一见无病哥就想跟他好，不仅因为他是那种讨女生喜欢的大男孩，还因为爸爸给他爸爸范书记做过"人工呼吸"而成为"生死兄弟"。这一刻，却把喜翠给愁死了，说她"太流氓了"，看见她红毛衣下高高隆起的乳房了，如果不穿毛衣或洗澡的时候还要大。

离开北京在家里大木盆洗最后一次澡的时候，妈妈像是第一次意识到她的乳房太大了，过于丰满了，好像知道西北的民风有多彪悍，什么也没说，只是轻轻叹口气。她听到了妈妈的叹息，董爷爷在屋里跟妈妈折腾龙椅包了又拆拆了又包的时候，她躺在自己的床上假装睡着了。其实睡不着，听到布帘那一头发出窸窣的声音，布的声音，不知是用布条拆包龙椅还是别的，没有衣服的声音，听不出来是衣服。脱胸罩的时候碰到了乳房，妈妈不让她穿胸罩睡觉，何况她怕乳房太大要买小一号。告别四合院的这一碰感觉好奇怪，她悄悄抚摸了乳房，乳头渐渐地硬起来，麻酥酥的。麻酥酥的感觉不是在到银城的蹦蹦车上才有，在离开北京的最后一夜就有了。自己也许真的作风不好，像喜翠说的"太流氓了"，是从北京开始还是到了银城的这个早晨呢？搞不清自己是怎么回事儿，也是她忽然想哭的另一个原因。

无病哥不会让她哭的，无病哥看出来了，证实了她的眉毛不是画的，脸蛋没有涂过胭脂，更不会画口红的，这就放心了，大声说："喜翠，客山红没化妆！走，我们去抓大老鹰！"

无病哥挥了一下手，指挥着自己跑了出去，说跑就跑了，咚咚咚，有力的脚步声。好有力又英俊的无病哥，身体里像是装了一个大马达，他的手和身子都是那么滚热，一个火热的烫人，太好了，不，是让她太难受了。无病哥不属于她，无病哥属于喜翠。

"客山红，你可别跟我抢范无病啊！"喜翠忽然拉住了她的手，身子还摇了几下说，"我怕你一来范无病跟你好了，那这些年我家的鸡他不都是白吃屎的了？"

无病哥吃了好些年喜翠家的鸡，她知道了，每天都有找喜翠奶奶正骨的，都要带着活鸡来，配药。五湖四海的人到南山扭了腰摔断腿的人必是不少，不习惯上山的路吧，才让喜翠家有的是鸡。杀了鸡用鸡血入药，现在没病的人跟有病似的也开始打鸡血了。董爷爷总说，说每一阵子在伟大的祖国都会有冒出来的新鲜事儿，好像中国人各个都怕死，哪知道其实中国人各个都不怕活。

无病哥每天不知道要给喜翠家挑多少桶水，吃了喜翠家多少鸡，她是比不得喜翠的。妈妈每次杀鸡要么念叨半天，还要跟鸡说话："小鸡小鸡你别怪，天生本是一道菜。"她忍不住问妈妈："妈妈，那就别杀了，您干吗呀？"妈妈说："不行啊，董爷爷白天倒腾仓库里的东西，晚上做龙椅，人都没精神了。"她说："吃了鸡就精神了？"妈妈说："可能吧！杀鸡自有道理，吃鸡是需要，物尽其用，都是没办法的事儿。"

"客山红，咱俩拉钩！"喜翠伸出手，"你不跟范无病好，我跟你好，我爸是团长对你妈妈好，行不行？可愁死我了！"

她看着喜翠。喜翠抓住她的手，小拇指钩住了她的小拇指。

"拉钩上吊，一百年不许变！"喜翠好开心，"太好了！咱俩拉过钩了，我就叫你姐姐了！小红姐，快走，她们都等急了！"

跑出门，不用锁门的，南山人都不锁门，喜翠拉着她的手跑出了院子。

"喜翠你放心吧，我只跟自个儿好，不会跟你抢范连长的。"她想挣开手，不习惯被女生拉手，而且还是喜翠，早已经霸占了无病哥的喜翠，挣扎着说："你们去抓老鹰吧！我就不去了，我要等妈妈。"

"那不行！你得去，校外活动是学校的一部分，比学校还重要，文文她妈不给你盖居委会的章你报不了到！"喜翠停住，欣赏地看着她，"我爸说你比我大半岁，可愁死我了，要我叫你姐姐呢！咱俩拉过钩了，我爸来奶奶家了，亲自杀鸡褪毛呢，他从来不碰鸡不吃鸡的，今天太阳打西边出来了，一会儿给你家送来！不行，小红姐你长得太流氓了，我不放心，再拉一遍！"

喜翠又伸出手，挑着小拇指。马团长真的在杀鸡？喜翠不像一个会说谎的人，还要拉钩。拉钩，"拉钩"为什么要"上吊"呢？一百年不许变，是一个钩的承诺。承诺是金，董爷爷说过，不能轻易承诺，因为承诺是金。她抬起手，小拇指钩在了喜翠的小拇指上。好难过，喜翠的手指好有力量，把她钩疼了。

她隐隐动情，是悲情，不知道为喜翠还是为自己。有点后悔这个承诺，好些事情是不得已的，不能不做，看遇到了什么。说总比做易，做比说难。说只是动动嘴皮子，做很累，要动身子的。

还有一点，知道了跟喜翠在某些地方是一种人，董爷爷说的，人分好多种，有触觉型、视觉型、听觉型、味觉型，但没有嗅觉型。狗才是嗅觉型，人做不到闻闻谁就知道谁是好人坏人，但触觉型的人只有手或身体接触才算完成了交流，要不自己会觉得发慌，好像没有完成沟通。

她总喜欢拉住董爷爷的手说话，才踏实。妈妈是视觉型的，看着董爷爷的早晨总想哭，董爷爷值班不能送她们去火车站，她知道是不敢送，怕董爷爷会哭死在站台，传到爸爸耳朵里有多不好。爸爸是听觉型的，所以爱说"好悬"。

不知道无病哥是什么型的人，也是触觉型的吗？要不干吗那样擦她的脸？北京班长是视觉型的，每天默默注视着她，看够了，把手伸进裤子兜里，像猴子一样抽搐几下之后飘散出一股鱼腥味儿。

出了院门，有点害怕，还不习惯南山的路，这么窄的路旁边就是黄河，黄河在下，一湾离开主道的黄河从南山穿过，在很深的地方向东流。

"小红姐，你胆子也忒小啦！可愁死我了，别怕，有我呢！"喜翠发现了她的胆小，绕过去走她的外边，让她靠里。"过仓桥倒是要小心，别让风给刮进黄河里！范无病的妹妹到我家吃鸡，过仓桥的时候就被一阵风给刮下去了，掉进黄河，始终没找到，没漂到老龙湾就喂鱼了！范无病快哭屎死了，范书记卧床不起，后来再也没住家里，一个人搬到七八七大山里！范无病的妈妈进山挖蘑菇再没回来，让狼吃了！那时候范无病才八岁，他妹妹要是活着像你这么大了，比你可漂亮！"

开始知道点什么了，没想到无病哥有一个妹妹，掉进黄河喂了鱼，这命运也太悲惨了！范书记必是知道她的，想女儿，跟她同岁，才叮嘱无病哥每天给她家挑水吧？

"老龙湾的人都不吃鱼的，他们水葬，死了身子裹上白布放进黄河漂走！"喜翠又拉住她的手，"老龙湾的雄鹰会在天上守护，跟到很远，越有德行的人漂得越远！老校长他爸死的时候，鹰飞走了三天三夜没回来，都以为那鹰回不来了，全村的人在老龙湾的黄河边守候，第四天早晨老鹰才回来，快飞不动了，全村的人都给老鹰跪下了！"

"那干吗还要去抓老鹰啊？"她看着喜翠。

"咱们这是南山，又不是老龙湾，才不信奉老鹰呢！"喜翠欢快地说，"小红姐，你上初几呀？还是高中？"

"我上六年级。"她说，看来马团长到南山来没怎么提她，忙着给妈妈杀鸡呢。

"哎呀，我们没有六年级！"喜翠惊讶地说，"我们小学只上到五年，春季升学秋季毕业，也跟北京不一样吧？那你该上几年级？可愁死我了！"

"那怎么办啊？"

"到我们班，上五年级，我正好还可以看着你！"喜翠很坦率，又说："不过这要尿的工代表说了算！张拐子去北京回来了，特流氓，在火车上跟广播员耍流氓，拉到终点站去了，可愁死我了！"

她吓了一跳，现在是愁死她了。张拐子？难道是他，那个大流氓，怎么还是工代表呢？

"小红姐你真好闻！"喜翠踮脚闻她的脖子，"不是雪花膏的味，天生的味道，像范无病的妹妹一样好闻！范无病也好闻，我喜欢，可愁死我了！"

明白了无病哥为什么贴住她深呼吸，原来她身上有他死去的妹妹的味道，不禁打了一个冷战。人都是有味道的，妈妈说躺在床上时常会闻到爸爸的味道，过完年爸爸走了把味道留在床上。董爷爷好像是一个没有味道的人，从来闻不到董爷爷的气息。而妈妈身上好甜，总有一股甜甜的气息弥漫在西房，董爷爷每次进屋都要深呼吸，就是在闻妈妈的味道吧。

看了一眼喜翠，喜翠的脸上溢满幸福，还荡漾着甜蜜，太幸福太甜蜜让喜翠发愁，腻的愁，愁出了不一定懂得的爱。她也不懂爱，只比喜翠大半岁，却好像不是一个世界的人，在银城跟在北京长大真的有差距，不仅是心理，可能还有生理的。喜翠也有乳房，不大，分明一大一小倒是奇怪，为什么右边的会显得大一些呢？

无病哥站在仓桥上，身上披满霞光。太阳才从银城升起来，把山照得刺眼。还有一个女生站在无病哥旁边，梳着刘胡兰式的短发，昂头挺胸。

"文文怎么不跟革革和丫丫看着老鹰啊？可愁死我了！"

"文文？"她问，"你们班的？"

喜翠点点头，贴近她小声说："赵小辉的女儿！可牛逼了，二年级从上海来的！"

知道了，上海人。她莫名地叹了口气。

"刚来的时候才逗呢，她妈把户口和粮食关系都给寄丢了！"喜翠边走边说，"也不是她妈丢的，因为怕丢才从邮局寄的，相信公家结果让公家给弄丢了！上海人抠门不舍得多花四分钱寄挂号，没户口没粮本怎么过呀？没要饭，偏偏就过来了，忒神了！两个月邮局才找到了户口、粮食关系和组织证明，范书记就让她当居委会主任了！她爸也是七八七的，你爸他们车间的会计！"

知道了，文文也是跟着妈妈来银城找爸爸的。

"她爸不知道，知道的时候死屎了！"喜翠蹲下身子系鞋带，鞋带开了。"小红姐，蹲下我跟你说！她爸死得老逗了，都说你们北京人死屎瞧不上上海人，就跟狗见了猫似的死掐，可你爸分给了她家好房子，比我家又大又好！"

"文文她爸是怎么死的？"她好奇。

"来南山看房子的时候碰到一个放羊的，说他有大难，六天之内不死于天灾就是人祸，天灾就是过仓桥让风给刮下去，人祸就是被烦上海人的给推下去淹死！正是月底，她爸算账怎么算都多了一块钱，范书记说财务上可是逢多必少，要他好好查。她爸带着账本跑到七八七最后一排宿舍躲起来，说是查账，实际上是避灾，也不管来了的文文和她妈。第六天晚上还没事，他爸出来撒泡尿，哪知道七八七建另外一个新车间开山放炮，离特远飞来一块石头偏偏就砸他头上，刚尿出来一股就屎的给砸死了！"

无话可说，奇闻，不知道还有什么秘密没传出来。喜翠马上要告诉她另一个："小红姐，范无病要参军，进特务连当特务，年底就去！最后一届初三的，将来我也参军当特务，你说好不好？"

好，太好了。范无病将来要当特务，喜翠也要当特务。北京班里的女生都想当女特务，穿漂亮的军装，会抽烟，喝红酒，出入舞厅和宴会，跟帅气的军官们打成一片，可以打情骂俏，那是工作，甚至上床，上床也是工作。电影上的女特务都这样，穿国民党的军衣，吃国民党的好饭，干的却是共产党的事儿，为劳苦大众翻身解放，想办法去台湾打进国民党内部，亲耳听听蒋介石对反攻大陆是怎么说的，会不会像希特勒那样手舞足蹈地讲话，会骂那句"娘个西匹"。北京人也只爱骂一句，看谁都像"傻逼"。伟大的祖国骂人都涉及女性生殖器，北京谁看谁都像傻逼，银城谁看谁都像流氓。

她最合适了，连头发都不用烫，又有高耸的乳房，最适合干特务了，同学们说允许她跟不同的男人上床睡觉，为了获取情报做人做事都没有底线，多少人梦寐以求啊！她轻轻叹口气，参军要参解放军，入党要入共产党，不想当女特务，去台湾离妈妈太远了，她舍不得妈妈，离不开妈妈，现在妈妈是她的"天使"，长大了她要成为妈妈的"天使"。

无病哥看到她和喜翠过来，转身走了，文文扫了她一眼，快速追了上去。喜翠说："可愁死我了，不理我？神经病啊！"上了仓桥大声叫："范无病！"

无病哥没回头，迈着大长腿扬起手示意跟上，过了桥向东一拐就不见了，跑下了一个很陡的坡。文文回了一下头，也大声说："喜翠你撞见鬼了？这么磨蹭，大老鹰都跑了！"

她上了桥，刚走一步就停住了。太吓人了，仓桥上的木板不仅破旧，还有好大的缝，下面好深，太深了，能看见河，黑河，黑洞洞的黄河向东流去。两边是生了锈的粗锁链，滑倒不掉下去才怪，幸亏爸爸没把家安排到河那边。

"小红姐胆这么小呀？我拽着你！"喜翠回来了，伸出手，"可愁死我了，这么胆小到银城来干屎呀！"

没想来，妈妈要来，爸爸要让妈妈来，她早晚要把妈妈带回去。那时候她长大了，一定带妈妈回北京，可别碰上来的时候那样的列车员，被一车厢的人围观，丢死人了。

坡下全是女生，无病哥屹立在中间，率领一帮女生。英雄都有一个好名字，怎么会起了个"范无病"，是好养大吧？这名字更适合进炊事班，魁梧有的是力气。

无病哥不看她，冷淡，她知道是故意的，董爷爷说女孩在成长期差半岁也是很明显的，到九月就十三周岁了。北京人讲周岁，要是论虚岁过完年都该十五了，她不想那么大，说那么大干吗。

喜翠拉住她的手，故意作对给文文看，文文不看，扭过脸去。

"革革和丫丫呢？"喜翠问。

"在大石头后面看着老鹰呢！"无病哥说，"老鹰受伤了，咱们抓住它！走！"

她跟在后面，明白了这是子弟学校的校外组织，这一组归无病哥管，说是去老龙湾宣传毛泽东思想，可老龙湾有被红卫兵打倒了的老校长，必是恨死子弟学校了。赵主任让去老龙湾，无病哥带着大家抓大老鹰。

一块巨石后面，两个女生看着老鹰，就是革革和丫丫吧，蹲在那里准备随时扑上去抓住老鹰的样子。一只受伤了的老鹰，翅膀在流血，脚也受伤了，跟革革和丫丫对视，见这么多人过来扑腾起翅膀来，在不远处又落下。

老鹰起起落落，无病哥带着她们也走走停停，抓不住，却总能看到希望。终于知道什么叫"理想"了，理想就是够得着却抓不住。

喜翠精干，文文有时隐时露的小缠绵，革革瘦得皮包骨，丫丫却是胖嘟嘟。

喜翠有当领导的气质，果敢，一副敢担当的样子。将来要是太漂亮了可当不了官的。董爷爷说妈妈不能进步就是因为太漂亮，漂亮女人影响官运，在官场没前途，因为哪个单位的领导也不会冒风险提拔太过漂亮的女人。漂亮有风险，结交需谨慎。提拔漂亮女人怕说不清楚，避嫌。官场都避嫌，所以真正漂亮的女干部不多，组织上喜欢提拔长相严肃的。幼儿园的园长阿姨太漂亮，死了。妈妈好痛苦。"您喝酒不行，喝茶也醉，红，给董爷爷换菊花，去去火。"董爷爷说："别价，我爱喝碧螺春，一泡是少女，二泡是淑女，三泡是少妇。"妈妈说："你可真是醉了，茶醉，让人听见还以为您想怎么着呢。"董爷爷说："我能怎么着？我是太监！太监也是醉了，看那些被打倒贴了大字报的，怎么一查十还都真有问题呀？思想的，作风的，历史的，胡作为和不作为的！毛主席这是给国家清路障呢，以后会见分晓！可乱对国家没好处，我这辈子干吗又赶上了？"妈妈说："红，拿购货本去把这个月的花生买了，我再摊个鸡子儿，让董爷爷喝两杯，喝碧螺春是醉了，二锅头倒让董爷爷清醒，不说那些个让人听不懂的话。"

无病哥走在前面，喜翠、文文、丫丫、革革和一帮女生紧追，她走在最后。受伤的老鹰感觉到了危险，无路可逃，张开翅膀扑棱着飞起来，她看见了老鹰受伤的翅膀带着血，被人用枪打伤了的老鹰腾空而起，像一团黑色的火焰。她看到了老鹰逃离死亡的眼神，在愤怒中燃烧一种亢奋。

"老鹰太流氓了！"喜翠叫道，"可愁死我了，追！"

老鹰又腾空而起，距离从七八米缩短到五六米、三四米、一两米，可就是抓不着。越来越高的山，下过一道沟，又爬上一道坡，骄阳似火起来。老鹰在逃脱被抓，逃离死亡，丝毫没有挑逗的意思，可追捕它的群体就看成了挑逗，斗志昂扬。

追到了又一座山峦，抬起头，太阳刺疼了她的眼睛。太阳照着的银城显得又大又热，直直晒着，何况又在山顶，她出汗了。追到了山上，山笔直，山上还是一个圆形的包，耸立，上面也是圆的，像个大坟头。老鹰落在了孤独的顶上，老鹰的家，一块飞石的大坟墓里。

大家都坐下了，喜翠摘下书包，脱掉衣服，里面穿着一个跨栏背心，不太白了，不知道洗了多少次，很薄还有点懈了，几乎能看见里面的肉，从绿书包里拿出军用水壶咕噜咕噜喝了几口。无病哥在判断形势，刚转过身来喜翠就把军用水壶扔了过去，无病哥神奇地接住了。无病哥跟喜翠好默契，拧开壶盖，犹豫着要不要递给她。她赶紧转过身去，不想让无病哥为难，不想让喜翠不高兴。

"解皮带！"范无病没喝，把军用水壶又扔给喜翠，"都把皮带解下来！"

"你要干吗？解皮带？"喜翠站起来，"行不行了？可愁死我了，流氓！"

"流什么氓？都快一点！"范无病边解皮带边说，"用皮带拴成绳子，我们拽着爬上去抓老鹰！"

范无病一下就说明白了，是把大家的皮带拴起来，做成绳子，扔到山顶一块尖石头上套住，大家就可以拽着皮带上去了。

"听口令，都站好！"喜翠解开皮带，"我数一二三！一、二、三！解！"

革革、丫丫和几个女生齐刷刷把皮带解开，从裤子上抽下来，齐刷刷地举起来，喜翠挨个收起："小红姐，还有文文，你俩怎么不解下来？"

"别把我跟她放一起提好的哇？"文文不屑地瞄了她一眼，扭了一下腰，边转身边抽下皮带，"拿去好啦，弄坏可要赔的啦！阿拉这是真牛皮的，可不像你们都是塑料的啦！"

"你神经病呀？"喜翠生气了，"上海人屌什么？不也是想找大鸡巴操嘛！"

"喜翠！"无病哥急了，"说屎啥呢！"

"你吼我？"喜翠急了，把皮带扔地上，"范无病！你今天就看我不顺眼是吧？"

革革和丫丫过来了，一个捡皮带一个哄喜翠，丫丫说："排长，别生气，瞧丫那操性！"

文文恼了，猛转回身，指着丫丫说："侬的脑子被枪打过哇？"

丫丫吓得后退一步，悄悄指着她。她怔了一下，革革上前胡拉着文文上下起伏的胸，哄着说："别生气文文，丫丫学张代表呢，张代表帮童工收拾房子在门口撒尿，不是跟童工学会了一句北京话吗？"

"往哪里摸呀？"文文打开革革的手，"流氓，拿开侬的咸猪手好不啦？"

"是不是把你摸的想撒尿了？"喜翠拿过皮带。

"都闭尿嘴！"无病哥发火了，"集合！排队！按大小个一个一个来！客山红最后一个！"

"你是皇帝呀？还一个一个来，太流氓了！"喜翠大声嚷嚷，"可愁死我了！"

她长长叹了口气。张代表还跟爸爸一起帮着收拾过家？油漆是不是张拐子刷的？抬起头，皮带结成的绳子套在了一块尖尖的岩石上，阳光下从空中悬了下来。

知道"求索"是怎么一回事了，就是要有能够抓住的东西，往上攀。幸亏顶上有块凸出来的岩石，要不道道山算是白翻了。她懂得了什么是"希望"，希望就是抓住一样能够抓住的东西逃离困境。喜翠、文文、革革、丫丫，这些个女生都比她早来银城，习惯了银城的气候，没有穿秋裤，没有了皮带都系不住裤子，只穿着裤衩了。

文文不是，文文做的军裤很合腰，没有皮带也能系住。她不怕，里面穿着秋裤呢，妈妈让她穿的秋裤。她知道了，原来她们都是一个班的，五年级，子弟学校叫五连，五连一排，喜翠是排长，无病哥是一排的校外指导员。

喜翠第一个上去的，踩着蹲下的无病哥的肩，无病哥站起来，再用手把喜翠托上去。"流氓，你摸到我屁股了，可愁死我了！"喜翠叫着，无病哥说："马喜翠，信不信我摔死你？"喜翠嘻嘻笑了："无病哥哥才舍不得呢！"无病哥抓住喜翠的腿往上一托，喜翠抓住了皮带像猴子一样灵巧地上去了。

该文文了。这个校外活动小组，她承认文文的气质是最好的，包括长相。当文文光着脚扭着细腰擦着她的肩走向无病哥的时候，她转过身去，看着远处层层叠叠的山。

"侬别抠我脚心好的哇？"

她排在最后一个。下面只剩下她和他，上去的人都不见了，她们也看不到下面。无病哥的眼神有些异样，闪着光亮，转过身去，慢慢蹲下，说："来，上！"

她没吭声。

"别怕，有我呢！"无病哥似乎没有勇气回头，对着岩石说："你是怕高吗？来呀妹妹！"

心里骤然热了一下，妹妹，哪个妹妹，死去的妹妹？董爷爷说，最漂亮的女人不出在山西米脂，也不是四川，而是各个高挑美丽的哈尔滨。无病哥小时候带着妹妹从更远的哈尔滨来到银城的吧，妈妈死了，喂了狼。妹妹也死了，喂了鱼。做范无病的妹妹会不会注定也得死呢？

破除迷信是对的，寺庙拆了，孔庙拆了，基督教堂拆了，天主教堂也拆了，什么都不信，互相拆，到最后连自己也拆。有人已经拆过了，写小说和戏剧的老舍投了太平湖，作诗和政论的屈原千年以前就投了汨罗江。范家如果有宗祠，她也想去给拆了，别克女人。无病哥，真的一见面就喜欢上了，那样魁伟、阳刚。需要有一个哥哥，如果有哥哥，北京班长就不会一直变着花样儿地欺负她了。

无病哥回过头来。她做了一个示意，无病哥一看她的眼神就懂了，跟无病哥倒是能心有灵犀。无病哥站起来了，躲到一边。

她要自己上去，跑起来，冲向光秃秃的岩石，脚快速蹬，借惯性可以冲上去，抓住裤腰带做成的绳子头，拽着爬上去。董爷爷值班回来很晚，有时候不走门，会身轻如燕飞上墙，轻轻落地跳进院子里，她见过。妈妈发烧的那个夜晚，上阁楼没有找到董爷爷，一回头董爷爷就从墙外飞了进来。

"董爷爷，您教我吧！"好几次她拉着董爷爷的手央求，董爷爷说："女孩学它干吗？还有，红，记住了，千万别告诉别人啊！"然后又补充了一句，好难过的样子，"女孩早晚得飞。"她知道，悄悄说："我知道董爷爷，去年我爸回来跟我妈睡觉的时候，我妈说'快快我要丢了'，今年回来我妈不说丢了，说'使劲儿，我要飞了！'"

董爷爷不说话，用奇怪又难过的表情看着她，跟无病哥此时的表情一样。

她后退几步，深呼吸，屏住气，大步往前冲，身体跃起，想快蹬几步蹿上去。想法很骨感，现实很悲惨。她没蹿上去，身体撞到岩石上，无病哥反应快，一下接住她紧紧抱住。

"疼！"她眼冒金星，喘不过气来，眼泪快流出来了。

"哪疼？"无病哥很着急，"撞哪了？"

当然是胸，胸脯，乳房太丰满，结结实实撞到岩石上了。无病哥心疼，伸手就帮她揉，慌张中抬手竟然伸进了里面，挑过胸罩摸在了乳房上。她呀了一下，疼得心慌，闭上眼，泪水流了出来。

无病哥没有动，怕她更疼。停了一会，她倒过气来了，他的手小心又轻轻地揉，抚摸着她像玉一样圆润光滑的乳房。无病哥的大手好烫，把她摸得周身发热，脸红心热，想挣脱开，无病哥把她搂得更紧，动弹不得，手指慢慢地触到了她的乳头，一阵麻酥酥袭来。

　　使劲推，无病哥像座铁塔，推不动。奇怪的是身子和他的身子很舒贴，没有支支棱棱硌得慌，北京班长在山洞里搂住她完全不是这样。董爷爷说，夏娃是亚当身上取下的肋骨，所以才一样，又不一样。不知道，只知道挣扎无用，感觉到他的身体在抖，她的身子随着抚摸一阵发软，听见了自己的呻吟。她没有睁开眼，靠在了他的肩上，他的脸贴过来，热乎乎的嘴靠近了她的唇。

老 鹰

"干吗呢？你俩怎么还不快上呀？"喜翠趴在上面，把头伸出来，向下看，然后惊叫起来，"可愁死我了，你俩贴一块了？范无病我杀了你！"

"快尿回去！别掉尿下来摔死！"无病哥抬头回应道，"我正弄她呢！她没你尿得灵巧，不好弄！"

"那是！她看着就笨笨的，哪有我灵巧？"喜翠马上高兴了，"小红姐太软了，你俩赶紧的，老鹰在洞里咕噜，下蛋呢！"

喜翠缩回去了。无病哥依依不舍，猛亲了她一口："客山红，你是我的，愿意为你死！"

她的心咯噔了一下，吓一跳。

"我一定跟你好，将来娶你！"

惊天动地的誓言，如果响声雷就好了，更真实。果然就响了，雷声在远处，沉闷地响起。"无病哥？"她心里一热，身体抖了一下。

"别怕！有我呢！"

上来了，好高。喜翠她们趴在另一块岩石上，围在一起伸头向石缝里看着。

无病哥过去，趴在喜翠旁边，那边挨着文文。"快来！"喜翠压低声音，向她招着手，踢了丫丫一下，"靠边让让！"

丫丫嘟着嘴站起来，让开，趴到革革旁边。她过去，知道喜翠信了，无病哥因为要托起她够皮带才抱在一起。率真的喜翠，不像文文那样心怀鬼胎瞪了她一眼。"心怀鬼胎"算是什么词呢？古人因何造出这么个词来？是说人可以"怀人"也可以"怀鬼"的？活见鬼，对，人们有时候爱说"活见鬼"，她倒是见过了，火车上。

"母鸡被公鸡踩过蛋，下的蛋才能孵小鸡！"喜翠看着她，"这只老鹰不知道配过没有，下的蛋能孵出小鹰吗？"

"我不知道，喜翠。"她小声说，难为情这样的问题，喜翠不是坦率，简直太豪迈。

"应该能孵出小鹰来，还得把老鹰蛋取出来！"喜翠亲昵地看着她，"小红姐你真漂亮，我不是男的也想亲你呢！你要是早点儿来就好了，我们可以到东山沟玩打针！我可会打了，丫丫的屁股又白又胖，每次给她打她都咯咯笑，她给我打的时候我也笑，乱摸我，我怕痒痒，可愁死我了！"

"你神经病啊？"无病哥受不了了，"闭屎嘴！把老鹰都给吓尿了！"

"你又吼我！"喜翠拍了无病哥一下，下面还踢了一脚，"你来我家吃鸡的时候我就答应你对客山红好一点，我做到了，你还想怎么样？流氓！"

轻轻叹了口气。原来无病哥要求喜翠要对她好，女生跟女生好都是有条件的，甚至有代价。喜翠是一个不会装的女孩，不像文文。文文听到喜翠跟丫丫小时候玩打针，坏坏地笑了一下，伸出舌头做了一个作呕的表情。

　　女生总是遇到让自己痛不欲生的事儿，却没有能痛定思痛的，那样的女人就成仙了。"成仙"是什么感觉呢？可有肌肤的感受吗？喜翠跟丫丫脱了裤子互相打针玩她没玩过，幼儿园的园长阿姨给她洗澡令她印象深刻。阿姨跟妈妈在师范学校是要好的朋友，所以也对她好，没结婚却喜欢孩子，上幼儿园大班以后经常亲自给她洗澡。那天洗得好慢，又细致，往海绵打上香皂细细地擦她的身子，从上到下，从前到后，哪儿都没有放过。她记得擦她的屁股，还亲了一口，说她好白，肌肤细腻得像羊脂，如玉石，然后把她转过来，用海绵擦在她的胸脯，怪怪的。阿姨还亲了一下，痒痒。阿姨出汗了，脱了衣服坐进浴缸跟她一起洗，在水里把她抱在怀里，亲吻过她。这是一个秘密，六岁就被亲过了，阿姨软软的舌头还在她胸脯游走，一只手抚摸着她的下面，像小虫子爬。阿姨让抱住她，她就抱了，搂住了阿姨的脖子，感受着阿姨对她轻轻的抚摸。

　　喜欢这种抚摸，难忘这种抚摸，感动这种抚摸，不知道为什么。有一天终于知道了，上学第一天回来，想让妈妈抱抱，妈妈抱了她，董爷爷进屋来妈妈说："看我们红，都上学了还撒娇呢，第一天放学回来进屋就让我抱抱，从小到大老让我抱，可怎么好。"董爷爷赞许地说："太好了！"妈妈问："怎么就太好了？您还鼓励她撒娇啊？这可长不大，红又不像才上一年级，真怕被高年级的同学欺负。"董爷爷说："我是说你太好了。"妈妈说："您又来了，我怎么就太好了？笨得要死。"董爷爷说："你不笨，知道对孩子从婴儿时期就要多抚摸才是，抚摸皮肤产生的疼爱会让孩子有安全感。"

看见了，受伤的老鹰在洞里，翅膀扑棱开来，下面是一只小鹰。原来老鹰流着血拼了命也要回家，是要看一看它的孩子，翅膀下护着一个雏鹰。看见了老鹰两只血红的眼睛，没有恐惧，也没有悲伤，只有怒火，随时要扑出来，从未有过的震撼。"无病哥？"她要哭了，"我们赶紧走吧，别伤害它！"

"撤！"无病挥了一下手，很英雄地挥了一下手，"快撤！往后退！"

"妈呀，可愁死我了！"喜翠嚷嚷着，"白追了十几里地？她说不抓你就不抓了？可愁死我了！"

"老鹰不知道我们是要救它，以为我们要杀它呢！"无病哥大声说："喜翠，把头缩回来，再让老鹰戳瞎你的眼睛！"

"那不行！我奶奶需要大老鹰！"喜翠可不是想救老鹰的，原来是她奶奶需要，"老鹰的血配药可比鸡血强多了！你起开，我来抓！"

喜翠蹭的一下往上爬，范无病扯住她，一下把裤衩给扯掉了。

"流氓！"喜翠赶紧提上裤衩，"大流氓！"

无病哥急了，说："我就流氓怎么着吧！"

"可愁死我了！"喜翠说。

问题严重了，下来以后才发现：怎么把皮带取下来？无病哥跳了好几次，能够到皮带可就是没办法从套在石头上的第一节摘下来。无病哥沉默了。

"侬赔我皮带哇！"文文快哭了。

革革和丫丫哇的一声已经哭了。

"哭个屁呀！"喜翠喊着，看无病哥，说："咋屁办？这些人的妈非找你！可愁死我了！"

"撤！"无病哥挥了一下手，"回去！"

妈妈不会说她的，长这么大一次都没有骂过她。董爷爷说疯婆子才会打闺女，把闺女打成柴火妞般毫无气质的傻丫头，长大没出息，反倒抱怨起人生的不公平。人生哪有公平或不公平的事儿？董爷爷知道，活着不公平死了也不公平，有的人埋得很隆重，有的人埋得极草率，董爷爷专挖埋得隆重的人，越隆重越要挖。能把骨灰放进八宝山的人不用挖，放在那里摆着，只证明活着时候的价值。更多的北京人死了像群葬一样把骨灰埋在八宝山的后山坡，可大部分人死了连后山坡还进不去呢。

北京的日子不再有。爸爸在这里建设未来，妈妈在这里寻找未来，她在这里等待未来。

未来究竟什么样？只有天知道。明天比今天更好，谁说的？董爷爷不同意，瞎掰，明天不一定比今天更好，就跟活人总拿死人说事儿一样，只是拿来说事罢了。董爷爷说归说，董爷爷敬畏尸骨，每次考古挖开一座大墓前，嘴里都要不停地念叨，说人要有一颗敬畏的心。

老鹰要敬畏吗？当然，她记住了那坚毅的眼神，懂得了老鹰的慌张，也知道了老鹰的阴险。她是最后一个下来的，老鹰飞出洞，掠过她的头顶，像黑色的火焰。

"呵，洪长青，带着你的南山娘子军回来了？"南山坡，一个人扛着一把枪过来，气枪，枪上拴着一串麻雀，再也飞不了的鸟儿，被打断翅膀或打爆了脑袋。"没去老龙湾吧？老校长非掐死你扔河里！"

"洞庭雀？"无病哥皱了一下眉，小声说："倒霉！"

"没关系，他不会告诉张拐子我们没去老龙湾！"喜翠说，"不怕，文文也在！"

"提阿拉子做什么？"文文躲到她的后面，奇怪。

"哟呵，怎么都提着裤子呀？"洞庭雀走过来，"我说范连长，咋回事儿？人家洪长青带着娘子军一心想到延安，可都是要提紧裤子，你小子倒好，把小姑娘们的皮带都撸屎的了？"

就这样见到了洞庭雀，爸爸说过是战斗文工团吹笛子的，住在她家对面。一个笑起来好好看的叔叔，叫大爷才对，身材秀气得像女人，上嘴唇扁扁的，说话可以不动，一口整齐的白牙。

快到南山了，太阳更大，挂在头顶。

"你们赶紧回家吧！"洞庭雀从肩上拿下枪，揉着肩，还翘着小拇指，做派像个女的，"我跟客山红有话讲。"

她看了一眼无病哥，无病哥点点头，倒是没什么好怕的，况且洞庭雀亲切又热情，把枪递给她："帮我扛一会，走路别晃，别把鸟给晃下来！"

洞庭雀坐地上了，脱掉球鞋抖着，无病哥带着大家就走了。奇怪，喜翠没愁死，不咋呼了。文文有点怕，丫丫也跟猫似的，革革老看别处。

"我就说有沙子吧？沙子虽小，硌的可是爷的脚！"洞庭雀从鞋里抖出了一粒沙子，穿上，看着她，"麻雀虽小，玩的可是整个天空！"

洞庭雀穿上鞋，站起来："你扛枪，咱爷俩不急，慢慢走！"

她扛着枪，枪上挂着鸟，洞庭雀居然拉住她的手，往家里走。洞庭雀好亲切，手又柔软，只是冰冰的，他微笑着说："你妈早上到的？带了好多好吃的吧？"

"嗯，"她点点头，"叔叔，您干吗打鸟儿呀？"

"麻雀虽小也是肉呀！"洞庭雀转动着另一只胳膊，松松肩膀。"银城每人每月半斤肉票，马三娃家又屎的不缺肉，快成鸡场了！你妈妈从北京都带什么好吃的来了？有大米吧？银城每人每月才二斤米！"

"有大米，叔叔。"她明白了要带她回家的这番热情，洞庭雀爱大米。"火车快件托运来的，妈妈拿不了那么多东西。"

"是啊，这是搬家呢，可不得托运嘛！"洞庭雀喜悦地说，"你得叫我爷爷才是，你妈得叫我叔叔呢！不过叫我叔叔好，更年轻！"

"张爷爷。"

"不，就叫叔叔，我喜欢！将来我把你弄到部队文工团去，跟卫华一起当文艺兵！"洞庭雀刮了一下她的脸蛋，"不过你妈欠我的！团里的一个指标说好了给我留着给小芳的，我去了趟坦桑尼亚马三娃就给了你妈！"

一个不长胡子的叔叔，洞庭雀如此白净，体征却不像男的，真像个女人，唱戏的，果然唱过戏。洞庭雀摸了一下她的头说："你这眼神真是个小大人儿！我唱过戏，《霸王别姬》！舞台上不让男扮女装了，我吹笛子！"

洞庭雀介绍自己，是要她传递给妈妈，她懂。洞庭雀走路也有味道，不能用英俊来形容，英俊属于董爷爷，还有爸爸。她知道了他会做饭，炒得一手好菜，受不了北方人做鱼把鱼肚子里的好东西都给扔了。鱼肠是一道好菜，北方人日子过得太粗糙，不懂得上等佳肴。洞庭雀生活细腻，成为南山家庭妇女的偶像，笛子吹到了坦桑尼亚，《我是一个兵》。

洞庭雀说他演《霸王别姬》，刚学到像那么回事就不让演了，她也懂，董爷爷说国家知道该让人民看什么，由着性子来是不对的。艺术是为人民服务的，主要为工农兵服务，知识分子是"臭老九"，不会炼钢，不会种地，不会造枪，就会整天挑毛病，动不动就瞎咧咧。妈妈不说话了，不懂，董爷爷一解释就懂了。比如大水淹了花果山，孙悟空告诉玉皇大帝淹死了多少猴子就是"负能量"，说救了多少猴子才是"正能量"的，妈妈一下就懂了。注定倒霉一定是要倒霉的，像文文她爸终躲不过那块砸死他的石头。

知道了，洞庭雀吹笛子一吹就吹到银城来，比马三娃还早进文工团，做得一手好饭，就连驻守银城的野战军首长还到过他家吃他做的炒鸡杂。军长也是湖南人，吃过洞庭雀烧的鱼肠和炒鸡杂激动得热泪盈眶，多少年都没有吃过正宗的湘菜了，吃到了妈妈的味道，把洞庭雀紧紧拥抱住，还流出泪水。洞庭雀更是激动万分，说一定传授给小三烧鱼肠子、剁椒鱼头，卫华笛子已经吹得非常好了，毕业就让卫华到部队文工团去，军长当场答应了。

"叔叔，您有几个儿子呀？"

"三个，"洞庭雀伸出三根手指，"老大张卫东，老二张卫国，老三张卫华。"

知道了，爸爸安排了张卫东，洞庭雀安排好了卫华，卫国必是已经当兵去保家卫国了。

"你妈可别一感激把自己给了马三娃！"洞庭雀看着她，微笑着说："你爸一个星期出一次山才能回南山，看你这么漂亮就知道你妈妈有多漂亮了！你妈守得住马三娃也守不住呀！文工团的指标怎么会白给呢？你妈可别跟马三娃到小凉亭上去战斗！我说你怎么老提裤子呀？美女的皮带是松的，客山红，你成熟太早可不是什么好事情！"

有点害羞，裤子真是老往下滑，失去了皮带，她就成了一个在路上总要提裤子的女孩。

"女人这辈子就忙活脱裤子了！"洞庭雀摇了一下头，"尤其是美女，遇到的男人多经常就脱错了，到头来却说自己不幸，女人哪！"

洞庭雀扛着挂满鸟的枪上了仓桥，不知因何这般喜悦。她到了家门口，扫了一眼河对面，洞庭雀的家在阴影下，太阳晒不到，阴森森的。

快步进了院子，东边窗户下搭起来了一个架子，上面摆着蔬菜，菠菜好大，第一眼看不出来是菠菜，又大又绿。葱也大得惊人，还有青蒜，萝卜一根得有三四斤。

停在了门口，听见屋里有人说话，马团长洪亮的声音："毛主席教导我们说，凡是敌人反对的我们就要拥护，凡是敌人拥护的我们就要反对！"妈妈说："真好。马团长，可敌人要是拥护吃饭呢？我们是不是就该不吃了？"马团长说："阿娇同志，这话可别让老麻雀听见，那你可就完了！"

忽然传来了笛声，那样清脆，越过沟壑，越过黄河，《我是一个兵》，每个音符都在跳跃，像是踩了弹簧，轻盈，洒脱，欢快的兵。她转过身，寻找那笛声，真好听，洞庭雀到家吹起了笛子？

看见了一个英俊少年，十四五岁，站在对岸，像个仙子，身材那样修长，穿着一身带着白道道的蓝色运动服。看见她，笛声停了。

有些难为情。笛声不知吹给谁听的，卫华，一定是卫华，看见她转过身来为什么停了？默默站着，默默看着，笛子还有一个长穗垂下，一动不动，就这样看着她。

她害羞地转回身，推门进了屋。

"赵主任说不过年不过节的，包饺子是资产阶级生活方式。"妈妈微笑着说，"还真不知道该怎么办了，您把肉馅拿回去吧，红她爸还让我给您带了两瓶二锅头，给您一起装上。"

"那可不行！我可不能收礼，阿娇同志请都请不来的，这绝对不行！"马团长大声说，"你拉上窗帘插好门包饺子，以后做什么好吃的别让赵小辉看见！我们这儿晚上都喝玉米面粥，要么做片汤，每家的粮食都不怎么够！"

"红回来了？"妈妈转回身，说："快叫叔叔。"

"马叔叔好！"她礼貌地叫道。

"呀，呀呀呀！"马团长脸上的表情好丰富，眉毛往上挑，说："你比喜翠才大半岁，咋就像十五六呢？比你妈还漂亮，可真是银城的两朵花！怪不得你爸爸在屋里挂了两个牡丹花塑料布呢！"

两朵大牡丹，鲜艳，开得那样鲜艳，好俗气。董爷爷说，东西俗到极致就是经典，就是民族的了，倒不一定是世界的。世界的人只是看着新鲜，随口夸夸罢了，千万别当真，小心走火入魔。

"阿娇同志，你来了太好了！"马团长兴奋地说，"我在下，你在上！"

"红她爸说您接收我，"妈妈轻盈地笑了笑，说，"游行的时候举旗子，怎么还有上下呀？"

"忠字舞！你把在天安门广场的七层宝塔忠字舞带到银城来，你在下哪屁经得住？我怕把你压坏了！"马团长红光满面地说，"北京忠字舞在银城第一次亮相，明天就开始练，你在上，我在下！游行的时候你在前，我在后！真屁好，要不都盼着明天呢！"

明天，明天更美好。北京人和银城人都为明天而活，今天什么样好像不在意，浩浩荡荡往前走，为了明天，七亿人高呼口号，怎不惊天动地，吓坏了美帝国主义，让'苏修'受不了，好像要走到非洲似的。中国的朋友都在非洲，欧洲就一个阿尔巴尼亚，我们的朋友怎么都那么远呢？老话说远亲不如近邻，现在的近邻是洞庭雀。董爷爷说生在80年代的人没有历史，生在90年代的人没有未来。她听不懂，妈妈也听不懂，董爷爷说生在80年代的人将来你要是跟他谈"历史"会认为你有病，生在90年代的人你跟他谈"未来"你就是疯了，"80后没历史，90后没未来。"董爷爷是既能看见历史又能瞧见未来的人，天下总能有一个让你陶醉的人。

"我瞧见你的菊花了，"马团长喝了一口茶，"我要菊花。"

"您想喝菊花茶呀？"妈妈的脸唰的一下红了，"我以为马团长喜欢碧螺春呢，瞧我，真是的。"

妈妈走向木柜，脖子都红了。

"客山红啊，我们家喜翠直肠子，从来没出过银城，最远就到过老龙湾！"马团长把双脚收起，盘坐在龙椅上。"喜翠就是个小火炉子，对谁都热乎乎的，你要跟她成为好朋友！"

看了一眼龙椅，龙椅没变化，龙椅未哭，马团长说的是真话。她有点感动，使劲点点头："您放心吧，我会的。马叔叔，您能对我妈妈也好一点吗？"

"这屄子说啥呢！"马团长说，"我当然会对你妈妈好！"

"我是说也别特别好，怕我爸爸会难过。"她不知道该怎样表达，"我爸爸难过不会说出来的，反而会对妈妈更好，董爷爷说我爸爸是天底下最好的男人。"

"董爷爷？"马团长把脚放下来了，"谁是董爷爷？"

"我们家的邻居，"她饱含思念地说，"住在阁楼上的人。"

"还屄的住挺高！"马团长扭了一下屁股，在龙椅上舒服些。"我当然会对你妈妈好，不像那个董老头在阁楼上低头看你妈妈，我是仰望你妈妈，不带一点私心的！"

有些惊异，她看见龙椅湿了，扶手开始渗出水来，心里咯噔了一下。

"我会对喜翠好的！"她有点心慌，知道马团长开始说假话了。"马叔叔，您对我妈也别真好，这样就都好了。"

"你这绕啥呢？我对你妈妈好没一点私心！"马团长把双手搭在龙椅扶手上，"扯不上男女关系，嗨，这大龙椅怎么湿屄的了？"

龙椅哭了，刚到银城就哭了。妈妈也看见了，脸上带着笑容，把菊花茶递给马团长，说："红，去把萝卜削了皮，剁馅包饺子。我还带来了花生米呢，晚上你爸回来跟马团长一起喝口酒。"

"这龙椅怎么冒屄水了？"马团长站了起来，好惊讶。

"云上来了，这是要下雨吧？"妈妈说，"银城干燥，返潮，龙椅就湿了，我擦一下您再坐。"

她出了屋，从窗户根下面拿起一个大萝卜，在北京没见过这么大的萝卜。走向厨房棚子，取了刀，削皮。厚厚的云堆积在山顶，好像真的要下雨了，爸爸有雨衣吗？爸爸来银城这些年，对银城说变就变的天该是有准备的。

董爷爷在干吗？妈妈走了以后，董爷爷会不会好孤独？有点想董爷爷了。董爷爷从此真的不吃晚饭了吧，要离开前董爷爷就说以后晚上不吃饭，还说古时候人们都是不吃晚饭的，连皇上都不吃，过午不食，所以八百年后的北京人才见面就问"吃了吗？"

吃是一件多么重要的事儿。毛主席号召全国人民"深挖洞、广积粮"，吃真是一件大事。吃银城的粮，喝黄河的水，她在这里上学，然后下乡、返城、工作、结婚、生子、老去，直到死了，一生将在这里度过。

想想未来真的很长，一百年有多长啊，可董爷爷却说很短，四十岁就知道生命有多短了，而大部分人五十岁还没活明白，六十岁快明白了，七十岁真明白却离死不远了，只剩下老泪纵横。"老泪纵横"是最悲惨的词，动词。想想一个七十岁的老人坐在门前望着远方流泪，这辈子怎么会这样走过？有那么多机会，每个机会都像是路口，选择不同的路口会跟现在不一样，只有老了才明白。生命如此漫长，好长好长，董爷爷说妈妈能活到一百岁，在世上度过三万六千五百天。又有多少人真能活到一百岁呢？即便活到一百岁，三万六千五百天也不够长，而且再也不回来了，不知道去哪儿了，这么一想好难过。董爷爷不难过，跟妈妈说有一个地方叫"天堂"，好人都会往那里去。妈妈不同意，妈妈说善良的人死后是可以轮回的，还会再来。董爷爷热泪盈眶地问："你想起来了？快，坐到龙椅上说，看你是不是说谎呢！"妈妈苦笑一下，又否定了自己的话，说："您真行，哪儿有前世呀？"

董爷爷伤心了，看出董爷爷有多伤心，坐在龙椅上，眼泪吧嗒吧嗒往下掉。龙椅没哭，那董爷爷说的就是真话。怎么会是真话呢？妈妈想把龙椅送给董爷爷，董爷爷不要："记住，人拥有的每样东西都是有缘分的，既夺不得，也不能够舍得！"

妈妈好难过。看到妈妈就有一种说不出的温暖，不能想象有一天妈妈会不在这个世界上了，真到那一天，妈妈非离开这个世界的时候，她宁愿跟妈妈一起死，去另一个世界。无论哪个世界，她不能没有妈妈，离不开妈妈，怎么能跟妈妈永远永远地分手，再也不能相见了呢？董爷爷说，这世的亲人下辈子都是见不到的，到了天堂也不相识。那怎么成？

爸爸来信说把妈妈调到银城，树叶开始飘落了，妈妈看着窗外，四合院里落满树叶，姥爷种下的槐树好茂盛，落叶让妈妈伤感，好像姥爷就是这槐树，还活着，化成了一棵槐树，依然为妈妈遮风挡雨。这就是妈妈有时候会莫名其妙想哭的原因，接到爸爸来信这一天妈妈好伤感，眼睛里闪着泪花，望着窗外落叶惆怅地说："叶子也是有归处的，是吧，她爷爷？"董爷爷没看见妈妈的泪花，站在妈妈身后点点头说："那是！"妈妈又说："都打成水泥地了，叶子归不了土，只能飘零了。"董爷爷不说话了。妈妈说："天不早了，您走吧，回屋去吧，上您的阁楼。"

董爷爷起身就走了，她跟到门口。每次都这样，送董爷爷出屋她好插门。妈妈对董爷爷极是礼貌，却从未送到过门口，每回都是她送，董爷爷转回身，说："小红，插好门。"

那天她没插门，鬼使神差，第六感觉告诉她，董爷爷还会来，给妈妈送药来，对发烧的妈妈不会不管。看出来妈妈的脸红红的，身子还一阵阵抖，妈妈好热，不，是好冷。

"红，帮妈倒水，"妈妈有些不淡定地说，"妈妈要洗个澡，你先睡吧！"

妈妈要洗澡，用凉水降温。爸爸去银城以后，董爷爷把四合院的水管给接到屋里来了，她把大木盆在水管前放好，拧开水龙头。妈妈说："给妈妈把那两暖壶热水倒进去，妈妈要洗个热水澡，烫一点儿才好。"

妈妈发烧身体会冷，所以水要热一些。她把两暖壶热水倒进木盆，妈妈脱光衣服，取出来一条睡裙。妈妈从未穿过的小睡裙，很短，刚过屁股，国庆节前买的，爸爸来信说十一要来北京献礼，七八七生产出了全自动步枪。七八七不是生产枪的，打些掩护罢了，爸爸带着攻关小组研制仿造 AK-47 步枪，显然没成功，没能在国庆节的时候来向毛主席献礼，妈妈也就没穿上小睡裙。

今晚要穿。妈妈把睡裙放到床上，一边拉上了屋子中间的布帘。好久没有拉过布帘了，她喜欢躺在床上看着妈妈慢慢睡着，今天妈妈却要拉上布帘遮挡，不想让她看到自己洗澡。

她走几步，又蹑手蹑脚回来，躲在布帘后。不放心妈妈洗澡，怕妈妈晕倒。妈妈好漂亮，身子那样白，光滑，闪着亮。脖子好圆润，又长，平直的肩膀，一道圆润的弧线，胳膊也长，还有纤细的手指。妈妈乳房那样丰满，高高耸起，有两个鲜红的乳头，不能相信她吸吮过，也不明白乳头怎么会挺起来。妈妈的腰好细，肚子那样平坦，腿是那样修长，转身的时候，抬起一条腿，屁股高高上挺，像切成两瓣的篮球一边一个贴上去的。可惜没有了长发，妈妈是喜欢长发的，军代表不让女教师留长发，都留成刘胡兰那样，革命女性就应当像刘胡兰，江姐的发型也是。妈妈既没想当刘胡兰也不想成江姐，可妈妈说了不算，要由组织决定，如果还想当老师的话。妈妈不想在中学当老师了，怕总有一天躲不过那个军代表，军代表开始调查妈妈的历史了，不相信妈妈是被姥爷从南方抱养的，叫阿娇也不行，名字肯定是假的。董爷爷也开始担心了，说："你走吧，躲得远远的！忘了天安门，忘了北京，去找红她爸吧，越快越好！"

妈妈坐进木盆里，水很热的，蒸腾出热气，像是仙境中。朦胧的月光映进来，妈妈像个仙女，可仙女病了，发烧。看着妈妈洗澡，没人相信妈妈有了十一岁的女儿。每次跟妈妈出门都让人以为是姐妹，妈妈显得太年轻，而她又显得太大了。跟妈妈有一样的身材，都说脸蛋儿比妈妈还漂亮，而且越来越漂亮。唯一不同的是卷发，这是她最随爸爸的地方。爸爸是卷发，只是没人看得出来，因为爸爸喜欢留寸头，北京板寸，硬硬的支棱起来。她的头发比爸爸软得多，身子也像妈妈那样柔软。

听到了董爷爷在门外咳嗽，不进屋。妈妈不慌不忙地擦干了身子，没有穿上内裤，赤身露体地走到床边，然后穿上睡裙。睡裙太短了，刚过屁股，长腿更显得好看，臀部更显高，更浑圆。她第一次弄懂了"性感"这个词，妈妈好性感。

"红？"妈妈躺下，盖上被子，"去给董爷爷开门。"

她想答应，忽然用手捂住嘴，还屏住了呼吸。

没有插门，董爷爷知道的。董爷爷故意不推门进来，是等妈妈上床后再送药来。董爷爷一定是来送药的，猜对了，悄悄看见董爷爷进屋了，轻轻开门，又轻轻关上，走到妈妈的床前。

她好奇，从记事儿起就认识董爷爷，不记得爸爸。也许不该把董爷爷叫爷爷的，妈妈故意的吗？不叫爷爷也没得叫是吗？董爷爷倒是比实际年龄老许多，饱经的风霜刻在了脸上，却有一种非同常人的风度，再长大一些才知道那叫"气质"。董爷爷有超凡脱俗的气质，像是不可冒犯的样子，尽管脸上总是含着微笑，那笑里内容好多，却没人能懂。董爷爷不需要别人懂，有内涵或故事的人自己知道就行了。妈妈让她管董爷爷叫爷爷，可从未听过妈妈管董爷爷叫过叔叔。

妈妈一点声音都没有，知道董爷爷会送药，才不吭声，装作睡着了。妈妈的呼吸很重，妈妈睡觉一直很安静，安静得像猫咪。妈妈养过一只黑猫咪，都说黑猫可以避邪，董爷爷居然怕猫。妈妈不信黑猫可以避邪，黑猫见到董爷爷会躲得好远，不知道是董爷爷怕它。

黑猫见到董爷爷身子会鼓成了气球，好大好大，想不到会变成那么大，准备随时发起攻击，董爷爷动都不敢动。妈妈发现董爷爷怕猫，把猫送给幼儿园园长了，园长不仅没躲过邪事，自己倒遇了邪。有一天妈妈问董爷爷，说："怎么个情况，您怕猫？不对吧，我看倒是猫怕您呢！"董爷爷笑笑："黑猫是精灵，我属狗的，猫和狗天生为敌，就是这样，我是一条忠诚的狗。"妈妈叹口气："您又说笑了，真该到天桥说故事去。"董爷爷说："我前世带着你常去的，出宫殿。"妈妈好无奈："她爷爷，您有时候怎么也没个正形呀？"董爷爷就着急地说："你怎么老不信啊？"妈妈眼睛里闪烁着泪花："那好，我信，您带我去吧，哪儿都成！"董爷爷郑重地说："好吧，有一天我会带你回去的！"停了一下，用深情的目光看着妈妈，"不过，你得等到我能把自己挖出来！"

妈妈哭了。

听到了妈妈越来越重的呼吸，烧得果真厉害。董爷爷把药瓶拧开，放到枕头边，到桌子取了暖瓶，幸亏她没有全给妈妈倒到木盆里洗了澡。董爷爷把热水倒进杯子，摇晃着降温，一边还用嘴吹着，背身对着床，没看见妈妈把被子踢开了。

她看到妈妈抬起大长腿把被子挑开甩到床里边，睡裙也撩到了上面，赤裸着下身，难受得一边把睡裙的带子往下拽，露出了高挺的乳房。妈妈得有多难受啊，她一声不吭地看着，董爷爷会帮妈妈的。

董爷爷把水杯往手背上倒了点，试水温还烫不烫，仍不放心，喝了一口试了试，这才转过身去，看见了床上赤裸裸的妈妈。

董爷爷坐到床边，把被子拉过来给妈妈盖上，一边说："我刚换的新裤子啊，一次还没穿过呢，你别介意，我知道你容不得别人坐你的床。"

"不让你坐！"妈妈又把被子踢开，呼吸急促地说，"脱了！我要你上来，快一点！"

妈妈这回没有说您，而是用了你。她不知道该不该往下看，为妈妈高兴，董爷爷能够帮助妈妈，妈妈太难受了。董爷爷不肯脱掉裤子，知道妈妈不喜欢让人坐床，连爸爸也不行。她和妈妈都是处女座，有洁癖。"那好，您坐到龙椅上，回我的话。"

董爷爷后退了几步，好听话，坐到龙椅上。

"您是不是有病呀？"妈妈坐起了身，睡裙的吊带已经开了，露出两个坚挺浑圆的乳房。"看着我说。"

"没病。"

龙椅没哭。

"你想……"妈妈说,"你想抱抱我吗?"

董爷爷不吭声,扭过脸来。她一动不动,不让董爷爷发现。

"快告诉我!"妈妈呼吸越发急促地说,"你想不想要?"

"你干吗呀?"董爷爷好生难过,"想看龙椅哭吗?"

妈妈哭了,身子向后躺下,两条腿在地上,她看见了妈妈高挺的白净的女人花园,没有芳草的洁净花园,那样丰满。

她悄悄向后退去,不发出声音,回到床上。

听到了奇怪的声音,窸窣声,妈妈好像在挣扎。她有点心慌,为妈妈高兴,想听到有节奏的声音,肉与肉的撞击声,想听妈妈和爸爸在床上时发出的那种压抑住的呻吟。

"红,关上门,插好!"董爷爷大声说,"你妈妈烧得厉害,我送她去医院!"

原来是董爷爷帮妈妈穿好了衣服,背着妈妈出了门。

院外响起匆忙的脚步声,还有人说:"马团长很少回南山,今儿还洗了澡来了,抓鸡杀鸡还褪了毛送来!又殷勤地去火车站帮着拉东西,马团长啥时候干过活?可是累着了!"另一个怒气冲冲地说:"让她家赔皮带!"

她怔了一下,留在山上的皮带,家长们发现皮带没了,来让她赔。

"听说来了一大一小俩骚货?"另一个女人说:"赔皮带就赔皮带,拐到作风上干屁的?女人不骚还叫女人吗?瞧你瘦屎的跟老柴鸡似的，想骚倒骚得起来！"另一个女人说："胖奶奶别挤对我们了，跟骚货要皮带！要不就赔钱！"

给妈妈闯祸了，她扔下萝卜，拿着刀紧张地回了屋，推开门："妈？"妈妈问："怎么了？红？"她紧张得有点喘不上气来："要皮带，找您！"

咚咚的脚步声进了院子。马团长掏出一张纸条，又从兜里捏出一撮烟丝，把烟丝放到纸条上，伸向嘴熟练地一卷就卷成了一支烟，又伸向裤兜摸出火柴，抬起头，一个胖胖的阿姨进来了。

"胖奶奶？"马团长抬头说："做啥屎子？"

"你真屎在呢？还没回去？不怕喜翠她妈房主任上山找屎你？"胖奶奶怪腔怪调讥讽地说，"吃了豹子胆啦？"

四五个阿姨进来了，怒火万丈的样子。

"您请坐，几位都请坐！"妈妈笑容详和地说，"都别着急，有话慢慢说。"

"往哪坐？虚头巴脑的！赔我们皮带！"胖奶奶轻蔑地说，又怀疑地瞪大了眼睛，"你是客山红的妈？不像！她是抱养的吧？"

"胖奶奶说正事！"一个黑又瘦的阿姨嚷了起来，"妈呀！还拿着刀等着呢？你砍！给你砍！要不我把革革叫来让你一块砍！"

她一惊，才想起手里还拿着菜刀，慌张地扔到地上，躲到了妈妈身后。

"你把脖子洗干净了再让她砍！"胖奶奶说，大家立马安静都不吭声了，胖奶奶从地上捡起菜刀，递给她，说："瞧你能的，给你，先砍谁？我们一个个让你砍！"

"来人哪！"一个阿姨转头朝外面大声喊："快来人哪！杀人啦！"

"不是的！"她快哭了，"奶奶您误会了！"

"误会个屎！"胖奶奶用刀指着妈妈，"这小骚逼拿刀吓唬谁呢？有本事你来！"

"真对不起，让您误会了！"妈妈歉意地说："红，给奶奶先赔个不是，再解释。"

"解释个屎呀？"另一个小矮个阿姨说，"这丫头片子真敢惹事，拿着刀可就不是赔钱的事了！"

"呵呵，屎的来银城还长文化了？"马团长划了一下火柴，没划着，又划，边说："会写名字了吗？"

"关你屎事！"黑又瘦的阿姨说："哟，马团长还穿上新皮鞋？招骚来了？"

"说屎啥呢？"马团长弄了个大红脸，一急，烟和火柴都掉了。

"妈，真的不怨我！"她快哭了，这些阿姨都不怕马团长，话又难听，怎么能给妈妈惹事儿呢？还越扯越大，好深刻的教训。

"哟，还嘴硬？"胖奶奶说："大家评评理，范无病那小兔崽子成天挺着鸡巴走路，遇到你这小骚逼还抓老鹰去了！我们丫丫的皮带呢？还有大家的，都屎的挂山上了！"

"对不起您了！对不起大家！"妈妈向大家鞠了一个躬，"都怨我没管好孩子，给您几位赔礼了！我赔钱，多少？"

"那不行！"另一个龇牙妇女说，"可不是赔钱那么简单了，拿刀呢，快去叫赵主任来！"

"是啊！"一个头发好久没洗都打绺了的人说，"我们都是来自五湖四海支援银城，她们母女俩想用刀劈了咱！企图刀劈革命家属，这不是现行反革命吗？"

"闹个屎！"马团长站起来，"都夹屎的去吧！"

"你才夹屎呢，太流氓了！"黑又瘦的革革妈说："哟，瞧瞧，裤裆都弄湿了，水多的都射到椅子上啦！"

"真尿的不像话！"马团长跺了一下脚，"别闲逼扯淡，都把你们弄到五七连拔鸭毛去！"

"真的？那敢情好，"胖奶奶拍了马团长头一下，"我们都有两只手——"

"不在家里吃闲饭！"大家齐齐地应和道。

"哟嗬，够热闹的啊！"

一句声音传来。声音先到的，然后人进来了。洞庭雀端着一个盆，上面罩着报纸，前胸上挂着一个烟袋锅，还用一条红绸子搭在肩上，背后还有东西，微笑着说："果然是北京人之家啊，把胖懒懒都吸来了？"

"吸你个尿！"胖奶奶说，"大麻雀，外面待着去！"

"胖懒懒，你们是来找事的，我可是来送礼的，不送尿！"洞庭雀笑容可掬地说："哟，马团长也在呢？要不我先回避一下？"

"扯尿子！"马团长斗不过这些妇女，更斗不过洞庭雀，"你跟妇女们闹尿的来，我走了！"

"慢走啊！"洞庭雀笑笑，转过身，背后背着一把木尺，用红领巾系着的是一把木尺。"马团长的新皮鞋真好看！明天我帮你钉个掌，走起路来咔咔的！"

马团长走了，牛皮底新皮鞋带着声响，咔咔地走了。她看了妈妈一眼，妈妈的脸红彤彤，沁出汗来。妈妈本不爱出汗，多热脸上也不冒汗的，到银城开始流汗了。

"张爷爷好！"她看着洞庭雀，盼望他能为妈妈解围。

"张爷爷？"妈妈被眼前的情景弄蒙了，荒唐地问："您是修鞋的？"

她闭了一下眼睛，好可爱的妈妈，经不住事儿，在北京有董爷爷护着，到银城本以为马团长可以护一护，结果连南山的娘儿们都镇不住。

"修鞋？哈哈！"洞庭雀抚摸了一下她的头，"客山红，说好了叫叔叔的，你别把我给叫老了！我送吃的来了，烤麻雀，快接过去！"

她看了妈妈一眼，不知道该不该接过来。

"阿娇啊，我不修鞋，修马三娃，早晚的！"洞庭雀用欣赏的目光看看妈妈，说，"有你就好修了，全银城都知道他怕老婆，胖懒懒说是不是？"

"胖奶奶！"革革妈说："什么胖懒懒！"

"天下事都是一冲动闹起来的，"洞庭雀笑呵呵，"可吵闹没用，会把事情搞尿的更辣手，胖懒懒说是不是？"

"那叫棘手，还辣手！"胖奶奶大声说，"你个湖南蛮子就离不开辣椒！"

"胖懒懒有文化，"洞庭雀读错字毫不羞愧，还能转移，"可惜年轻时加入一贯道，要是不解放，成了奶头山的压寨夫人也说尿不准！"

"爷？我叫你声爷！"胖奶奶急了，"我啥时候加入一贯道了？你这满嘴跑舌头还让不让人活了？"

"莫非是入了青楼？"洞庭雀做出了一个惊愕的表情，像演戏，"哎呀呀，我早生十年该多好，非把你从热炕上救出来！"

"你个缺德带冒烟的！跟你说话算是倒了八辈子血霉！"胖奶奶转过来，指着妈妈："赔我们皮带！没空听老麻雀瞎逼叨叨！"

"多少钱？"妈妈走向床边，去拿钱。

"哟，好大的床，能躺下三个人吧？"革革妈嘲讽道。

"你真是闲逼扯淡！"洞庭雀笑着骂，然后转向了妈妈："阿娇，皮带一块五一条，一人赔她们一块就行了，因为得折旧呀！女人下面也是折旧的，革革妈说是不是？"

胖奶奶给了洞庭雀一巴掌："她二关管你屁事？对革革比亲妈还好呢，我们丫丫都嫉妒！"革革的后妈眨巴着眼睛说不出话来，有点蒙。洞庭雀忽然变脸，严肃地说："阿娇，一人给她们一块钱走人！"

洞庭雀怪不得有威信，倒会做人情，人造革皮带五毛钱一条，胖奶奶她们拿了钱走了，把墙根下面的萝卜、大葱和菠菜每人一样也捎走了。

洞庭雀大大方方地坐在了龙椅上，莫名其妙地重新开了头，说："《国际歌》把地球犄角旮旯儿的人变成同志加兄弟，因为我们不愿意做奴隶，谁他奶奶的愿意做奴隶呀！"

不知道洞庭雀想说什么，他倒是很陶醉，递过盆，取下肩上的东西，她把该接的接过来了，听洞庭雀滔滔不绝地说："我刚从非洲回来，代表国家去的，慰问到坦桑尼亚修铁路的中国工人，我去吹笛子！结果第一天就拉了肚子，跑到比这大西北还辽阔的地方拉屎，没想到在异国他乡拉屎那叫一个痛快！拉完了才发现没带纸，忽然想起了《国际歌》，我就放声高唱，果然招来了一个同志加兄弟的黑人，只见他热情加小跑地过来了，那屎不知道我是要擦屁股纸，脱了裤子跟我并排蹲那了，那叫一个臭！"

她看了一眼龙椅，龙椅没哭，说明洞庭雀讲的不是笑话是真话，还说出味道来了，好臭。真话不一定是香的，注定很臭，人们都说喜欢听真话，可真话不一定让人受得了。

洞庭雀进入了正题，一脸诚恳地说："阿娇，我的好邻居，好同志，我是来借你的！屎，瞧我这嘴，全因为你太美！全天下的美女不是有折服力而是有震撼力！我是来跟你家借粮食的！"

真是奇闻。

"公平尺！"他递过来系着红绸子的木尺，"我来借大米，你用尺子沿盆顺着刮平了，我还也这么还，可不能不公平！"

她快速扫了一眼龙椅，龙椅湿了。妈妈也看见了。洞庭雀在撒谎，是一个借粮不还的人，有借无还。

"苦——哇——"洞庭雀弄了一句拖着长腔的京剧道白，不是小生，倒像花脸，抬起右手伸出三根手指，"就差三天！"

洞庭雀家差三天粮食，而且每月都差。"知道吗？我们家每个月都差三天粮食，计划经济嘛，按计划吃，可每个月还是差三天！"洞庭雀摆了一下手，低下头。

她又看了一眼龙椅，以为龙椅会大哭，没有，龙椅的潮湿不见了，不是撒谎，洞庭雀说的是真话。

她看了妈妈一眼，洞庭雀来借粮，还是借大米，南方人爱吃米，借粮也借最想吃的。妈妈脸上保持着微笑，羞涩已经褪去，接过来盆，里面还有两个泥团。

"我烤的鸟，麻雀，也叫家贼，拿去吃！"洞庭雀大声说，"我家老大叫卫东，子弟学校的工代表，去北京到教育部学习跟你们一趟车回来，又让人屎的误解给拉到终点站去了！老三卫华上初二，我最懂事的老小子，从小教他吹笛子！"

知道了，在河对岸的那个英俊少年。

"老二卫国要是不死还好屎点，多份粮！"洞庭雀忽然带着哭腔说，"那臭小子死也不看看时间，挑个时间再死，离供应下个月粮食也差三天，就是赵小辉带着文文来的那个月！"

有点压抑，要窒息了，她和妈妈的眼泪都在眼里打转。

"老大卫东那屎太能吃，前世就是个饿死鬼！"洞庭雀痛苦不堪，摇着头，"卫东是来讨债的，没完没了！卫国是来还债的，还完了多一天都不待就走！只有我的卫华是来感恩的，天底下最懂事的孩子到了我家！"

呜呜的风刮起来，把窗户吹得嗖嗖响。笃笃，笃笃，有人敲门，她有点惊吓，不知道是不是胖奶奶她们又回来了，鼓起勇气去开门。

门口站着一母一子，母亲蓬头垢面，男孩六七岁，没穿裤子光屁溜，用手比画着啊啊，是个哑巴，来要饭。母亲手里拿着一个碗，脏脏的手指压着碗里的一张纸条，不说话，往前伸着。

她有点害怕，往后退了一步。

妈妈出来，也怔了一下，不知碗里的信是什么。妈妈拿过来，打开，是一封信，介绍信，上面盖着"银城市甘家旺县老龙湾人民公社革命委员会"的公章，居然是要饭证明，她和妈妈都惊呆了。

"滚屎的！南山也缺粮啊！"洞庭雀出来了，推了女的一下，"赶紧滚屎的！"

突然响起锣声，一个戴着尖尖纸帽子的人被工人民兵押着出现在门口，来南山游街的，母子俩想跑，想躲进厨房。

"出来！"洞庭雀骂着，"钻人家的厨房干屎的？不要脸！"

游街的人停在了门口，向里看。

"看屎呢你？"洞庭雀指着游街的人，"当不了校长好好改造！重新做人！你儿媳妇带着孙子跑到南山来要饭，向阳村欠你们老龙湾的？"

她真的害怕了，这就是被打倒了的子弟学校的老校长，好可怕，脸愤怒得变了形，高高的鹰钩鼻子，两个深深的眼窝，像一双鹰眼瞪着洞庭雀，她一下想起了山洞里的老鹰。

就像那只鹰，老鹰化作了人形，仇视地瞪着洞庭雀。这时对岸响起了笛声，卫华站在河边吹起笛子。"卫华，屋里去，咱才不吹给这个现行反革命听呢！这屎领着你们喊口号，把打倒刘少奇喊成打倒毛主席，真该死！该杀！"

下雨了，来到银城的第一场雨，爸爸没有回家，赵小辉打着一把黑伞，站在门口不进来，说："童工给居委会打来电话了，他回七八七调大吊车去了，今晚不回来了，礼拜六再回来！"

"知道了赵主任，谢谢您！"妈妈说，"您不进来坐坐？"

"别包饺子，注意生活方式，不过年不过节，别给你们家童工招事儿！"赵小辉说，"还有你，童小红，明天去学校报到，上几年级张代表说了算！瞧你这一身资产阶级小姐样，也别给你爸爸惹事儿！你说你们不在北京好好待着，来银城干屎的！"

没想来。妈妈不能不来，不全因为爸爸，那个军代表放不下跟活寡妇一样的妈妈，得不到就想毁灭。

雨下得如此急，雨滴也比北京的大，雷声更响，就在山顶炸开，像是要把南山劈了。不真实，不知道银城有雨会这么急，雷这样响，还嗖嗖地刮着风。像梦，如梦，似梦，真的不真实，一瞬间的恍惚，她不知道是不是真的来银城了，是不是还在四合院，想看到董爷爷在走下阁楼。

一瞬间这情景好熟悉，似乎出现过。想起了董爷爷的诗，不知道为什么就忽然想起来，《无法遇见》：

其实，你所说的
生命
就在眼前
因为不在一个维度
无法遇见
每天在一起
各忙各的，哪怕
撞碎
也视而不见
你的早晨
是夜晚
我活在空气里
注视着你
一万年就是一个晨曦的问候：
平安

妈妈好像也没睡着，听见妈妈低沉的叹息声。从北京到银城，妈妈总算跟爸爸在一起了，可还是不能真正地在一起，晚上还是睡在两个地方，爸爸在大山里，妈妈在南山。明明近了，可还是遥远，在银城依然够不着。越近越够不着，比遥远更悲哀。

"妈，对不起！"她好难过，看着里边依然是妈妈一个人孤零零地躺在床上，说："妈，我保证不再给您惹事儿了！"

"睡吧，红。"

雨停了，不知道什么时候停的，月亮出来了，好大的月亮，蓝月亮。静，如此安静，耳朵嗡嗡响，血流的声音，心脏把血压挤冲到脑子流过。嘈杂隐去就凸显了属于身体的声音，在耳朵，或者在脑海。

不，不对，真的有一种声音，越来越明显，越来越响，一种撕裂的声音，在寂静中作响。她感到害怕，惊恐，是龙椅，龙椅发出撕裂声。

龙椅没哭，咔，咔，咔咔，深更半夜地在响。她毛骨悚然，又想起了老鹰，不是山上的老鹰，是站在家门口的老校长，那一双凶恶的鹰眼。

演 习

醒来，出奇的安静，没有了四合院里的嘈杂，听不到胡同里自行车的转铃声，北京的早晨是一部锅碗瓢盆交响曲，银城的早晨不是醒来，更像死去。

耳朵嗡嗡响，不，是脑袋里，哐当哐当，余音，还是环绕的，有一种盘旋叫环绕，纠缠在意识里。带着声响，火车的声响，好像还在车上，好像从未出发。

她轻轻吸了一口气，不是家的味道。妈妈爸爸有味道，尤其爸爸第一次从银城回来走了以后，总能闻到爸爸的味道，留在枕头上的气温。董爷爷没有味道，妈妈没说，那就是肌肤没有亲热过，不曾有过亲热的肌肤，怎会有味道？

感觉不到四合院早晨起来的忙乱，这里静得可怕，仿佛是世界的另一端。另一端是哪端？没人知道，至少活着的时候不知道。董爷爷说人是永远存在的，另一个空间，另一种形式，生命换了一种形式永生。那是灵魂在作祟，董爷爷说"灵魂"就是"发动机"，就像从一辆死了的车上再装到另一辆车上，好比从拖拉机装到了汽车上，从轮船装到了飞机上，只要善良就会越来越好，灵魂是永动机。她记得当时点点头说："董爷爷，我知道了，就好比从蛹到蝶，从蝌蚪到青蛙。"董爷爷笑了："红，你真聪明。"她高兴地又说："好比吃了盐的耗子会变成夜么虎子。"

"噢。"董爷爷噢了一下,没有评判,没点头也没摇头。

带着夜光指针的表指向七点,比在北京醒晚了,天竟完全黑着的,一瞬间竟不知是在哪里。好像发生过什么,想起昨天更像是幻影。被子上有她的体味,清香,发甜,并不是总能闻到。董爷爷说人是闻不到自己的味道的,上帝造人的时候关上了一道嗅觉,狗把这种超长的嗅觉拿了去,所以成为人类最忠诚的朋友。鲁迅说痛打落水狗是不对的,该痛救落水狗才是。

她能闻到自己的味道,没告诉过董爷爷。董爷爷说人的"缘分"其实就是"味道",再有生物钟匹配,就会"一见钟情",像跟无病哥。北京班长只会发情,她开始知道"发情"是怎么一回事儿,是从蹦蹦车上开始的。

她掀开被子,听到咚咚的脚步声,暗锁响动,门开了。

"小范?这么早?"妈妈没有起床呢,声音有些沙哑,"辛苦你,又挑水来了?"

"阿姨还睡呢?快起吧!"无病哥呼哧带喘地说,倒水的声音,"马团长昨晚没回去,让我告诉你七点在山下等你,先去上户口。"

"噢。"妈妈噢了一下,又问:"干吗这么早呀?"

"百货大楼竖了新的毛主席挥手大铜像,有三层楼高,马团长带你先看看怎么摆延安七层宝塔造型!"无病哥说,"阿姨,你们家可真费水,昨晚又洗澡了吧?"

"真不好意思,"妈妈难为情地说,"以后阿姨挑吧,怎么能老麻烦你呢!"

"没关系,我爸让我做的!我爸和童叔是兄弟,童叔清扫天安门广场的时候,我爸在中国历史博物馆站岗,那时我爸就是排长了！"他放下桶，"小红妹妹也没起呢？我一会儿在小凉亭等她，下山后对面山上的小凉亭！你们俩都快点吧，北京来的大官上午先到我们学校视察，然后去百货大楼给毛主席铜像剪彩，赵主任在大喇叭广播两遍呢，你们都没听见？"

"睡死了，还真没听见。"妈妈有点难为情，"小范，辛苦你了，稍等一下，阿姨给你下挂面，吃了饭带小红一起去学校。"

"不了阿姨，我在小凉亭等她吧！"无病哥说，"喜翠家跑了两只鸡，我还得去帮着抓！"

忽然传来像杀猪一样的嘶号，惨叫，好夸张，从河对岸撞进屋里。她头发都奓起来了，没听过人这样哭，夸张的故意惨叫。

"洞庭雀又揍张拐子了！阿姨也真是的，给他们家大米不说，还把马团长送的鸡也让他拿走了吧？"无病哥什么都知道，"张拐子特能吃，有了汤泡饭还尿得得了？一定又把卫华那份也抢了！上午学校要防空演习，我爸陪着北京首长来视察，今天可尿忙活了！"

张拐子抢了卫华的汤泡饭，借的是她家的米，吃的是马团长的鸡，用的是银城的水，进了张拐子的肚子，拉出结合了北京和银城的屎。就是这样了，银城的第一个早晨，天黑黑，其实都复活了，都按着习惯开始了习惯的生活，张拐子还习惯性地挨了打。

"妈，我五一游行时那裹胸的白布条呢？您还帮我缠上。"她对妈妈说，"妈，我像您哪儿都好，就是不该遗传这个！"

把胸脯用白布裹得紧紧的，乳房别显得那么大，跟妈妈一起下了山。马团长在坡下等妈妈，说："昨天洞庭雀把鸡也借走了吧？

我就知道！唉，范书记怎么来了？"

一辆越野车亮着大灯开过来，猛停下，司机说："马团长，这就是新来的唐阿娇吧？快上车！"

"阿娇同志，我可是沾屌你的光了，范书记用自己的车接咱俩呢！"马团长笑了，"快，你坐前面好好看看银城，其实也没屌啥好看的。我坐后面，省的让人说闲话。去百货大楼，看看先怎么摆忠字舞的造型，你的还没排呢，范书记可真急！"

"你别上！"司机轰了一脚油门，"接她的！"

马团长好尴尬，怔在那里。

范书记的车把妈妈接走了，想见妈妈，昨天北京来人了，一定没有顾得上。飘来一股汽油味儿，她喜欢的味道，喜欢闻汽车尾气的汽油味儿，深深吸了一口。

马团长看着她，脸还憋得通红，一辆自行车骑得好快过来，马团长要是不跳着躲开，非把他撞个跟头。

"干吗呀房主任？"他惊魂未定，却满脸堆笑，"你不是在医院要连值两天班吗？"

"值你个屌！还住这儿了？跟医院太平间外面的老猫似的，要成精了？"骑车的阿姨下来，瞪着她，"你这么小？小妖精！我说你个挨刀的狗娃，未成年你都接收？她跳忠字舞？你想和她跳床舞吧？"

房主任误会了，喜翠的妈妈什么眼神，把她当成调到文工团的妈妈了。

"你这啥屌眼神，那是她妈！"

"还有她妈？"房主任扔下自行车，"你屌的还闹俩比翼双飞啊！"

她好郁闷，妈妈刚到银城就陷入险境，千万不能给妈妈惹事。

前面是一座小山，山上有一个小凉亭，无病哥在那儿等她。快八点了，太阳还没有升起，晨曦让小凉亭成为一幅剪影。看不到绿色，银城好像没有树，树都种到小凉亭的山上来了，而且全是松柏。

她沿着石子路上山，不是很高的山，靠人堆起来的，才能够种上树，给了银城一汪绿色。小凉亭上有一棵歪脖树，树上落满了鸟儿，在叫，好听，还好看。这就是"客山红"吧，长着麻雀的身子，头顶是红色的，一团燃烧的火红，鸣叫是唱歌，带着旋律呢。不知从哪来的鸟儿，落脚银城，客居异乡，为银城唱着歌。

有点心跳，见到无病哥就心跳，就是拥有了一颗少女的心吧！少女的心是什么心呢？玻璃的？水晶的？泥的？还是糖做的？肯定是糖的，不仅甜，还有些绵，绵绵的，绵绵的甜。

脸有点发热，必是红了，既忐忑又有些欢喜地上了小凉亭，没有看到无病哥，只看见了半个太阳从东山刚刚露出的火红。有人从背后搂住她，一双大热手抓住了她的手："斯达奇阿列日彪姆！"

她没有动，不知道无病哥说什么，卷着舌头的外国话："哥，你说的是什么呀？"

"俄语，缴枪不杀！"无病哥把脸贴到她的脸上，"银城学俄语，都是战时口号：缴枪不杀，你的部队番号，跟我走什么的！"

"那要是被俄国佬抓住了呢？"她轻声问，"我投降，还有别杀我，这两句怎么说？"

"客山红？你吓死我了！怎么能投降呢？"无病哥一下松开了她，"被抓住认了，死也不回答！不说话！不能投降！"

"那好吧，不投降。"

无病哥拉住她的手，她看着凉亭里的长椅。斑驳的长椅，油漆已经脱落，那就是坐过的人多，又风吹日晒久了。无病哥在这里等她，必是想坐在长椅上，她的话扫了无病哥的兴，一定是这样。

"到学校要叫我范连长，可不敢叫哥。"范无病松开了她的手，"一定记住啊！"

"知道了，哥。"她说。北京班长喜欢她是公然的，生怕别人不知道，无病哥却是遮掩，怕人知道，一定是怕喜翠。"哥，学校远吗？"

"不太远！"无病哥看了她一眼，终于知道珍惜的目光是什么样，北京班长的目光只是占有。"你知道吗？这假山和小凉亭，还是你爸爸当年来银城的时候给堆起来的，说银城太刺眼了，连棵树都没有，带着七八七的单身职工造假山！"

爸爸，关于爸爸她知道的不多，还得六天，爸爸星期六才能回家。有些惆怅，回头看了一眼小凉亭，还有小凉亭旁边的歪脖树。

快到山下，无病哥还是控制不住，一把就把她拽进了路边的小树林里，紧紧抱住她，激动地说："我要跟你好！好一辈子！"

她有点慌，不知所措。

"一辈子是多久，"她没有推开他，"哥？"

"我不管！我要和你结婚！娶你做媳妇！"他紧紧抱住她，低下头，脸贴着她的脸，往上拱，让她抬起头来，呼吸急促地说："一起吃饭！一起睡觉！万一我控制不了想和你要流氓，你也不会说出去！告诉我是不是？"

"哥，"她的心怦怦跳，"结婚以后也不许你要流氓。"

"你答应了？太好了，你这就算答应了！"他激动万分，"你对小凉亭发誓！"

"干吗对小凉亭发誓呀？"

"小凉亭上冤魂多！"无病哥把她搂得快喘不过气来了，"你发誓冤魂才不会找你！"

她刚想说，无病哥趁机一下亲住了她的嘴。她咬住牙，他的舌头使劲往里伸，手从后面还伸进了她的毛衣里，想抗拒，抗拒不了，这一吻，第一次。过去的都不算，体育老师、军代表，还有北京班长司马钢，包括火车上的张拐子，都想，有的也亲到了，但不可能伸进来舌头。

心慌，一阵乱跳，她抬起手，抱住了他的背，燃烧在他的呼吸里，一阵酥软。

天朦胧，像她一样朦胧，人是可以朦胧的，她好朦胧。东边一片白，晨曦也朦胧，无数的大烟囱冒着烟，黑色的，黄色的，还有银色，浓浓的烟往上升腾，涂抹天空，好高好高以后才飘散，融进了云朵。

彩色的云，黑的，黄的，银的，向西飘移，好像在转。云不转，天不转，她在转。发现地球是转的人是不是到过银城呢？不可能，北京没人知道有一个叫"银城"的地方。爸爸走了的那个早晨，到北京站送完爸爸回家，董爷爷拿着一张全国地图下了阁楼，说："我找着了！"她记得妈妈的急迫，想知道爸爸去哪儿了。董爷爷指着地图上一个黄豆那么大的地方，拿着放大镜给妈妈看，妈妈看得一脸迷惑，不信，说："甘家旺？不是去银城吗？您逗我！"董爷爷说："人能来到这个世界本来就挺逗的，千军万马中就一个胜利者冲了进去，带着无限的信息，生命的密码。"妈妈说："又来了，您不能好好说回话呀？让我能听懂。"董爷爷说："懂就是不懂，越懂的人越不懂。不懂就是懂，越不懂越开心。每个生命都是神仙拿我们逗闷子，活得认真的人倒显得不认真，不认真的人倒是越认真的，才有了老子、庄子和孙子，天主、基督和佛教。"妈妈好无奈："您回阁楼去吧，我再睡一会儿，困。您可千万别又说困就是不困，不困才是困，我都学会啦！"

董爷爷笑了，眼里含着一汪泪。

她的眼里也有泪，无病哥慌了，用热乎乎的大手抹着："你不愿意我就永远不抱你了！向毛主席发誓！跟你结婚也不抱！"

她拉住他的手："走吧，哥。"

怔住，她不禁呀了一下。

"呀！"小树林边的人也呀了一下，"果然是你？真的是你？我可得操死你！奶奶呀，你可真是显灵了，我早上跪你没白哭！"

火车上的那个张拐子，张代表，惊喜地看着她，抹了一下哈喇子。

她望了一眼天，没有打雷的迹象。晴天霹雳果然是一个形容词，多希望是个动词，一下劈下来，劈死自己也行，劈死张拐子也行，跟无病哥没有关系。无病哥拉她进小树林她没有拒绝，搂着她亲的时候也没有真反抗，那就是愿意，那就是一个坏女孩，遇到了一个坏哥哥，可是她愿意愿意愿意啊！

无病哥想挥拳头，又不敢，重戴了一下军帽，跑了。

"我把你个尿尿驴日的，跑快点！"张拐子骂着，"今天一堆尿事呢，你倒钻进小树林了！"

好害怕，呼吸都乱了，不知所措，看着无病哥跑，动作夸张，像是大踏步前进，却是跳着不往前，不会离她太远。无病哥将来要参军，当特务，现在是红卫连连长，为她拉起了警戒线。

张拐子走不快，看着她："我去北京学了一句北京话，不知道对屎的不？"停了一下，示范给她看，扬起手指着范无病骂道："瞧丫那操性！"

她紧闭了一下眼睛。

张拐子拉住了她的手，问："我说对屎的了吗？"

她使劲点点头。

"没想到是你！你们家门窗的油漆还是我刷的呢！"张拐子像是怕她跑了，攥得紧紧的，"你爸也没说你都这么大了，你早来月经了吧？闭屎眼，睁开！告诉我，范无病把你拉进小树林里干屎啥了？"

她使劲往出拽手："您捏疼我了！"

"不说？"张拐子拉了她一下，凑近她耳朵，"我一会就知道！看你那里湿没湿，一摸就知道了，用事实说话！哈哈！"

大校门，银城好像什么都大，东边院墙里边正砌着一根大烟囱，不知道五月里砌什么烟囱。传来鼓乐声，小鼓阵阵，军号嘹亮，整齐，威武，还挺震撼，银城子弟学校也有鼓号队？

在北京，最大的梦想就是能够加入鼓号队，可老师不要她，说她加入会不协调，都是红小兵组成的，而她更像红卫兵。夸张点说上高中都有人信，让她进忠字舞队，学校需要她被高高举起来在天安门广场的造型，手里托着毛主席像，人们都会抬起头看，仰望毛主席，可班长非说是看她。别的班男生说她像女神，妈妈说她像天使，而班长说她像女妖，胸前像挂着两袋奶，还有腿，那么长。还有腰，那么细。还有屁股，那么挺。"童小红，你天生就是尤物，要是在大清你一准儿是皇后皇贵妃！"司马钢咽着口水，确定不了她到底是什么，有一点可以肯定，说："你是满族吧？正黄旗？叶赫娜拉氏？全北京的正黄旗全都屁了，就你还牛逼？"

她没告诉妈妈，妈妈正对身世恐慌呢。也没敢告诉董爷爷，怕董爷爷把班长拆成零件，像烧鸡那样拆散了。

张拐子放开了她的手，摆出工代表的做派，昂头进了校门。值班室的一个老头点头哈腰，双手递过来一沓报纸："张代表真厉害！这五天的报纸，《银城日报》又发表了你的一首诗，不愧是革命教育战线的青年才俊！"张拐子接过报纸：说："明天你回九连吧，还教化学！"老师喜悦：眼睛都红了，"真的张代表？我听说全老师要从五七干校解放回来了，有我的位置吗？"张拐子很生气："要不打倒你们这些臭老九呢，有屎的点骨气行不？一个个色大胆小，瞧你那尿样，正因为全老师解放了才有你的机会！"训斥完了，他又挤咕了一下眼："待会你表妹来了，告诉她给我好好照顾一下这个洋娃娃，客山红，你看她像不像资产阶级臭小姐？"

"像！像！不像！不像！"老师有点蒙，不知道哪个对，"张代表放心，一会温老师进门我告诉她，一定照顾，好好照顾！"

鼓号队从西边过来了，军鼓阵阵，铜号齐鸣，步履整齐，浩浩荡荡，居然全是女生。她瞪大眼睛，走在前面指挥的竟是喜翠！喜翠挥舞着指挥棒，跟北京学校的不一样，还是花式指挥，指挥棒在喜翠手里像根魔棍，不是上上下下。北京不是这样的，她在操场排练忠字舞正被四个男生举起来在空中劈腿，班长正指挥鼓号队过来，仰头大声说："上上下下的运动，进进出出的快乐！"排练的男老师听见，上前踹了他一脚："孙子，不学好，你爸教你的？"北京班长咧嘴快哭了，趴在地上找他的那根棒。

男老师会花式指挥，特牛，都见过，因为是西式的学校不让耍，可鼓号队也是西方的啊？洋为中用，但不全用，西方的东西到了中国必被改造，气死美帝和"苏修"，像古为今用，帝王和先人要是知道我们的用法必暴跳如雷，诈尸。怪不得董爷爷说挖开很多古墓时里面不是被盗过，一看骨架就是诈尸了，妈妈和她都不信，死了千年还诈尸？董爷爷说："那行尸走肉是什么意思？有的人看着活着实际上是个死人，而以为死了的人其实还活着，西方叫僵尸，我们叫活鬼，活见鬼说的就是这！"妈妈吓得脸都白了："她爷爷，您可别吓唬我！"董爷爷好无奈，摇摇头，说："很多事我们从一开始就错了！像现在拆寺庙批佛教，把佛像毁了不知道毁的是什么，那不是泥胎是仪式，到佛像前开光不是佛给你开光而是你给佛开光！我们把太多事儿给搞反了！"

不知道，不懂，董爷爷有时候神叨叨，不是神叨叨可爱，而是可爱的神叨叨。仪式是神圣的，有生命的，像爸爸必是忙活到很晚在百货大楼前竖起伟大领袖毛主席的铜像，忽然一下顿悟了董爷爷的话。如果把"剪彩"比喻成"开光"的话，不是毛主席看见了大家，而是大家看见了毛主席，在给毛主席"开光"，是这个意思吗？告诉毛主席我们都爱你？好像懂了，董爷爷文化大革命以前就看不惯那些有事儿了才去拜佛的人，佛又不是你妈，有事就找人家。

英姿飒爽的喜翠，骄傲地昂着头，给了她一个微笑，让她油然而生感动。喜翠的形象一下高大起来，跟昨天完全不同，判若两人。还看到了文文、革革和丫丫，好多昨天的那些人跟抓老鹰时全都不一样了，融进集体与众不同，会充满力量。开始弄懂"集体"这个词了，不是名词，是动词，看着集体整齐划一地动，她知道也不可能在银城的这个集体里，好生难过，有点酸，心酸。

文文穿上制服也不一样了，更多了些上海人式的高贵，看到她故意弄出傲慢。上海人的高贵和傲慢有时候可敬有时候可笑。革革打鼓，丫丫吹号。革革鼓打得有力，丫丫吹号眼睛乱飘，飞了她一眼，暴露了什么叫骚，真骚。她忽然害怕，自己是不是也有这样的眼神，才招的北京班长总那样？董爷爷说花招蜜蜂屎招苍蝇，可别成了一坨屎！

等鼓号队过去走远了，张拐子才说："客山红，跟我到办公室！"

张拐子也叫她"客山红"，像一只鸟被张拐子牵住，飞不起来的麻雀，不是无脚麻雀无法落地一飞到死，而是折翼的麻雀飞不起来。这个在火车上就见过的人决定她上几年级，由那个不用再看大门的告诉温老师，不用说，是班主任。她跳半级，上初一了。不知道高兴还是不高兴，明白了一点，她跟这里格格不入。

跟在张拐子后面，看喜翠她们是一道风景，殊不知喜翠看她和张拐子也是一道风景。好大的校园，往哪儿像是都望不到头，正对是山，一排排平房像分成两列码放的军棋。"一会要钻洞，最里面，到那就看见洞口了！"张拐子回头看了她一眼，"钻，钻洞，真屄好，你懂吧？钻洞！"

她低下头，不敢看张拐子，他一边脸还有红印，洞庭雀不是左右开弓，只打一边。

　　"我奶奶活着的时候就说那屌不得好死，总打我！"张拐子揉了一下脸，望着天，"奶奶，我忙完这几天给你烧香去！"

　　不知道张拐子喜悦什么，她回过头，有人喊号子，往正在砌的烟囱上扔砖头。东墙角有好大的塑料布棚子，下面放满铁桶，旁边还有堆成的两座小山丘，一黑一白，黑的是焦炭，白的是石灰，不知道做什么的。"那是电石炉，炼臭嘎石的！江校长搞来的学工项目，我没拦，他这校长当的憋屈，没想到要归我管！我前面的工代表得胰腺癌死屌了，女老师老围着他转，可那屌是个好人，脱了裤子都不上，天天自己撸！女人是地，男人是牛，没有耕坏的地，只有累死的牛，那屌居然是撸死的，冤不冤！"

　　张拐子好兴奋，手都出汗了。

　　"你来得巧，早一年我还在东边的七八七大山里，一年三百六十五天车队往大山里运材料，可做出的产品不到半卡车，是什么不能说，国家机密！"张拐子边走边说，"你爸在搞革新，造枪，掩人耳目，怕被'苏修'特务看到！那可是好枪，你妈急得才跑银城来了！待会给你看看我的，机关炮，那才叫一个威武！"

　　没明白，知道不像是好话，张拐子后脖梗子都涨红了。

　　"我的小宝贝，你去六连一排，上初一！"张拐子回过头眉飞色舞地说，"温老师不带把，女的，我放心！"

　　两排平房的中间大道跑出来一支队伍，步伐整齐，还威武，高呼着口号，肩上都扛着一根棍子。"哈哈！看见了吧？一帮挺着鸡巴走路的男生，都不行的，所以把哨棍当红卫兵的鸡巴扛肩上了！"张拐子大声说，"打人的！打老师，也打学生，打一切红卫连认为该打的人，可他们不敢打你，有我呢！"

喜翠的鼓号队显现的是阴柔之美，而无病哥率领的红卫连充满阳刚，全是男生，浩浩荡荡扑过来。心一阵乱跳，一群男生，被张拐子拽着手让她脸红，慌张低下头，听到呼哧呼哧的呼吸声呼啸而去，地都震得咚咚响。

无病哥打头，不一样的是哨棍扛在左肩，无病哥是左撇子，想起来了，在小树林的时候无病哥用左手抚摸她。好威武的连长，率领着他有百十号人的红卫连，都穿着白球鞋。无病哥的最白。北京班长也爱穿白球鞋，也最白，告诉她刷完鞋往上抹牙膏，所以才比别人的白。

地动山摇地跑过去了，队尾一个嘴唇上长着一圈胡须的大个子回过头看她，撇嘴一笑，露出一口大龅牙。无病哥没回头，扑过来的时候也没有看她，这让她伤感了。董爷爷说"伤感"是青春的一部分，终将留在个人的历史中，如同挖出的每根骨头，包括盆盆罐罐都是历史，国家或王朝的一部分。每座古墓都有灿烂的历史，原来"灿烂"就是由骨头和器皿构成的，考古从来不会找个百姓的坟去挖，老百姓的墓没什么可挖的，挖有权有势有钱的，原来有权有势有钱的人死后无论埋多深都是供人挖的。

大道两边，西边第一间挂着"校长"牌子，东边挂着"工代表"牌子。张拐子的钥匙插不进去锁眼，身体有些抖。她扭向西边，巨大的操场，有舞台，好高好高，没有顶，墙的正中间挂着巨幅毛主席像。太多的水泥杆子，每个杆子上都挂着大喇叭，像开在天上的喇叭花。

她怯怯地站在门口，东方开始发亮了，从大烟囱中冒出直挺挺的烟，升到很高才飘散，就像人无论在一起多久，最终也会散去。董爷爷的话有时候让人激昂，有时候也让人悲伤。她惊奇地发现离董爷爷越远越清晰，越见不到越想，又像一幅水墨画，好朦胧。董爷爷总说她像工笔画，细腻。爸爸像版画，粗犷，只有黑白两色。妈妈是一幅油画，饱满，丰富。"那您呢，董爷爷？"她问。董爷爷说："我？我是一幅看不见的画。"哪有这种画呀？她不高兴了，董爷爷轻轻抱住她："小红，那我就是鼻烟壶吧，把画藏在里面。"

"进来！"张拐子打开锁了，叫着，也是命令。

她忐忑地进了屋，好大的办公室，朝着门的办公桌，旁边有一张单人床。一个衣架，上面挂着背带裤，不知道为什么挂一条背带裤，表示工人吧，还是车工，多硬的铁到了车床上也会被削成花，学校组织"学工"的时候她见过车床，见过穿背带裤的车工把铁削成花，铁花，一卷一卷的。

"把门关上，怕夹了你尾巴呀？"张拐子往里走，转过身来说，"你知道吗小宝贝？还真有人长尾巴呢，你信不信？"

"张代表，"她站在门口，"我想去教室，您让我去教室等温老师吧！"

"把门关上！"张拐子凶巴巴起来，"我看看能不能抱得动你，银城哪有你们北京吃的好吃的饱！"

果真就是一个饿死鬼，如果有前世的话，张拐子必是饿死的。

她不敢关门，害怕。

"不听话是吧？那你就别念了，五连六连都不收你！"张拐子很有信心，坐在椅子上，拿起电话，"文工团就在隔壁，跟学校一堵墙，把你妈叫来？你妈肯定比你懂事！"

不能让张拐子打电话找妈妈，为皮带的事已经让妈妈倒霉了。文工团原来就挨着学校，离妈妈好近。

她关上了门，好半天没有转过身。不可以叫妈妈来，也不能跑，那就真的不能上学了。银城不要她，容不下她，爸爸知道了会生气，会难过。董爷爷知道了会惊讶，会伤心。

"这就对了小宝贝！"张拐子好开心，"来吧，让我检查一下你有没有尾巴？你信不信？真有长尾巴的女孩，吓死我了，幸亏掉河里死屄了！"

"您让我去教室等温老师吧！"她转过身，"求求您了！"

"我就喜欢有要求的！"张拐子一跳一跳走过来，抚摸着她的头发，"卷发？好。你下面的毛还是卷的吗？脱了裤子让我看看！"

她推不动他，闻到了一种怪怪的味道，张拐子身上有一种死亡的味道。董爷爷说活有活的味道，死有死的味道，张拐子的味道好奇怪，有磁场，无法拒绝的死亡，却也诱惑。死亡会是一种诱惑，这可没想到，也许终有一天会死在张拐子手里，要不就是她杀了他。她一下被他搂住，还抱了起来，往里边床上去："小宝贝，你身子好轻，死了会不会很重呢？"

"报告！"有人喊，响彻云霄的报告声，无病哥气壮山河。

"进屄的！"张拐子放下了她，怒气冲冲地转过身。

她赶紧靠向了墙，拉了一下被搓起来的毛衣。

无病哥推门进来，叭的一个立正，敬了一个军礼："报告张代表！坏了一个大喇叭，我看见线头掉下来了！"

"掉屄下来了？"

"北京首长来视察，范书记说不能让一个喇叭不响！"

"那屄的快接上！"张拐子咆哮着，"让电工去！你别上，再电死你屄的找你妹去！"

"是！"

范无病向后转，出去。

"关上门！"张拐子叫道，"我怕风，你个屄日的！"

无病哥转身回来，关门，这才看了她一眼，又赶紧闪开。她看见了他血红的眼睛，想起了狼。狼是要吃人的，她感动了一下，爱狼。人是可以变成狼的，为了爱。

"都怪你！"张拐子大声说，"我早起的十个嘴巴得有人赔！也怪你妈，给我家米，还有鸡！"

董爷爷说得对，一碗米养恩，一斗米养仇。这个早晨张拐子没能多喝一碗粥，定是满怀仇恨来学校，在小树林遇到了她。

"你被范无病拉进小树林干屄了？"张拐子又堆出了笑脸，"我一摸就知道了，小女孩都能摸出水的，你的得是小河流吧？"

流氓，不打折扣的流氓。

"报告！报告！报告！"范无病又在门口喊，连喊三遍。

"你屄的要死呀？"张拐子有些气急败坏了，"滚！"

无病哥推门进来了，立正，敬礼："报告张代表，电工被驴踢了！"

"啥毯的？"张拐子调都变了，"被什么踢了？"

"驴！一头反革命公驴进了学校，远看像五条腿，近看才知道它拖着一条腿，驴发情了，革命电工正要爬杆子被驴一脚踢屄上了，正蛋疼！"

"他蛋疼你知道？"张拐子想抽他，"操你大爷的！"

"我没大爷！"无病哥依然立正，很庄严地说，"也没妈了！"

"你个尿尿驴日的！"他指着范无病，手直抖，"你去装！别以为有你爸我不敢撤了你这个连长！"

"是！"

无病哥敬了个军礼，又退了出去，带上门，没关紧。这就是爱，狼爱，随时要吃了张拐子，不是不知道怎么吃，是不知道从哪下口，一定会咬住张拐子的脖子。

"范书记看见你一定会想起女儿！我怀疑老范家的祖宗跟俄国人有杂交，老毛子可不是什么好东西！"张拐子在酝酿情绪，被两次打断不能集中了，看着她，"范书记女儿死的那天也穿着红毛衣！多可惜，花还没开就谢了！"

她警惕着，想着张拐子的话，红毛衣，那个妹妹死去的时候穿的也是红毛衣。正想着，张拐子扑过来把她顶在墙上，紧紧贴住她的身子，下面使劲蹭，顶得她恶心，躲着想亲她的嘴，却没防住他一只手伸进毛衣里。

"报告！"无病哥又在门口叫着。

"我他妈非崩了你个尿的！"张拐子要爆炸了，使劲抽出手，拽掉了她的白布条。

门嘭的一下被推开，无病哥没进屋，是喜翠进来了，说："张代表，我要爬杆子范连长不让，说没有安全带，可愁死我了！"

"安全带？"张拐子抬起手，举起白布条，"给你！"

"都准备好了？"喜翠接过来，"这也不够长呀！"

"你想要多长的？"张拐子阴险地说。

"那就凑合吧，可愁死我了！"喜翠拉住她的手，"张代表，让小红姐到我们五连一排吧！我晚上偷鸡送你家去。不行，我爸跟你爸不对付，知道了得打死我！"

"你出去！"张拐子有点气急败坏，指着外面，瞪着站在门口的范无病："都给我滚！快去修喇叭！"

喜翠把白布条塞她手上，扭头出去，说："别看你今天闹得欢，小心明天拉青丹！"

"你屎的说什么？"张拐子往出冲，无病哥挡住了，说："喜翠说她们家的鸡呢！"

门又关上了，无病哥帮不了她。彻底绝望了，她把被张拐子扯开拽下来的白布条捂在脸上，想哭。

"我奶奶拿白布裹脚，你拿来包胸，北京人果然牛逼！"张拐子又把她顶到墙上，手往她的毛衣里伸："让我摸摸！！"

门又被推开了，连报告都没打。

是文文。

文文让她解脱了。奇怪，张拐子怕文文，可真是一物降一物。文文会帮她？一句话就说明白了，指着她说："不要脸！北京大官一会来学校，侬可别害工代表！小破鞋！不，大破鞋！"

她的脸滚烫，匆忙把白布条塞进了裤兜里。丫丫和革革来了，把她带到挂着"六连一排"的教室门口，丫丫嬉皮笑脸地说："进去吧，温老师肯定喜欢你！"

把她留在教室门口，所有的头都扭向窗外，看她。她低下头，更慌了，失去布条的乳房挺得好高，在红毛衣下高高耸起。北京班长说她总带着两个大白馒头进教室，男生就齐齐地拍着桌子喊："吃馒头！吃馒头！吃馒头！"如果有一天八国联军再打进北京，

123

她趁乱的时候一定会把班长推进井里。北京是一个总丢井盖的城市，摔死班长，为这个想法激动不已，也把自己给吓着了。董爷爷不同意"人之初，性本善"，董爷爷说人之初性本恶，所以才有了圣母玛利亚，有了耶稣耶和华，有了穆罕默德，有了释迦牟尼，有了老子、孔子和孙子，有了抽雪茄的马克思和总把手插在胸前的列宁，有了从未摸过枪把国民党反动派打到台湾去让穷苦人翻身得解放的伟大领袖毛主席。

老师出来了，笑容可掬的温老师："你就是客山红？"

跟着老师怯怯地进了教室，全班一阵骚动，她像一滴水掉进油锅里，"别吵！"温老师大声说，"还收拾不了她？"

温老师扯住了她的毛衣，把袖子拽得老长，"老师，您干吗呀？有话您说，甭拽我。"她一阵慌张。

"先洗脸，再跪到毛主席像前请罪！"温老师说，"敢描眉画眼抹红脸蛋？"

她惊愕地抬起头，一盆水都准备好了，放在讲桌上，要她洗脸，跟昨天无病哥见到她一样，以为她化妆了，一定是文文干的！

"老师？"她真的哭了，在张拐子办公室都没哭，现在哭了。

温老师必是要向张拐子表功吧，准备好了收拾她。从未见过穿得这样整齐、干净又得体的语文老师，北京的语文老师都邋遢。

温老师拉住她的手，说重不重，说轻不轻，好奇怪的女老师，就是做给张拐子看吧，说："哭什么？没出息！"

咚的一声，门被踢开，无病哥出现了，后面跟着三个红卫兵，手里都拿着哨棍。

"范连长？"温老师有点紧张，"张代表送来的新生，你看她描眉抹眼还抹红脸蛋，我让她洗了！"

无病哥不说话。

"洗！快洗！"温老师指着她，"洗掉你这一脸的资产阶级！"

脸上有阶级，下身有主义，想起住到前院被改造好的妓女到纺织厂做了纺织女工，文化大革命一开始跑到首钢跳进了炼钢的高炉，没把自己炼成钢，化成了一股青烟。教室静无声，针掉到地上都能听见，这种形容经常有，真是奇了怪了，中国干吗老掉针呢？

她当着全班的面开始洗脸，不洗不行，无病哥也需要她证明给人看，她懂了，要洗，才能在学校抬起头。抬头做人不易，需要时时刻刻证明自己，有一天需要证明你妈是你妈也是可能的。她不用证明，跟妈妈长得太像了，还有让她越发痛恨的乳房，因为失去了裹胸的白布条在毛衣里高高鼓出来。

"好了！"温老师说，"擦干！那个报纸！"

无病哥好勇敢，从兜里掏出手绢递给她，教室里嘘了一下，温老师紧张了。她擦干脸，转过身，慢慢抬起头。

"呀！"温老师呀了一下。

无病哥走到讲桌前，拿起来报纸，对温老师说："这也是你准备好的？"

"是！"温老师笑笑，"范连长有手绢，就用不着了！"

无病哥展开报纸，上面有毛主席像："你想让她用毛主席像擦脸？"

"哎呀！"温老师惊恐万分，"范连长，我错了！"

"带走！"

三个红卫兵上前，一左一右，后面一个，把女老师拉走了。

"范连长！"她这才反应过来，"老师不是故意的！别带老师走！"

"这是政治问题！"范无病用哨棍指着教室里的学生："你们都背老三篇！谁敢欺负客山红，小心把你们都关起来！"

无病哥帮她，可这不是帮，是害了她，与六连一排为敌了。她站在前面，不知所措，为了不让全班同学恨她，忽然转过身，跪在黑板上的毛主席像前："毛主席，我请罪！我真不想长成这样，童小红不是故意的！"

突然传来哭声，像是哭，铁器之哭，然后才明白，是警报。

一阵骚动，全班人都往出跑，紧急集合。

她想站起来跟同学们一起跑，表现积极点，却被同学推倒，乱哄哄中还有人故意踩她，她抱紧头。

她站起来，教室里没人了，冲出教室，迈着长腿跑，只觉得更丢人，乳房在毛衣里颤动，没时间把布再围上，跟着乌泱泱的人群像潮水般向大操场涌去。

喜翠过来了，边跑边说："张拐子说了，让你到我们班，跟着五连一排集合！看见文文和丫丫她们了？追她们！"

"喜翠，谢谢你！"

"谢我干屎？可愁死我了，是文文，文文帮你说的！"

"文文？"她惊讶不已，"为什么？"

"我俩一块看着你！"喜翠挺开心，"你别想跟我抢范无病，张拐子也别想拐了文文来抢你！"

操场上人山人海，从小学到高中万人都集中在这里，好大的气势，却不见了喜翠。"文文，喜翠呢？"不管怎样，想跟文文搞好关系，可文文没这意思，"别理我，丢人！"

她鹤立鸡群，终于明白"鹤立鸡群"是怎么回事儿了，悲催的不是鸡，是鹤。她太扎眼了，高出一头不说，还挺着大胸脯，穿着倒霉的红毛衣，全校师生都是绿军衣，她真成了万绿丛中一点红。

小号声，清脆，一个人出现在主席台，小号上系着红绸子，潇洒，英俊，气度不凡。卫华真是不一般，还会吹小号，在阳光下亮晶晶的小铜号，红绸飘飘。卫华跟张拐子哪儿像亲兄弟，洞庭雀造过什么孽会有两个南辕北辙的儿子？

一辆黑色的吉姆小轿车开进了校园，张拐子出现在台上，鼓掌，操场上响起掌声，像突然下雨似的。

范书记坐着车陪同北京首长来了，不是越野车，越野车接妈妈不知道去哪儿了，也许进山了，到爸爸的宿舍还会有东西拉回家。张拐子不见了，如此快速离开也是奇了，在台下迎接北京首长和范书记走上主席台，校长必须往后站，轮不到校长出风头。

没见过校长，一会儿就会见到吧，还没露面。

小号声更清脆起来，四个人出现在主席台。走在前面的是一个大肚子，将军都有将军肚，要不怎么会叫"将军肚"呢。北京班长说将军吃得好睡得香才能打胜仗，可林副主席没有将军肚，怎么老打胜仗呢？她很少搭理班长的，就问一次把班长还给噎着了。司马钢说："也是啊？你的俩奶子比我妈都大，是老有人摸吧？谁给摸的？还是你老自摸？"她掉坑里了，还是自己挖的，

127

真倒霉。

跟在北京首长后面的是范书记，爸爸的生死兄弟，派头比首长还足。第三个是张拐子，惨了点，身体一上一下更拐了。跟在张拐子后面的就是校长吧，文质彬彬，用手绢擦着汗，刚赶过来，查洞去了，张拐子才不屑去检查防空洞。

四个人在主席台坐了，卫华转身跑下，主席台左右两侧跑上来两个人，一男一女，竟是无病哥和喜翠！全场轰动，她莫名地心跳了一下。

无病哥和喜翠停下，转身，叭的一个立正，向首长齐齐行着军礼。首长回了军礼，他俩转正身体，叭的又是一个立正，全场唰的也立正，她不明白。无病哥和喜翠同时高喊："锻炼身体！保卫祖国！"

"提高警惕！反修防修！"

全体高喊，震耳欲聋，响彻云霄，撞向山谷。

无病哥和喜翠再次一起喊："革命体育，向领导汇报！十二路长拳，现在开始！"

操场上万人都在做，跟着在台上示范的无病哥和喜翠一起做，只有她站着，她不会。

跟集体格格不入，范书记看到了，穿着红毛衣的她，呆若木鸡。现在都是鹤，她像一只傻鸡。这么庄严隆重的汇报，因为她而砸了，她是来砸银城的。这还不算，接下来她简直是逆天了。警报响起，一万多学生向北京首长展示五分钟钻进防空洞疏散完毕，她跑了几步就出了问题，裤子兜里的白布条露了出来，她想抓住，风却把白布条吹起来，在空中飞舞。

"把她给我抓起来！"

范书记怒火万丈用麦克风喊，这是她第一次听到范书记说话，无数高音喇叭传出的声音在回荡，撞向山谷，碎了一地。

鼓 声

天好高，云好淡，银城天高云淡。左面一个，右面一个，前面一个，后面一个，她被围在中间。四个穿着绿军装的红卫兵押送她，倒像四片绿叶，她穿着红毛衣像一朵红花。董爷爷说第一个用花形容女人的人太伟大了，而第一个吃螃蟹的人让人惊恐，就是疯了，敢吃螃蟹多可怕呀，在范书记眼里，她比螃蟹更可怕。

静悄悄，硕大的校园好安静，只有风儿阵阵，她的头发在飘。走在西面平房的路上，不知道去哪儿，向北走，是往最北边的房间关起来吧！她干扰了革命体操表演，那表演倒真是气势如虹般壮观，接下来又破坏了防空演习。

后面的人用哨棍顶她的腰，然后往下滑动，戳她的屁股，这才是流氓。她站住，生气地转回身，原来是早上红卫连晨训跑在最后回头看她的人，大龅牙。

"看屎呢？"大龅牙呵斥道，"走！"

她转过身继续走，哨棍挑着她的毛衣。她又站住，猛转回身来。

大龅牙龇着嘴说："她真不老实！别给她关仓库，关到锅炉房去收拾她！"

"好！"三个红卫兵齐应，裤裆都顶起来了。

"你们想干吗？"她好紧张，甚至害怕了，说："范连长是我哥！"

四个人全笑了，大龅牙用哨棍捅了一下她的胸："他是想操你吧？"然后又使劲捅了一下，"说，你是不是想让他操？"

眼泪一下在眼睛里打转，乳房被第二下捅疼了。

大龅牙没深没浅下手好重，故意的。她想捂一下胸，又没办法捂，脸都白了，疼出汗来。她要爆炸了，像纪录片中国第一颗原子弹那样爆炸，升成巨大的火团，宁愿化成一股烟。眼睛金光四射，透不过气来，双臂护住胸，慢慢蹲下。

"起来！"大龅牙扯住她的头发往起拽，"装什么装！我看看？"

她被抓住头发生生拎起来。她哭了，本来就钻心的疼，无助的眼泪禁不住流下来。

忽然一团黑影一闪从上往下，像一道黑色的闪电，无病哥从天而降，居然从房顶跳下来，扭住大龅牙的胳膊把他一下按倒在地，另外三个人没反应过来，谁能想到范连长会从天而降呢！

三个红卫连的人并不怕他们的连长，举起哨棍打了过来。说时迟那时快，只见无病哥两脚腾空踹向两个人，再飞身跃起踢到了另一个人的后脑勺，那人扑通栽倒了，无病哥落地后护住了她。

四个人拿着哨棍把无病哥和她围住，匪夷所思的事儿发生了。大龅牙说："晚上七点，小凉亭！把你屎打得头破血流！"

"八点！"无病哥大声说，"看谁头破血流叫爷爷饶命！"

"八点就八点！"大龅牙说，"荤的素的？"

"随便！你定屎的！"

"荤的！人数不限，把你们东北的全叫上！"大龅牙说，"你们这些爱吃菜包子的东北菜包子，今天晚上让你们知道我们江西老表的厉害！"

"江西老表算个屎！"无病哥扶起她，"你们谁敢欺负我妹，我把你们捏成丸子乱炖了！"

"吹屎的吧！"大龅牙说，"老子把你做成藜蒿炒腊肉！"

"红卫连集合！"大喇叭响了，张拐子在喊："范连长那吃货去屎哪了？"

饥饿银城。无病哥跟大龅牙不像约架，听着像讨论东北和江西名菜。

奇怪的岁月，奇怪的人，她以为大龅牙他们四打一必当场恶战呢，原来不是。原来银城打架是有严格规矩的，事先约好，当面定，要么下战书，把时间、地点和带不带凶器先说好，谁违反了约定可是奇耻大辱。

无病哥带着誓言走了，不是范书记要他赶来放了她，而是真关起来。

把她押送到最后一排平房，推进一间教室，使劲关上了门。转学第一天，这才是她的教室，一间教室改成的仓库，泛着一股味道，昏暗。

一面大鼓立在仓库中间，四个人敲的那种大鼓，有一人多高，有气势，上面的扣环还在，已经生锈了的铁环。鼓皮破了，从中间撕裂开来，像一张嘴，鼓的嘴，不能再敲响，吞食声音，如果能出声也是撕裂的颤抖吧！被敲得太多，太狠了，鼓受伤了，响过之后被遗弃。受伤会遭遗弃，热闹之后是寂寞，鼓敲太响易破碎，人要太响遭毁灭。

好安静，真的被关起来了，她的第一次。人总是要有第一次的，无论惊喜还是痛苦。妈妈知道了会不会难过？妈妈不爱哭，总是微笑，最含蓄的那种，有味道，魅力，儒雅。范书记陪着北京首长走了就会放她出去，她给子弟学校丢人了，惩罚一下也是应该的。要告诉无病哥，这事儿千万别告诉妈妈，也别让爸爸知道。晚上八点无病哥要带上东北兄弟气壮山河地到小凉亭去打一架，不知道学校有多少东北人，肯定比江西人多，无病哥会带上她怎样痛揍大龅牙。这样一想愉快了许多，呀，怎么会这样想，心里是不是有恶魔？董爷爷说，天底下最坏的人心里也有一片绿洲，只留给懂的人。

这倒是不懂了，张拐子这号流氓心里会有绿洲？有，也是干枯的芜荽，要么就是野草。她摸了一下裤兜，白布条还在，张拐子好流氓。总得想个办法对付张拐子，想起来就恶心，可怎么对付呢？董爷爷说过办法总比困难多，面对半杯水，有人恐慌还剩半杯水，有人高兴还有半杯水。董爷爷总是激励，无处不在。董爷爷是个无形的人，五一到天安门，在她出生的华表下给妈妈和她照相，她用董爷爷的照相机非要董爷爷跟妈妈留一张合影，洗出来的照片上居然没有董爷爷，妈妈身边只有一片白光。

洗出照片她惊悚地叫起来，董爷爷说她不会照，侧光把董爷爷给滋没了，妈妈端详着董爷爷变成一道光。董爷爷一定在胶片上做了手脚，不想让爸爸看到跟妈妈的合影吧！

南面墙有四个窗户，不大，银城唯一比北京小的是窗户，教室四五米高，以为跟随父母到银城的子弟都是巨人吧！三面墙不是墙，卷起来的红旗密密麻麻靠着，一根根竖起来的朝天棒挤在一起怪吓人的。她有密集恐惧症，一种病，她适合孤独。

脚下堆满杂物，敲破了的锣，裂开来的腰鼓，破锣，乱七八糟的鼓槌，三角旗，缺了嘴的长号。满目破碎，窗户在响，刮风了，声音不大，嗖嗖响，高低曲折，还带着旋律。董爷爷说过西北的风沙大，刮起来都看不见自己的手，不明白，刮大风干吗不捂脸要看手呢？怪怪的，像她的名字，出生的纪念，身上盖着红旗，一个带颜色的名字。

绕到大鼓的后面，外面看不到她，可以坐下来好好哭一会儿了。乳房被戳得好疼，掏出白布条准备系上。四下看看，没有人，各种旗帜堆成了一个个大包乱放在大鼓后面，她缓缓坐下，掀开毛衣，疼，更有一阵委屈。轻轻揉着乳房，还好乳头没有被大龅牙捅破。

好像哪儿不对劲儿，窸窣声，手停在乳房上，四下看，没看到什么。还是有点紧张，恐慌，看着旗堆，从彩旗包中突然发现了两只眼睛，吓得她"啊"的一声惊叫。

"叫什么叫！"大龅牙用哨棍敲着窗户，"鬼踩你尾巴了？"

两只手从彩旗中伸出来，摸住了她的脚，她的头发都竖起来了，张大嘴，要窒息。旗帜掀开，一个一丝不挂的女人坐了起来，一下抱住她："客山红，你也来了？"

她魂飞魄散，被伸过来的一只手摸住了乳房，把她紧紧搂在怀里，身子比她还颤抖。她是惊恐，赤裸的女人是激动，把她放倒压在了身上，抱住她，未曾受伤的乳房被捏疼了，脸贴过来一下吻住了她。

透不过气来，惊魂未定，使劲蹬着腿，用尽浑身力气一把推开，她跳了起来，慌张跑开靠在竖的旗帜上，一边慌乱地拽下毛衣。

"你过来，客山红。"

居然是温老师！

大口喘气，想让自己平静下来，是温老师就不害怕了，可还是不敢动。学校是把犯了错误的学生和老师关在一起吗？

温老师站了起来，看着拿在手里的白布条，笑了，捡起一面旗裹在身上，用白布条系了，彩旗围在身上像条裙子，温老师自己也觉得好看吧，弯腰又从大鼓边拿起两个鼓槌，静静地看着她，说："你过来不？"

她又躲远了一些，使劲摇摇头。

咚咚，咚咚，鼓声响起，温老师敲响大鼓。

"别敲了！"大龅牙在外面叫，"停下！"

咚咚，咚咚。

"我叫你停下！"

咚咚咚，咚咚咚。

"我把你个尿屎驴日的！"哗哗的链子声，大龅牙踹开门，冲进来，举起哨棍，"我叫你停！"

温老师听不见，不在意，继续敲，大龅牙挥舞着哨棍打过去，打在温老师的头上。温老师扭过脸来，看着她，笑，血慢慢从头上流了下来，继续敲。

大龅牙又抡起哨棍打过去。

温老师晃了一下，没倒，挥舞起鼓槌。

"温老师！别敲了！"

她突然放声大哭，把大龅牙吓到了，转回身来。

下雨了，淅淅沥沥的雨，五月的银城，算是春雨吗？是，应该是，银城的春天比北京晚，像爸爸说皇帝驾崩了银城知道都要晚一些。风依然刮着，比那会儿大了，嗖嗖作响，一股一股，一阵一阵，还有节奏呢，从门的缝隙中穿进来，还有高低音呢，妈妈管这种声音叫和弦。

音调不同，不在相同的音阶上，听起来很舒服就叫和弦。两个人在一起很舒服，就叫和谐。妈妈跟董爷爷很和谐，吃饭的时候筷子从不打架，董爷爷夹完了妈妈才夹，一来一往静无声。爸爸跟妈妈的筷子总打架，老在菜盘上撞，每回爸爸都赶紧收回筷子："阿娇，你先夹！"

董爷爷跟妈妈说话的音调不一样，听上去更悦耳。妈妈的声音总是很低又柔软，董爷爷的高一些，像禅音，飘在空中，那样的悦耳。爸爸强烈，像雷鸣。

躺在温老师暖暖的怀里。她想起军代表说话的声音不着调，搭不上，好像不是一个世界的人，怪怪的，刺耳，闹心，像掉进四合院里的外星人。董爷爷说宇宙这么大，外星人会有的，不是找不着，而是搭不上，没准一直在一起，却无法相遇，因为不在一个空间里。好像一下懂了董爷爷的诗，浮云，天书，笔记本里其中的一首：

　　　　喜欢你这一身浮云

　　　　还有尘土

　　　　只是不在一个维度

　　　　你我是

　　　　彼此的天书

妈妈竟哭了。妈妈经常会莫名其妙地想哭，是想爸爸，莫非爸爸是妈妈的天书？还是妈妈是爸爸的天书？如果这样，谁是浮云呢？董爷爷？

不，她是浮云。飘起来了，温老师让她飘起来，那一汪捧不起来的温柔，她被她弄得浑身酥软，有一瞬间在飘，是温老师在飘吧，带着她，飞起来，两个人一起飞。

温老师有着硬朗的身材，乳房还没有她的大，腿有力。"我练了三年！每天早上跑步上班，下班跑步回去，有一天准许我探望了，我可以跑去一条山！"

温老师用脚从旗子堆里挑起来好多彩旗，为她盖上，怕她冷，搂紧她。"一条山是个农场，在银城北边大山里，不通公共汽车，走资派、右派、历史反革命、现行反革命、地主流氓和监外执行的犯人都关在那劳改，公安局看守所也在那。"

她听着，没有问，身上的汗正在退去。被温老师脱光一丝不挂以为会很冷，没想到不冷，温老师的抚摸让她忘记了冷。还有吻，第一次浑身上下无处不在的吻竟是女老师给的，让她惊愕、羞愧，然后是战栗和迷惑。

她彻底迷惑了，那样的抚摸和吻以及从未有过的酥软是女老师给她的，那眼中含的泪算什么呢？委屈，还是动情？

不知道，只记得温老师双腿紧紧夹住她一条腿时的颤抖和湿热，温老师热汗淋淋搂着她，疲惫地说给她一个成人礼。"中国不搞成人礼，那是西方的东西，都是站着举行的，资本主义的虚伪！"温老师又把手放到她的乳房上，轻轻抚摸着她的乳头，又给渐渐地摸硬了。"女人的成人礼到中国就该躺下进行，这才是中国式成人礼。老师没办法在课堂教你，仓库是个好地方，拜你所赐。"

"对不起，老师。"

温老师又吻住了她，不愿意听还是听烦了？她用白布条擦去温老师脸上的血。

"你还说！"温老师用手压住她的唇，爱怜地抚摸着她，在彩旗里听着淅淅沥沥的雨声。"我得找到我爱人，丈夫，老公，男人！"温老师冷笑了一下，嘲笑，嘲笑男人。"我俩是大学同学，研究生，我学历史，他学化学，他说历史遇到化学会有反应，我坚定地跟着他来到这个他满腔热情的地方。历史遇到化学是鬼遇到了妈，我的化学反应去哪了？"

不明白老师说什么。好像懂一点，正在懂，"化学反应"在老师的抚摸中有了，羞于启齿，偏偏老师知道，女人更了解女人，所以才是老师吧！

"在武汉上大学的时候，我开始喜欢的是北京来讲学的老师，讲考古的董教授！历史跟考古是姊妹，我爱上了他。"温老师陷入了回忆，"我爱他的眼神，深渊，深不见底，像梦一样。"

董爷爷也是这样的眼神，看妈妈的时候。温老师爱上的教授也姓董？也是考古的？好奇怪，天下不会有这种巧合吧？再说，董爷爷从未说过去过武汉的大学讲学，那就不是董爷爷。

"可惜他死了，在长江大桥被一辆汽车撞飞，飞得好高。"

死了，好可惜。她为老师难过，刚刚爱上的人就死了，天下再没有比这个更让人悲伤的了。

"我告诉董教授我真的爱他！"温老师激动，不是一般的动情。"他拒绝了我，跟我说住在阁楼上，北京的四合院。你们家也住四合院吗？"

她点点头。怎么会？董爷爷活着，听着让人害怕。"老师，您看到董爷爷死的？"

"董爷爷？不，他年轻，快漂到了上海才找到捞了出来，他的衣服都是我穿的。"温老师抚摸着她，眼里闪着泪花。"他差点赤裸裸地走了，我给他穿上了衣服。我相信爱情，早晚有一天女孩毛还没长全就说不相信爱情了。"

有点冷，她打了一个激灵，想着温老师的话，怪怪的。

"董教授说，死亡是一种幻觉。"温老师充满幻想，又亲她，把舌头伸进她的嘴里。然后往下，吸吮她的乳房，停在乳房中间，使劲吸吮。

"疼，老师。"

"我给你种一颗草莓，好几天你都不会忘了我，我们是一个善于遗忘的民族。"温老师又躺好了，搂着她。"董教授挖的死人太多了，古墓告诉他，那是另一种生。我喜欢，一粒沙里有三千世界，一道光里有千百万个未知！活是一种幻觉，我男人归来时，我会开着一辆解放大卡车，拉着他到处跑，灵魂游走！哈哈！男人，下半身思考的动物！"

老师像是醉了，不，疯了，被压抑太久的表演，她只是一个道具，温老师需要的道具。"我表哥告诉我张浑蛋的话是我误解了，表哥原先在大学教化学，从武汉追我到银城来的，可我不喜欢，而且恨再让男人灌有毒的液体了！"

听不懂。无病哥什么时候来放她？天已经黑了，天黑是几点？还不熟悉银城时间。不，没有"银城时间"，祖国只有"北京时间"。无病哥不是忘了她吧，带着东北人去小凉亭？那样一场战斗，也是因她而起，男人不用下半身思考也会因下半身去战斗吗？

好疲倦，温老师把她抱到了她的身上，她已经任凭摆布，看着老师额头的血已经结痂，注意到老师脖子和胸前有好多斑点，像草莓一样，禁不住去抚摸："老师，您疼吗？是病了还是伤着了？"温老师拿开她的手："别摸！我的脏，恶心！你的好看，我给你种上的，我和你的纪念。"

那么，温老师身上的"草莓"是谁种的，被关进仓库以后才有的？不知道发生了什么，温老师把她放下来，说："你好柔软，绵绵的，像江米团，不是柔，是绵，懂吗，客山红？"

不懂。她闭上了眼睛，知道柔软，不知道什么叫绵，说到江米就知道了，可她怎么会像江米呢？就是想吃她吧，还做了记号，给她的胸前种上了一颗草莓。老师又在抚摸她，她的呼吸越发急促，又燃烧在老师的呼吸里。自己真的是一只鸟，小小的鸟儿，在有魔力的温老师手里，多么无助，竟然还柔软，绵，绵绵。

"花该开了，不，是该落了。"老师喃喃自语，"桃花是最早开的，桃花一开杏花就开，韭菜花也开了，柳树发芽，春吹杨柳，在银城这些个你都看不见，倒是人花到处开，你是最漂亮的那朵，我怕你败得也快。"

没听懂，不明白，迷蒙地看着老师，感觉自己要死了。她有了陌生的缠绵，抱住了温老师，眼泪默默地流下来，不让老师看见。听老师说："说到底，中国的近代史就是一部流氓战胜贵族的历史，流氓精神逐渐取代贵族精神的历史，女人可以爱女人也就不足为奇了！客山红，你若被爱，莫要哭泣。"

她已经哭泣了，老师啊！

"你没上成我的课，也没有什么好上的，给你开个小灶吧！"温老师轻声说，"我们中国人最可爱的是先秦时期，勇武博学，彬彬有礼，包容浪漫，无论贵族还是平民，身上都流淌着奔放的血液，贵族精神深入骨髓。一看见你我就感觉到了你身上有一种贵族气质，可惜你生不逢时，来错了时代，回去吧！我高兴你有一天会回去！"

温老师神经错乱了吗？越来越听不懂，像天书，怪不得董爷爷说历史就是一部天书。忽然想起了董爷爷的另一句话：不要试探人性的弱点，试探人性弱点只会暴露自己的无知。她真的可以哭了。

"美丽是躺着的，女神才站立。"温老师完全进入了自己的世界，一个人自言自语。"但生活中的女神更爱躺下，躺对了，是好人，被敬仰和忌妒。躺错了，是坏人，遭耻笑和谩骂。所谓好人，就是需要的人。所谓好吃，就是你喜欢的。所谓梦想，就是你牵挂的。所谓成功，就是你随时可以放下的。"

听不懂，像温老师的让她一无所知。

"这种布条，古的时候女人是用来裹脚的，走起路来摇摇摆摆，婀娜多姿，叫性感，都是缺德古人干的事，让发现新大陆的哥伦布早泄了。"温老师拿起白布条，一只手举起来挥舞着，上下左右的飘零。"老师是要感谢学生的，我们是政治上的交配体，以符合某种意志。"

忽然响起了号声，小号，嘹亮的小号吹响。悠扬凄美的旋律，声声撕裂夜空，如同高山流水，像鸟入林飞翔树丛，或是一颗子弹穿越森林，击落片片树叶，飘落的柔软。她不能形容，无法形容，心好跳，清脆，缥缈，像梦，如幻，从窗外传来，也像一把温润的刀刺进天空，凄婉地融进了滑下屋檐的残雨落滴。

"张卫华，我教过他，好孩子，小号和笛子吹得都好，他才是生错了家。"温老师亲了她一下，"卫华来换班，你很快就可以出去了。起来，穿上衣服，老师想听听你敲鼓。"

她穿好了衣服，没有用白布条再把胸裹上，白布条被温老师系在自己的腰上，把鼓槌递给她，那样慈祥地看着她。

她转过身，走向高高的大鼓，忽然有些害怕，在银城这凄凉的夜晚，会不会敲醒灵魂？人真的有灵魂吗？董爷爷不止一次肯定地说有，灵魂永远不灭，随着宇宙到永远，死亡是一个故事，一如生。

小号凄婉声中有明亮，声音好像带着光刺进来，她高高地举起鼓槌，应和着号声，号声里她似乎看见那束光，擂响。

咚咚，咚。击碎，空灵曼妙的震荡，然后是颤抖。鼓声与号声缠在一起，绽放出了火花。她看见了火花，在银城的夜晚闪烁，一颗流星滑落。

门被撞开，无病哥跌跌撞撞地进来，她以为会扑向她，没有，范无病扑向了老师，泪流满面。温老师平静地说："我原谅你。"

她惊愕不已，惊慌，难过，不解，看着无病哥慢慢低下了头。

草 莓

多年以后，当她走进死刑犯牢房的时候，又想起了教室的情景，那堆满了旗帜的仓库，敲破了的鼓，回味出了死亡的味道。留在记忆里的味道，女人的味道，带着芬芳，女人是芬芳的，温老师说她好芬芳，在她胸口种下了草莓，芬芳。

那个感觉好奇妙，温老师的舌头冰冰凉，种在了她的记忆里。银城的月亮也是冷的，又红又大的红月亮，像草莓，挂在天上的大草莓，冰冷中的甜。无病哥是甜的，忽然觉得无病哥好甜，好想咬上一口，要不就咬她，奇妙的想法。人原来也有想咬人和被咬的时候，董爷爷说中国人早已没有了狼性，太多人只剩下了一点狗德，喜欢咬，互相咬，咬来咬去，恨也咬，爱也咬，爱到极致也会咬，怎不奇怪呢。

快上到小凉亭的时候，无病哥忽然站住，不知道是想咬她，还是让她咬，转过身来，瞪着血红的眼睛。静悄悄的，连风都没有，雨后的寂静，远处传来乌鸦的叫声，黑乌鸦，呱呱呱。

她抬起头，不知道无病哥的眼睛为什么会血红，竟和月亮一个颜色。越过无病哥的肩膀，看到山坡上的小凉亭，像洒上了一层白霜。布满星星的浩瀚夜空，不知道是充实呢还是显得空荡荡。虚无缥缈，说的就是银城天景吧。银城可真是什么都大，用乱石和土堆起来的山也好大，爸爸当工程师的时候带着七八七的人造出来的。爸爸果然是个"工程师",组织让做什么就做什么,在北京发明过清扫车,到银城仿造全自动步枪,还堆起了一座观景山,山上做了一个小凉亭,是爸爸奖励给银城的。不知道爸爸获得过多少奖状,妈妈收拾南山新家的时候,把爸爸放在床上的好多奖状收起了。爸爸知道妈妈不喜欢把奖状挂在墙上,做好人是应该的,好人做出好事也是应该的,凡是把组织表彰挂在墙上的都是些俗事俗人,到头来没见过一个有大出息的,出息再大也大不过颁给他奖状的人。

银城的山够多了,爸爸让银城多了一座更像坟一样的山丘,种上树,给银城添一点绿。每次给妈妈来信,只要做好事被表彰了爸爸就会在信上画一棵树,还用蜡笔涂成了绿色。妈妈一直不明白那是什么意思,后来才懂了,爸爸受一次表彰就来一封信,在信上画上一棵涂成绿色的相思树。爸爸的爱是绿色的。爸爸不是愚公移山,而是愚公堆山。

无病哥摘下军帽,拿出帽子里边垫着的报纸,北京班长的军帽里也垫着一圈报纸,这样军帽会挺拔一些。男人都喜欢挺拔,司马钢更喜欢德国鬼子的军装和军帽,军装漂亮,军帽更大更威武。可大了不一定威武,朝鲜人民军的军帽可能是世界上军队中最大的军帽了,看上去有点傻乎乎。老师踢了司马钢一脚,敢这样说伟大的朝鲜人民军是找死呢,后来才知道教政治的老师的爸爸是志愿军,牺牲在朝鲜。无病哥从帽子里取出来一条湿了的报纸,好难看,形状像月经带呢,她扭过脸去。

"红卫连的没人再欺负你吧?"无病哥戴上了帽子。

"没有，哥。"

"那就好！料他们屁的也不敢！"无病哥拉住她的手。

"哥，怎么不放了温老师？你说呀！"

"回不去了！"无病哥好难过，"温老师她们五九年来的，住在西山的朝阳村，暴雨把路冲断了，几天都回不去！"他戴上了帽子，"真屁的，鲁迅说世界上本没有路，走的人多了才走出一条路来，鲁迅没说雨下猛了也会冲垮路！还冲垮了房子，温老师家的房子塌了！"

"呀。"她明白了。

"温老师知道我要去接仝老师，张拐子要我把温老师先关起来，怕北京首长来了温老师闹起来造成影响！"无病哥抬起头，看着红月亮。"我去接从一条山农场开出来的车上的仝老师，接到的是骨灰盒！仝老师死了！"

"啊？什么？"她没明白，需要一点反应时间，然后才明白了，温老师的丈夫姓仝，仝老师死了，"怎么会？"

"农场闹鸡瘟，仝老师在鸡场劳动改造，该释放了，却让鸡给传染死了！"无病看着她，"仝老师用有毛主席像的报纸包鸭脖子被打成现行反革命，张拐子知道仝老师死了，怕温老师受不了！"

她要哭，嘴角咧了一下。范无病拉住她的手往山上跑，登上了小凉亭。无病哥带她来小凉亭，跟大龅牙的架是打过了还是没打？显然没打，男生热衷带上女生打一场有必胜把握的架，多豪迈。

无病哥脱掉了湿漉漉的军服，里面穿着海军横条衫，女生都很喜欢海军衫，穿在无病哥身上更男人，威武又英俊，还霸气。霸气的男人更有征服力，女人更喜欢征服而不是讨好。海军横条衫会让人觉得像漂泊上岸的水手，经历过大风大浪的男人才更男人，如果脸上有道邪恶的刀疤就更威武了。

无病哥够威武，海军衫包裹出胸大肌硬朗的曲线，男人的曲线好震撼，胳膊又粗又壮，大头肌像隆起的铁块，一双能踢死牛的大脚，可惜白球鞋脏了。无病哥抱起她，不是放倒在长椅上而是让她站了上去。"你别动啊！在这站好！"

没明白，这是要干什么？

"出来吧！"无病哥大声吼道。

窸窣的声音，一下蹿出来了二十几号人，手里拿刀拿棍，还有一个拎着一串铁球，不知何种凶器，要的就是威慑力吧！一个拿三节棍的，三节棍她见过，北京班长老拿着，有一天要给她看，终于把自己打倒了，脑袋上的包一个星期没下去。还有一手拎着一块板砖的，这本是东北人的强项，在全国推广太久难免重复。大龅牙最后一个出来的，拿的是军刺，崭新的军用刺刀，上面还专门抹过油了，锃锃亮，穿着一双大头皮靴。

一帮人把无病哥团团围住。

"怎么才来？"大龅牙举着刺刀，急了，"妈了个逼的，就你一个人？"

"来吧！"无病哥拉架势，他不是来一场死战，而是要找死，还声嘶力竭地挑衅，脖子上暴出青筋地喊着："快上啊！"

她明白了无病哥不是来打架，真是成心找打的，因为已经败了，没有在约定的时间出现，传出去很丢人的。

"你输尿的了！丢人现眼，不敢按时间来！"大龅牙很生气，抬起头看着她，因为被抱到了凉亭的长椅上，只能仰视，更生气了，"你还带着小破鞋来？这样揍你一顿传出去让我们丢人，还是让她同情你正好让你操？想得美！"他挥挥手，大声说："范无病，手下败将！咱们走！"

"回来！"无病哥眼睛快冒血了。

哗啦啦全走了，回荡着笑声，刺痛了无病哥，比被人打得满脸开花更丢人。打架都爱打鼻子，以让对方鼻子喷血为荣，银城是一个喜欢见血的城市。

"回来！"

无病哥放声嚎叫，承受不了这种羞辱，做好准备受伤的，脱下军装不为别的，因为他的是真军服，他爸爸范书记的，不怕受伤怕伤了军服。

"哥？"

"别叫我！"无病哥咆哮着，他是红卫连连长啊！他用拳头击打着凉亭柱子，"都怪你！"

美女注定被人爱，也注定被人怪的。长大后有了妈妈那样的气质，像女王，"女王"不可冒犯，她偏偏总被欺负。忽然羡慕起女流氓来，女流氓比女王日子过得好。胡同里有女流氓，比她大两岁，上初二，进出胡同总有一帮男流氓左右跟着，呼风唤雨的架势，专打各种不服。成为胡同里那样的女流氓大龅牙就不敢欺负他们的范连长了，还会成为她的跟屁虫，再把无病哥没去叫的东北帮收了，她要说回北京，这帮人敢跟她走回北京去。

那是不可能的，尽管各种流氓团伙里女的都漂亮，而且都不把自己当女的，耍起流氓来就好办多了。她偏偏是个柔如水的女孩，一下明白了，温老师自己想当男人吧？还是温老师做压抑的女人太久了？不知道，只知道温老师好会抚摸，好会吻，总到她最敏感的要害处，从怕温老师被大龅牙打，到彻底投降，她有了一个完整又细腻的经历。

欢快的脚步声走远，消失了，无病哥还在击打凉亭柱子，每打一下她的心都颤一下，让她心疼了，喊："你干吗呀！"

然后她哭了。

无病哥扑过来，抱住她，把她放倒在长椅上，疯狂地亲着她。听见他粗鲁的呼吸，大手野蛮地钻进毛衣里抓住了她的乳房。老天爷不干了，叭的一个炸雷在头顶炸响。

倾盆的雨从天而泻，打得她睁不开眼睛，衣裳湿了，身体湿了。无病哥不管不顾地掀开她的毛衣，一下看见了她的乳房，白花花的乳房上溅着水花，无病哥的脸贴下来，要吻她的乳房。轻点，别弄疼了。

没有，无病哥看着她的乳房大声叫道："你不戴胸罩？太流氓了！"

回家要查查《新华字典》，看看"崩溃"这个词是如何注解的。不管国家是怎样注解的，她要崩溃了，跑下了小凉亭，出溜一下滑倒了。范无病冲过来想抱起她，那怎么成，她居然打了一个滚闪开了。人要是急了还真是有办法，奇怪的是手上身上并没有泥，地上铺的是花岗岩。妈妈也真是的，还在排练忠字舞吗？也不找她，还是对无病哥很放心？范无病，银城大奇葩！

湿了的毛衣变得好沉，背负起沉重的红色。裤子也湿了，鞋里灌满水。劈天盖地的雨，雷声像是为她加油，奔跑着回家。北京不这样下雨，说来就来，银城好任性。

上山的时候跑不动了，被湿淋淋的衣服包裹住，听见身后无病哥大脚的叭叭声。进了院子，屋里的灯黑着，妈妈还没回来？第一天，文工团排忠字舞练晚了，妈妈定会一显身手。范无病从门梁上取下钥匙，开了门："快进屋！"

"我不要你进来！"

"你让我进，快点！"范无病着急地说，"阿姨没在，别让张拐子知道你回来了！"

这个理由好。她进了屋，范无病闪身进来，用身子撞上了门，说："别开灯！"

"你想干吗？"

准备跟他较较劲，小凉亭长椅上的话太伤人了，哪知道一下被他抱了起来，咚咚咚地跑向东边，她蹬腿喊道："别，妈妈的床穿着衣服不能坐！"

"好！那你脱了！"

"什么？"她要崩溃了。崩溃的人不该心跳吧，那个"脱"字让她心跳了一下。

他又抱着她往西边跑。

"你干吗？"她快晕了。

"上你的床！"他说，"你们北京人是不是连裤衩都不穿？我看看！"

"我俩都湿了，别……"

她被放到了床上。她抓住皮带，怕真被他把裤子给脱了。确实湿了，毛衣和裤子都贴在了身上。他也全身湿透，趴在了她的身上，拉起她的毛衣，两只手被他按住，热乎乎的大嘴吸住了她的乳头。

喘不过气来，不是激动，快死了，湿毛衣和里边的湿秋衣贴住了她的脸，罩住了嘴和鼻子，鼻口全被封住了。她挣扎着，使劲推开他，边叫："快！快点！要死啦！"

咚咚咚，不是敲，是有人踹门。

"开门！耍流氓呢？"张拐子在喊，"客山红，你太淫荡了！"

她大口大口地喘着气，发出了急促的呼吸声。无病哥跳了起来，在地上蹦，急的，吓的，还捂着裤裆。

急了会蹦，证明人类的祖先果然是猴子，从树上蹦下来，终有一天再蹦回树上去，为人类文明发展终结画上一个句号。董爷爷说人不可能是猴子变的，从猿到人纯属扯淡。从宇宙来说，地球是宇宙身上起的脓包，包里的细菌，几十亿条虫子，妈妈被吓着了，说："您别老唬我成吗？"董爷爷说："当人踩到蚂蚁和蚂蚁窝时，蚂蚁也这么说，可真的是天灾人祸！在宇宙中我们其实还没有蚂蚁大！"

不知道该谁去开门，她和他都瞪大眼睛看着彼此。

"您好，找谁呀？"传来妈妈的声音，"请屋里坐。"

"奶奶呀！"张拐子惊叫，"我不是做梦吧？你是谁？"

妈妈不认识张拐子，还没见过，现在认识了，用钥匙开了门，进屋，伸手拉门旁边的灯绳。灯亮了，无病哥像一道闪电蹿了出去，把妈妈吓一跳，因为屋里黑着，不知道有人，不知道她和无病哥回来了，锁着门在屋里呢，惊得一下靠在墙上。

门外传来咚的一声，无病哥是连撞带推地把要进屋的张拐子弄了个跟头。

"妈？"她慌张地看着妈妈。

妈妈转过脸，看着她，然后把目光投向了床。

床单上一个人形，她的人形。

"妈，您回来了？"

她匆忙地拽好毛衣，妈妈过来一下掀起她的毛衣，不是没有了那裹胸的白布条，而是看见了乳房中间的草莓。

"妈？"

她想解释，这痕迹不是无病哥弄的，可她解释不清楚，一两句话也说不清楚。张拐子骂骂咧咧地进来了，拍着跌倒在地弄脏了的屁股后面："范无病这个臭流氓！造反了！逆天了！关灯锁门耍流氓！"

"张代表？"她叫他，也提示一下妈妈这个张拐子是谁。

妈妈知道了，明白了，脸色一下铁青，却微笑着说："是张代表啊？快请坐！"

"坐什么坐！赶紧去找赵小辉，找赵主任报信！不，报警！别让范无病跑了！"张拐子很生气，后果很严重，大声说，"别让范无病跑了，赶紧抓住他！咱们不脏了手，让政府枪毙他！范无病这可是强奸少女，他爸爸范书记也救不了他！童工童主任要是知道了，准拿枪回来一枪崩了他！"

"您请坐，张代表。"

她看出来了，妈妈有点慌。

妈妈必是没了主意。董爷爷不在，爸爸也不在，有一点可以肯定，张拐子一定会不依不饶闹起来，不仅惊动南山传得谁家都知道，更会惊动七八七，爸爸也许真的会带枪回家，真的要出大事了！

"客山红，你去？"张拐子指着她，又指向妈妈，"要不你去？你别去，赵小辉讨厌漂亮女人！女人恨起女人来会变本加厉，那尿又特讨厌你们北京人！上海人和北京人就说狗见了猫，非掐死不可！"

她看着妈妈。妈妈没有看她，盯着张拐子。妈妈出汗了，从脸上流下来，刘海都湿了，贴在额头上。

"哈哈！"张拐子笑了，他居然笑了，说："那尿的好，我去！"

"张代表！"妈妈上前，堵在门口，挡住了张拐子，转向她："小红，你去！不找赵主任，把范无病给我叫来！"

"也行！"张拐子说，"我也倒霉了，裤子脏了，湿了破了尿的了，得让范书记赔我条裤子！"

"妈？"

"快去！"

妈妈从来没有对她嚷过，也从来没有发过这么大的火，脸涨得通红，汗水都从脖子上流下来，湿了衬衫。

温老师在她胸前种下的"草莓"，妈妈误会了，把妈妈惊得灵魂出窍，张拐子太坏了。她没时间解释，没办法一两句话说清楚怎样被范书记一声令下关进了仓库，就是在那堆满各色旗帜的教室她被女老师——该怎样形容呢？动了？做了？办了？都不对，是"教育"了。在学校，老师该教的都不教，该教的温老师还给教偏了，都因为她太漂亮了吗？太女人了吗？她有妈妈那样的乳房，太丰满，丰满是一种诱惑。

妈妈要对付张拐子，在北京应付不了军代表，到银城又怎样对付工代表呢？不能让爸爸知道了，爸爸知道了一定会带着七八七造的全自动步枪回家，把范无病突突了，该突突了张拐子才是！这事儿真是惹大了，因为没遇到对的人。董爷爷要是在就好了，张拐子两条胳膊都得没有了！妈妈好像有了办法对付张拐子，她出屋的时候妈妈关上了门。

好难过，怎么找无病哥啊，他吓成那样，魂都丢了。来银城想有一个哥哥保护她，因为喜欢才生出事儿来，董爷爷说得对，好些事皆因喜欢才会种下恶果。

害怕门口深不见底的黄河，她紧贴着里面走，隐隐听见流水声。黄河分出一道汊从南山拐了个弯，不奔腾，不咆哮，默默往东，再汇入山外的黄河滚滚向东去，像是去朝拜。

忽然响起笛声，她抬起头，看见卫华站在仓桥上，穿着一身白绸子衣服，是练功吧。董爷爷也经常穿一身白绸子衣服在阁楼的屋里练太极，她和妈妈能看到。卫华不练太极，练笛子，好长的长笛，笛声低婉，迷离，跳跃，倾诉。熟悉的旋律，花儿开了，花儿落了，一支悲凉苍茫的歌。雨早停了，月亮挂在天上，此情景像是一幅水墨画呢。

妈妈喜欢工笔画，每一笔都那样精细，可再也看不见唯美的仕女图，现在画纺织女工。妈妈说《红楼梦》就是细腻缠绵的工笔画，《西游记》是迷幻的水墨画，《三国演义》是粗犷豪迈的版画，《老残游记》是漫画，而《静静的顿河》是荡气回肠的油画。董爷爷好高兴，可没听过用画来形容小说的，夸赞妈妈，也夸她。董爷爷检查她的作业，作文，董爷爷说一直喜欢她的作文，细腻的描写，精致的叙述，轻拿轻放的细节，小心翼翼的交代，留有空间的对白。用书法来形容就是王羲之了，俊秀，完美，韵味，宽时能跑马，密时不容针，将来可怎么好。她以为董爷爷会说将来怎么得了呢，说的是将来可怎么好，懂了，刚到银城就印证了。

　　长长地叹口气，抬起头，卫华吹着笛子过了仓桥，向这边走来。张卫华，像她一样俗气的名字，可她的名字有来历，张卫东、张卫国、张卫华也有来历吗？不知道，兄弟三人的名字都带着祖国的情影，而她的名字取自红旗。董爷爷说名字都是挂在身上的符号，是起名字的人的梦想，带着爸爸妈妈或爷爷奶奶的梦。

　　卫华下了仓桥，把长长的笛子伸过来，示意她拉住。没想要到仓桥那边去，也不想再往前下了坡去叫无病哥，怎样面对妈妈又怎样说啊，何况知道自己并没有真的拒绝，无病哥也知道。

　　她抬起手，抓住了笛子。

　　莫名地有些心慌，接下来是羞涩，不知因何会羞涩，从未有过的害羞，跟着他上了仓桥。卫华在前翩翩而行，一身白衣像个仙子，她好像不害怕了。

　　"小红妹妹，"他轻声柔婉地说，"离我哥远一点，别怕他。"

　　她点点头，跟着他下了仓桥，往上，过了喜翠家旁边的路，还往上，从路上走上了屋顶，喜翠家的屋顶。

　　"卫华哥哥？"

　　他把手指押在唇边，嘘了一下。

　　低下头，看见无病哥挑着空桶正走出喜翠家的院子，惊讶了一下，她刚想叫，卫华一下捂住了她的嘴。

　　喜翠扭着身子追出来，抱住范无病，在他脖子上亲了一口，把什么递给了他，跑回来，不见了，进了屋，门吱吱响。

是鸡大腿，范无病把鸡大腿放进嘴里狠狠咬了一口，挑着桶走了。心真大，过了仓桥，没回家，还往下，水房在下面。

"小红妹妹，"他松开手，端详着她，"你从家出来怎么不换衣服？湿的还穿着？"

她没吭声，回味着什么。香，清香，手留余香，他抹过雪花膏的手，或者天生就有香气。北京班长就老说她身上有香气，说她是甜的，天生带着弥漫的甜味儿，自己闻不到。她问过董爷爷，董爷爷说没闻到，她搂住董爷爷："董爷爷，您身上怎么一点味道都没有啊？"董爷爷笑笑，说："是吗？说明我活着，死人才有味道。"她摇着董爷爷："不对董爷爷，妈妈就能闻到您！妈妈说您跟她一样，身上有一丝丝青瓜的味道，芬芳，清甜，梦幻的味道。"董爷爷轻轻拥抱住了她，悄声说："是吗？红，那就别跟别人说。"

"知道啦！"她想靠在董爷爷的肩上，董爷爷转过身去，"董爷爷，您怎么哭了？"

热浪翻滚，她想穿过柔软，进入绵绵的黑洞，睁开眼睛，热的汪洋正在快速散去，流失。不，不能！不能没有水，还没有学会呼吸，想紧紧抓住什么，可什么也没抓住，一片柔软，她快速滑去，失控地坠落，却无法呼吸。

抓住了，她紧紧抓住了他的手，一阵颤抖。

"怎么了？"

听见了声音，像是从梦中醒来，惊慌地松开手："没有！没有！"

"什么没有？"他问。

"从来没有！"

她说。脸色惨白，大口地呼吸，流出了眼泪。

"坐下，小红妹妹。"他扶住她，"记住，留下你一个人哭，我不放心。"

她瞪大眼睛，一股热流涌上心头。

坐下了，不敢抬头，从来不知道会怕星星。银城的星星好大，好亮，在浩瀚缥缈的夜空，像坐在一条船上，飞舞，船在飞舞而行，如光一样快，她乘着光来，不，是乘着光回去，在闪烁中。

"你晚上还没吃饭吧？"他轻婉地说，"低血糖了，低血糖会头晕。来，靠在我的肩上。"

她就靠了，听见了自己的心跳，咚咚的。

"范连长给喜翠家挑完水了，现在给自己家挑水。"他越过仓桥，看着下面，轻声说，"范连长挑水回来，我吹《东方红》他就会扬起头往上看，你如果要找他，就向他招招手。"

"我要是喊毛主席万岁，他是不是就从下面飞上来了？"她轻声说。

"你怎么赌气呀？"他看了她一眼，目光柔得像含着一汪水。"毛主席就是能活一万岁，别不信。好人都能活五千岁，你只是不知道。"

这倒有点像董爷爷的话了，董爷爷没说好人可以活五千岁，而是不死，因为人都有灵魂，灵魂就像永动发动机，这辆车坏了就到另一种车上。

喜翠家满院子的鸡笼，银城扭了腰摔断胳膊腿儿的人还真多，带着活鸡来找喜翠奶奶神老太看，一捏一扭敷上鸡血调的药就可以走了。鸡血可配药，鸡血是药，她可别成了银城的鸡血，这样一想脊梁骨一下蹿了股凉气。

"其实断胳膊断腿不用治的，人都有自愈能力，自己能长好的，靠地球引力就可以接上，不知道这个神老太是骗鸡吃。"卫华轻轻扬扬地说，脸上荡漾出微笑。"我爷爷全湖南有名，祖祖辈辈传下来的神医，专帮人生儿生女，想要儿子要女儿就吃我爷爷的药，而且生了以后再给钱，生不对不用给。文化大革命一开始被我爸揭发了，原来药是拿米粉面做的，生儿生女跟我爷爷的神药没关系，你懂了吧？"

懂了，他爷爷骗术高超，骨子里却并没有害人，生儿生女自是天意，命中如此，可为什么要告诉她呢？

"我爸就是靠我爷爷的能耐进了戏班子学戏，总吹是学青衣，其实是花鼓戏。我爸爸揭发了我爷爷，人们要打死爷爷，爷爷跳了汨罗江。"他平静又安详地说，"我们一家人都不会好死，也是命中注定了。"

她听得毛骨悚然。

"我爸打小就想唱戏，结果只能吹笛子，吹到银城来了。我二哥卫国得的是糖尿病，给甜死了。大哥卫东拒绝文艺，却爱写诗，矛盾人。我来银城发了六天六夜高烧，都以为我死了，第七天醒来，一下会吹小号了，没学过。"

卫华慢慢地说，她听得惊讶不已，也赞叹，哪家湖南人用寥寥几句话能介绍出祖宗还把三代说得清清楚楚？

听得有点害怕，董爷爷说，刚见面就把家世和盘托出的人不是爱上你就是前世的事儿还没完，她骨头都冒凉气了。

"留下你一个人哭，我不放心。"他侧过脸看着她。

她瞪大眼睛，一股热流涌上心头，紧接着是一股凉气掠过。

一动不动地坐着，坐在了喜翠家的屋顶上，她觉得自己凝固了，让人看见还以为是泥塑呢。银城人不抬头，都低头上山下山，不往上看。

坐在月光下泛着青光白绸衣的卫华旁还挺浪漫，有谁知道她在冒凉气呢。也许会被看成皮影，她和他像皮影，那种用纸板或兽皮做的人，始于战国，兴于汉朝，盛于宋代。中华传统文化的一种，后来传到了世界，跟我们的火药似的，祖宗发明了火药，做成炮仗兴高采烈地玩赏，哪知道传到西方，洋人给做成了炮弹打我们。董爷爷一想到这就会暴粗口：操丫姥姥！后来一想爆粗口没用，还是赶紧强大吧，成为中国历史博物馆看仓库的董爷爷强大就是喝酒，一喝酒就变形了，穿越了，说一些让人听不懂的糊涂话。

卫华的话好清醒，还理智，有冷漠，也有温度。别把无病哥给吓着，以为她跟卫华一下好上了，那样她是什么人呀！对，问问自己，到底是什么人？忽然觉得自己是一个死人，假装活着，不来到这个世界才好，别在一九五八年来，妈妈说她生在大炼钢铁的年代，爸爸把自行车都捐给首钢炼铁了。她出生在声音里。

南山喝水都是从水房挑的，两分钱一挑，不管水桶大小，范书记让无病哥给她家每天挑水。跟卫华哥哥坐一起，这情景好像出现过，不确定，似曾相识，就是想不出来接下来是怎样的。她掐了自己一下，居然不疼，吓得头发都竖起来了，又使劲掐了一下，这回疼了，差点叫出来，卫华说："你没有知觉吗？"

她的头发真的竖起来了。

飘逸出香味儿，丝丝缕缕飘上来，好闻，令人鼓舞，肉香，肉怎么可以这么香，她饿，很饿。喜翠家这么晚才做饭，又可以把鸡做得这么香。一天没有吃饭，闻到鸡香肚子居然响了一下，令她羞愧不已，脸唰地红了。这算怎么回事儿，太丢人了，卫华居然打了一个嗝，羞涩地笑了，比她还难为情。

一个亮晶晶的脑壳晃动出来，从屋顶上往下看这脑壳也太亮了，泛着青光，月光折射出来的色彩。"江校长，以后慢尿点，你这腰亏了！"马团长的声音，江校长摆摆手，说："盖房呢！我们家六兄弟三姐妹，需要的房子多，礼拜天上顶，请马团长喝酒！老太太这神手，我没尿事了！"马团长说："肾亏才爱闪腰，房主任说女同志也这样，比男同志好点，还是男同志用尿腰多，一攻一守。女同志没腰也不行的！"江校长说："马团长说笑了，我这腰不咋使的，一使就猛尿的了！"马团长说："有这种情况，我晚上喝酒没尿事，都是第二天早上才醉尿的！江校长不吃了饭再走？"江校长说："不了，礼拜天来甘家旺喝酒啊！上房梁，喜事！"马团长说："得祝贺你，有时间就去！喜翠，送送你们江校长！"

喜翠出来了，扶着江校长出了院子，江校长回头说："马团长家去吧，别把捞饭蒸干了锅。喜翠不用扶我，让我拄着你。"喜翠转回身，挺了挺腰："来吧江校长！"

她往后蹭了一下，不想让江校长看到，也不想让喜翠看到她和卫华坐在屋顶，奇怪的是喜翠和江校长居然都没有看见。

她松了一口气，小声问："卫华哥哥，他们怎么没看见咱俩？"

"头上三尺有神灵。"卫华轻声说，"咱俩是神灵，他们看不见。"

"你别吓唬我成吗？"她身上又冒出一股凉气，"卫华哥哥，

159

人都是低头行路，不爱抬头看，也看不到什么，茫茫的天。"

"你说的是死亡。"卫华平淡地说，"死亡是另外一种看见。"

不知道卫华在说什么。起风了，云彩又遮住了月亮。喜翠和江校长下了仓桥，江校长一只手叉着腰，一只手搭着喜翠的肩膀。无病哥挑着两个大水桶出来了，拐向东面，回家里。

西面，妈妈和张拐子出了院子，张拐子肩上扛着几个大网兜，不知道又借走了什么，才让张拐子不嚷嚷着要叫爸爸回家，不找赵小辉也不报警了，妈妈有办法让贪婪的张拐子闭嘴。

怕下雨，妈妈打着雨伞，倒是没给张拐子打，因为早就不下雨了，妈妈心里还有雨。她双肘拄在膝盖上，如此疲惫，坐在高处静静地看，风撩动着她的头发。

张拐子上了仓桥，妈妈继续往前，喜翠一个人从坡下往回转。"神灵"原来真的在高处，俯视可以看到全局，"神"果然是指引的，"鬼"才是捣乱的。

妈妈没进院子崴了脚，跌倒，把雨伞扔了出去，一个跟头跌进了院子里，必是有响声，刚挑水进屋的无病哥跑了出来，扶起妈妈。

妈妈站起来了，没有说话，默默看着范无病。

无病哥在妈妈面前站好了，也没有说话，突然给妈妈跪下了。

喜翠到了门口，惊愕住，往回退了一步躲到门边上，必是张大嘴惊呆了。

妈妈捡起雨伞，转身默默地走出院子，一瘸一拐往家走。喜翠从地上捡了块石头，扔向妈妈，幸亏妈妈打着伞，石头落到了伞上，妈妈慢慢转回身，看着喜翠。

喜翠跺了一下脚，进院子。

无病哥跪在地上还没有起来，无病哥的奶奶出了屋，用扫帚使劲打着范无病，然后把扫帚疙瘩抛向喜翠，正打在喜翠的头上。

门又开了，范书记出来，站在门前。范书记跟马团长一样，今晚也回南山了，点燃了一支烟。

她双手捂住脸，眼泪从指缝流了出来。

远处，传来鸟鸣，孤单的哀叫，传得很远，被山谷挡住，碎了。走下山坡，她的鞋叭叭的，听不到卫华的脚步声，他走路这样轻，抽泣着。卫华不会哄她，居然哭了，她心里一热："卫华哥哥，你干吗呀？"

卫华站住，双手捂住脸，哽咽着说："我不知道怎么办，怎么帮你！"

心头的热化成泉涌，她泪流满面地掏出手绢，擦他的眼泪："你不哭，哥哥不哭。"

卫华抓住了她的手，在抖。

她在北边，卫华在那边，回家。月亮又出来了，依稀的黄河流水缭绕，涓涓东流去。走到院门口，她转回身，卫华在河那边，肃立地看着她，拿起了长笛，吹响。还是那支她开始越发熟悉的歌，花儿开了，花儿落了，花开花落就是活过了……

回到家，把门故意关得很响。妈妈去找无病哥，让无病哥跪下，可"草莓"不是范无病留下的，这一跪不会再是她的"哥哥"了。第一次抱怨妈妈，这也太过分了，不是无法接受，而是不能想象。忘不了那个奶奶打无病哥，不知道为什么连喜翠也打了。记住了范书记点燃一支烟的画面，刚回南山雨衣都没脱呢。

妈妈坐在龙椅上，闭着眼，没有看她。

她抽泣着，给妈妈往大木盆里倒洗澡水，肚子越发饿。不知道妈妈在文工团吃饭了吗？她看了一眼妈妈，传来敲门声，极轻，笃笃，笃，像对暗号似的。她和妈妈都竖起了耳朵，如两只惊弓之鸟，互相看了看，都看见了对方红肿的眼睛，妈妈站起来，小声说："马团长，你就说我睡了！"

妈妈走向里边，脚拐着，一边拽上了帘。笃笃，笃，还在轻轻敲，她停了一会，等妈妈脱了衣服上床盖好被子，假装睡了。九点多，银城的作息时间比北京至少晚两个小时。

她打开门，看不出来是谁，一闪就进来了，匆忙地关上了门，转过身来，摘下压得很低遮住整张脸的大草帽，摘下更夸张的墨镜，果然是马团长，半夜居然还戴着墨镜，她惊慌地叫道："马叔叔？"

马团长递过来网兜，层层叠叠包着好多报纸不知道是什么："快叫你妈吃饭！你们家烟囱一直没冒烟，我炖了鸡，捞了大米饭！"

"我妈妈睡了。"果然闻到了香味儿，在屋顶闻到过的肉香，原来马团长又赶到南山来是给妈妈做饭的。"谢谢您马叔叔，我妈不吃！"

"怎么不吃？你真是个小大人！"马团长笑了，大声说，"今天范书记不知道抽哪门子疯，一会到团里把你妈接走，一会又屁颠颠的送回来，真把你妈给折腾累了！阿娇同志，快起来吃饭！"

喜翠忽然在外面叫道："爸！我妈来了！喊你回家！"

"谁来了？"

"你的房主任来了，我妈，喊你回家！"

马团长脸色刷白惊慌失措，喜翠连门都没敲站在院子里喊，马团长的大草帽和墨镜算是白戴了，匆匆忙忙走了。

妈妈居然穿着衣服假装睡着了，过去不换衣服挨一下床都是绝无可能的。

到银城两天妈妈好受伤，都是因为她。更让她惊愕的是，妈妈的脖子上居然也出现了草莓，好红的一颗草莓，比她胸上的还大，她瞪大眼睛，倒吸了一口冷气："妈？"

妈妈起来了，照了镜子，像雕塑一样一动不动。

妈妈半夜起来一次次不停地刷牙，恶心得要吐，拖着肿胀的脚腕。草莓是张拐子在妈妈脖子上留下的，不是那些东西可以打发走的。幸亏爸爸星期天才回家，希望能褪掉，妈妈的皮肤太好，万一褪不掉让爸爸看见该怎么办？

都是自己惹的祸，她从身后一下搂住妈妈，委屈地哭了："妈，对不起！我错了！"

"我们一定要回北京！"

清冷的早晨，五月的银城还不像春天，东方灰蒙蒙的，不像董爷爷说的银城是一个缺雨的地方，她和妈妈来了以后，银城老下雨。细雨霏霏，她打着伞，默默走过小凉亭，往上看了一眼，小凉亭的红色琉璃瓦上，雨水一滴一滴滑落下来，像是在哭。无病哥没有在这里等她，以后也不会了，无病哥的那一跪，心里再也站不起来了。

进校门前的马路好宽，她过了好久，听见鼓号声传来，还有红卫连晨训一二三四的口号。进五连一排，怎么跟喜翠她们在一个班啊！六连也回不去，又回到了五年级，银城可真能捉弄人。董爷爷说"命运"是两件事，"命"是注定的，而"运"可以自己选择，她却无法选择，捏在张拐子手里，杀了张拐子要偿命，不杀张拐子会赔一生。世界上原来还真有无法选择的事，"别无选择"不是一个传说，谁遇到谁知道。

这边没雨，只有南山的早晨飘着细雨，她收起伞，等着喜翠她们鼓号队过去再进学校。传来救护车的声音，她躲了一下，救护车拉着警笛，却开得慢慢悠悠进了大门。

她刚走进大门喜翠不指挥了，挥着指挥棒冲过来，一边喊："臭流氓！大破鞋！你偿命！"

她站住，被人从后面拉了一把差点被拽倒，还是传达室的老师挡到她的前面，伸手抓住了喜翠打过来的指挥棒："马喜翠！别冲动！"

不知道怎么了，喜翠干吗冲过来打她？

"你还敢来？快走！"老头说，温老师的表哥，瞪着她，"小心红卫连打死你！"

"客山红！你是杀人犯！"喜翠被孙老师左右挡着过不来，骂道："你妈大破鞋，让范无病给跪下！你是杀人犯，让老师用你的流氓白布吊在鼓上自杀了！"

她一下蒙了。电石炉前晨练的红卫连停下，大龅牙带着一帮人举着哨棍跑来，范无病从棚子里出来，举着铁锹在后面追。

"快去文工团找你妈！"老头推着她，"你快跑！"

她一软，一屁股坐到了地上。

"哎呀你这丫头！快起来！"

眼看大龅牙冲到跟前，挥起了哨棍，无病哥举着铁锹向大龅牙后脑勺拍了下去，喊："客山红！快跑！别进学校！"

大龅牙扑通一下栽倒了，另几个人挥起哨棍打向范无病，喜翠尖叫着去护范无病，老头拎住她的衣领子给拖出校门，然后急忙关上了大门："快跑客山红！"

她爬起来，跑不快，心慌气短，眼睛冒着金星。温老师死了？用她的白布条吊在那面大鼓上自杀了？无病哥一个人在跟红卫连打，不是一个人，喜翠也在战斗，而她只能跑，眼泪唰的一下流下来。

跑，眼泪在飞。

到银城该是准备好了，爸爸给她起了"客山红"的名字，一种鸟，还是鸟，而董爷爷管鸟叫"家雀儿"。老北京话带儿话音的，三岁时董爷爷抱着她教她在图片上识字，指着鸟说："家雀儿！"她就念："家雀儿！"董爷爷又换了小蝌蚪的画片："蛤蟆骨朵！"她大声念："蛤蟆骨朵！"董爷爷掏出火柴，她拍着手说："董爷爷，我认识，火柴！"董爷爷摇摇头："不对，这个叫取灯儿！"妈妈快崩溃了："她爷爷，您教的这是什么呀？"董爷爷把她搂紧了，看着妈妈，认真又沉痛地说："老北京的城墙拆了，我怕老北京话也丢光了，红需要记住一些老北京话，你懂的！"妈妈就不说话了，呆呆地看着董爷爷，刮进屋里一阵风，妈妈的头发也乱了。

文工团的大门在东面，她拐过弯，看见好大的牌子，"银城战斗文工团"，妈妈实现了梦想的地方。妈妈喜欢跳舞，一直想进文工团，是爸爸帮妈妈实现了梦想，靠马团长的帮助。

　　好大的院子，银城真是什么都大，比学校高的几排平房，里面可以排革命现代样板戏，妈妈是来教忠字舞的。

　　人们在练功，女演员很轻易地就把腿抬起来了，举过头顶。女人为什么要抬腿还举得老高呢？因为男人喜欢看，爸爸说女人叫撕逼，男人叫扯淡，都是人类会直立行走以后练就的。"舞蹈"就是女人为猎人归来围着篝火，在想象中歌颂男人打猎的情景，后来演变成了"艺术"。其实总跟男人有关，跟生活有关，而《红色娘子军》跟革命有关，这才是中国的进步，为革命理想而舞。爸爸是充满革命理想的人，所以喜欢看革命芭蕾舞，过年回家看《红色娘子军》，爱坐在第一排，老说要是穿上《天鹅湖》那样的裙子就好了，这让妈妈惊讶不已："红她爸，你还知道《天鹅湖》？"爸爸眨巴着眼睛说："这话怎么说的？我还会造天鹅呢！我们红就是一只小天鹅！"妈妈笑笑说："你不是说我们红是鸟儿吗？客山红！"爸爸不高兴了："真悬，这不是形容吗？这世界就是被你们这些搞文艺的给弄坏的！"妈妈有点担心："红她爸，能跟你在一起就成，我不是非要去文工团的。"爸爸笑笑说："那哪儿行，我媳妇儿这么漂亮，美就是展示出来撕碎了给人看！真悬，撕碎美是悲剧，咱是喜剧！欢天喜地到银城，还有我闺女！"

　　院子里练功的人都停了下来，纷纷看向她。噢，不是看她的，女演员们都在看她的身后，还围过来。她转回身，原来是喜翠她妈来了，居然穿着白大褂，脖子上挂着听诊器，骑着自行车过来，她要是不躲非撞她身上不可，好些个人帮着扶住飞鸽转铃大链盒男式自行车。"房大夫来了？"有人讨好地叫，房大夫没理。"房主任，您又换新自行车了？"房主任这才高兴，答应道："啊，换了！"另一个女的说："房主任好棒哟，好好喜欢哟！"房主任骗下腿："幻儿，一看你这脸色就是来例假了，月经不调，一会去找我给你开两天病假！"幻儿说："那哪行啊，马团长让我们排忠字舞，什么假都不让歇！"

房主任瞪起眼，说："你不是阿庆嫂吗？怎么也跳上忠字舞了？"幻儿说："马团长让全团都得跳！七月一日白天到百货大楼跳，晚上才演《红灯记》！"房主任说："幻儿，你比刘长瑜一点不差！怎么才二十岁月经就不调了？随你妈了，你那俩姐姐月经也不调！一会找我开病假你就歇！你们马团长呢？"

"你往那看！"洞庭雀过来了，女声女气，还做了个兰花指，指向东边的一间屋子。

"那是哪儿？"房主任说，"大麻雀，你是喜是愁？嘴咧的怎么跟肛门似的！"

"那叫肛裂，范书记这几天老上火了，肛裂了！"洞庭雀不生气。

"太缺德了！"幻儿说，"房主任别理他！我带您过去。"

"马团长在哪儿呢？"房主任说，"我找他拿电影胶片缠一下新买的自行车，他有一卷烧了的《列宁在十月》！"

"马三娃在仓库里折腾练功呢，房主任去不得！"洞庭雀说："阿庆嫂，你跑步去仓库，那一大盘电影胶片在北角柜下面第二个抽屉里，我跟马三娃要他舍不得给！"

"一大早跑仓库练尿功？幻儿，你带我去！"房主任说。

"马团长没练功，在库房跟北京来的那个女的找道具呢！"幻儿说:"房主任去办公室等着,我去叫马团长!"

"哟,还用工具呀?北京来的就是不一样!"房主任脸色骤变,"我就知道他被勾了魂了!"

仓库,妈妈也进仓库了?她感觉不太好,想跟着房主任和幻儿她们去,洞庭雀拽住她:"你别去,少儿不宜!你怎么没上课?"

"张叔叔您放开我,我不上学了。"她拨楞开洞庭雀的手,跟在后面。

乱哄哄,够热烈,就喜欢出点事儿,跟北京一样,银城也没什么不同,盼着出点乐子。董爷爷说,全国人民都喜欢抓破鞋,抓破鞋是一次狂欢,那叫一个喜庆。北京班长最喜欢看枪毙流氓犯的布告,每回还贴到学校来,说布告上关于耍流氓的情节忒好看了,他喜欢。

在仓库门口停住,幻儿要推门进去,被房主任拉住。

传来了声音,马团长说:"你再上一点,够不着!好,对,对,进去了吗?这个够大吧?"

房主任怒火万丈一脚踹开门,妈妈站在马团长的肩上正从货架的格子中拿出来一个好大的塑料盘,毛主席像,排七层宝塔忠字舞最上面的人举着用的。马团长吓一跳,回头见是房主任,一哆嗦,竟不顾妈妈转身迎上来,一下把妈妈摔了下来,幸亏下面全是稻草。

"房主任怎么来了?"马团长脸通红,头发上还粘着稻草。

她推开人群跑进去,从铺着草的地上扶起妈妈。

"马团长,你要把自个儿卖了?头上插根草干吗?"房主任从马团长头发上取下一根稻草,"三娃,戴错人了吧?"

"说屎呢！"马团长讨好地笑着说，赶紧转回身："这是我爱人房主任。"

"你屎的得先介绍我，关系搞反了！"房主任推了一下马团长，"没反，是你马三娃要反了！"

妈妈好尴尬，微笑着说："房主任，您别误会。"

房主任上来，看着妈妈，努着嘴，戏谑地："哟！"

她想护住妈妈，房主任还是比她快，一把扯下了妈妈脖子上的围巾。

草莓。

"真不要脸！"房主任照妈妈脸上就是一个耳光。

一阵骚动，马团长愣在那里。

这时传来汽车喇叭声，范书记的越野车开进院子，在大院里画了一个圆停下。房主任委屈地跑过去，一边叫着："范书记！"

洞庭雀更快，讨好地冲过去，拉开车门，没人下来，把头伸进去听司机说了什么，又出来，喊："阿娇，快来，范书记接你来了！送你回家，童工在家等着呢！"

爸 爸

妈妈不哭。妈妈没有哭，她哭了，泪珠滚滚："妈，我们回北京！"

这是她到银城后最多的想法，像一粒种子种进心田。

妈妈微笑着，眼里浸满泪："好，我们回家。"

爸爸怎么会在家？范书记知道了温老师是用她的白布条自杀的，才把爸爸送回家，用车接妈妈和她？好害怕，妈妈该怎么办，脖子上的"草莓"经过一夜没有变小，颜色更重了。

帮妈妈重新围好围巾，妈妈强忍着没让眼泪掉下来。房主任一定以为是马团长昨天晚上到她家时留下的，来用电影胶片缠自行车是假，想见一见妈妈是真，竟动手打了妈妈一个耳光。董爷爷说过，女人忌妒起女人来能干出惊天动地的事儿，女人恨一个人比爱一个人更凶猛，有张力。

记住了房主任看她时厌恶的眼神，落到银城著名妇科专家手里可怎么好，幸亏她还小，在银城一辈子也别看妇科，她不会看妇科的。

第一次坐小汽车，还是美国吉普，过去只在电影上见过，风驰电掣，过路口时交通警察立正敬礼，当然不是向美国车敬礼，是向范书记敬礼。银城人都认识这辆挂着"银××0002"号的车。

"叔叔？"她想让叔叔关上后面的车窗，风把她和妈妈的头发都吹乱了。

"我开车不讲话的！"司机冷淡地说，"你坐过公共汽车吧？前面都有一个牌子写着莫与司机攀谈，从北京来的能不知道？"

范书记的司机昨天接过妈妈很多次，该是认识妈妈的，可并不友好。怎么能"友好"呢，昨晚送范书记到南山，知道了范书记很生气。领导的司机惹不起，司机的态度就是领导的态度。真不知道昨晚范书记突然到南山干吗来了，但知道为什么又走了。

司机打开收音机，扭的声音好大，播音员像是家里的祖坟被董爷爷给刨了，尖声又犀利地说"不是东风压倒西风就是西风压倒东风"，我们好像是一个风向大国，总在刮风。她和妈妈的世界风骤起，刮得更大。无病哥跪了，温老师死了，房主任急了，马团长傻了，洞庭雀更坏了，幻儿给吓哭了。

银城，好人里没有雷锋多，坏人里没有刘文彩多，真人里不如董爷爷，牺牲了的不如张思德。北京班长说雷锋和张思德都是死于责任事故，不知道谁用正能量告诉毛主席的，如果换成负能量，雷锋和张思德就不是楷模，没准儿还得关禁闭，因为雷锋是在指挥倒车时违规被撞倒的电线杆砸死的，张思德违章牺牲在一窑烧塌了的砖窑里。缺德班长真该死。天下英雄都有一个对立面，对立面越大越英雄，雷锋和张思德是没有"对立面"的"英雄"，他们有爱，无私的爱，可歌可泣的爱。而且都爱写日记，雷锋把做过的好事写进日记里，张思德的日记更有名，"把有限的生命投入到无限的为人民服务当中去"。她知道了，人怎么死的不重要，而是怎样活。懂得爱的人爱着活一生，只有恨的人恨着过一辈子。

前者可歌，后者悲哀。

想死的人一定是想知道怎样活。

忐忑，充满惊恐，她扶着妈妈推开门，只见爸爸端坐在龙椅上，一副大义凛然的派头。爸爸真的好气派，左眼戴着个大眼罩，头戴一个蓝色鸭舌帽，一条长腿搭在另一条长腿上，嘴里还叼着一个烟袋锅，一缕青烟飘摇而上，剩下一只的右眼更显得格外明亮，炯炯发光。从未见过爸爸如此形象，没有电影里的坏蛋邪恶，倒显示出了硬汉的威武。

"你怎么了？"妈妈惊呆了，"啊？"

"我迎接你呢！还有我闺女！"爸爸豪迈地说，"怎么样，媳妇儿，我够威武吧？真悬，回家的时候看见我的南山娘们儿都向我尖叫，真悬，我跟她们说我有一个好媳妇儿，还有好闺女，哈哈！"

"你的眼睛怎么了？到底怎么回事儿？"

"媳妇儿我跟你说，真悬，这么回事儿！"爸爸吸了一口烟袋锅，"别说，老范这烟锅还真止痛！老范是舍得两亩地不舍得一个烟屁的主儿，把烟锅送我了！"

"咱不说烟锅了！"妈妈扑上前，居然忘了脚疼，差点摔着，扑上去扶住了爸爸，带着哭腔说，"你的眼睛呢？"

"瞎了！"爸爸跟没事儿似的，"真悬，卸毛主席大铜像，毛主席太重了，钢丝绳给崩了！没断，就是崩出来了几根钢丝，偏偏有一根扫到我眼睛上，哪都没事儿，就眼球流汤了！"

妈妈崩溃了，眼泪唰的一下流下来。

"给我拉到医院，老范说银城医院不行，得把我送到省城去，我不让他告诉你，老范得听！"爸爸叙述着前天夜里，说："老范犹豫，让司机用车来接你看要不要送到省医院去，怕我死屎了，要不是铁哥们儿呢！我知道老范是怕造成影响，北京来领导检查工作我崩瞎了眼，传出去影响不好！昨晚老范回南山要接你去省城医院，又改主意了，我这不回来了嘛！"

她一下也明白了范书记为什么要把她关起来，是封锁消息，不能给银城添堵。

"哈哈，真悬！幸亏是左眼，打枪不用闭这只眼瞄准儿了！"爸爸手舞足蹈地说，"媳妇，高兴吧？我是工伤，休息俩礼拜！幸福！"

爸爸觉得幸福，妈妈也接受了幸福，她三岁以后妈妈和爸爸没机会可以一口气半个月在一起，愈想愈幸福。爸爸坐在龙椅上说的都是真话，因为龙椅一直没哭，她和妈妈都哭了。

到了晚上，爸爸也哭了。

爸爸是被妈妈弄哭的，妈妈要给爸爸洗澡，爸爸从未让人给洗过澡，还害羞呢，执拗不过妈妈，就哭了。她出屋站在了门口，张拐子也出来了，居然站在沟边往下面黄河里撒尿，真缺德，张拐子每天睡觉前都出来冲着河撒尿。

她躲到厨房的棚子，冒出来一个想法，哪天爸爸把全自动步枪拿回家，会不会把张拐子给崩了，并被这个突发奇想给吓到了。董爷爷说过，莫名其妙冒出来的想法冥冥中实际上都是一种预兆，只是自己不知道。有一种神秘的东西藏在光里，日光，月光，人类没有光是不可想象的。

她回到屋里，插上门。妈妈自己也洗完澡了，不知怎样遮掩脖子上的吻痕，她大声说："妈，让我亲您一下再跟爸爸睡觉！"

妈妈没明白，她搂住了妈妈，在脖子上吸吮，留下一个新"草莓"。妈妈明白了，眼泪夺眶而出，说："这孩子！"爸爸在里边的床上问："怎么了？"妈妈迅速擦去泪水，掀开帘子进去说："没事儿，红越来越撒娇了，看把我脖子亲的！昨天亲，这不又亲了一个！"

第二天，妈妈对她说："红，以后不许这么世故！"

妈妈没有夸她机智，反而批评了她。她没生气，高兴不用去学校，爸爸是工伤，范书记发话了，让妈妈和她休息，陪爸爸。可爱的爸爸，说一只眼睛更会眼亮心明，说："你要知道去哪儿，全世界都会给你让路。"

爸爸也会说警句格言了。爸爸出生在大山里，在北京以北一个好生了得的地方，从爷爷的爷爷开始世世代代为明朝皇帝守陵。人家是守十三陵里的皇帝，爸爸祖上开始专守妃陵，那可都是信仰爱情成功上位取代皇后得到专宠的女人，通常死得很惨。董爷爷老说，不信爱情活得悲哀，太信爱情会死得很惨。爸爸哈哈大笑："哈哈，真悬！董爷，您挖中国祖宗的坟，知道历代皇帝的国家信仰跟百姓有屁关系？谁当皇帝也是缴税纳粮，信仰在人而非国家是吧？看仓库都便宜您了，该去淘粪，反正都是臭烘烘，哈哈！"

爸爸以否定董爷爷为乐，真是一张大嘴，说一生一世守住妈妈就是守住了幸福，这是爸爸的信仰。董爷爷背地里跟妈妈管爸爸叫"京北大嘴"，她知道，知道了有一种东西叫"信仰"，那才是人的灵魂，有灵魂才是人，否则都是行尸走肉。妈妈总是一笑，不争，不管信仰什么，在四合院里怕是将来魂无归处，像秋天四合院的落叶飘来飘去。

爸爸被董爷爷冠以"京北大嘴"是有原因的，那天站岗的军人不让爸爸进，爸爸蹬个三轮车，车上放着一把龙头大椅，非要捐献给中国历史博物馆，说这是一把神椅，谁坐在龙椅上说假话神椅一准儿会哭。"你怎么不信呢？不信你坐上去，说是不是想当排长？你要说假话看看龙椅会不会哭？"董爷爷从里面出来了，问值勤的军人："范连长，什么情况？"

范连长说："董师傅，这人有病，把他家没地方放了的大破椅子非要捐献给国家！"爸爸说："您什么眼神儿？什么叫大破椅子？这可是国家宝贝！对了，真悬，我这眼神儿也不济，您都是连长了？那您坐龙椅上说是不是想当将军？不想当将军的连长就不是好连长！"

董爷爷问："同志，您是哪儿的？现在都大炼钢铁呢，您拉个椅子来干吗呀？对国家没用，又不能炼钢！"爸爸说："我环卫局的，每天打你们门前过的清洁车就是我发明的，现在调首钢革新组了，研发中国最大的龙门刨呢！"

董爷爷围着三轮车转了一圈，仔细看了龙椅，点点头说："您先回家，把地址留给我，我跟主任说一下，仓库连把椅子都没有，累了都没地儿坐。"爸爸说："您神经病吧？你们不要我拉家去还自己坐呢！"

爸爸在中国历史博物馆捐龙椅被拒的时候，妈妈正在华表下生下她。晚上董爷爷就来了，这一来还不走了，作为龙山文化考古挖掘参与者，对研究中国文明的起源有过贡献，把房子捐了，换了些材料自己建起了阁楼。妈妈说这人是守护龙椅来了，爸爸只是笑笑："媳妇儿，晚上吃什么？"

寂静远比嘈杂可怕，死一样的寂静才是无法接受的。爸爸早早起来叫醒了妈妈和她，以为出了什么事儿呢，原来是去买粮。妈妈问："有大米吗？"爸爸说："有！每人每月二斤，我的粮食关系还在七八七，你们娘儿俩每月四斤大米！"妈妈说："就这么点儿呀？"爸爸说："还有白面呢！真悬，媳妇儿没吃过，北京是八五粉，一百斤麦子出八十五斤面，这可是一百斤麦子出一百斤面的全面粉！"妈妈说："全面粉？那不是壳全在面里了？"爸爸说："是啊！通便，好拉屎，将来都爱吃这种面！"妈妈说："我们又不活在将来，你老说将来干什么呀！"爸爸严肃地说："真悬，最容易的是抱怨，最难的是改变习惯。媳妇儿，你要做一个积极的人！"妈妈答应了，说："那好吧！"

大米，白面。南方人爱吃米，不是白面的错。北方人爱吃面，大米没有过。正如萝卜白菜各有所爱，终不能爱吃萝卜的把种白菜的给打死，爱吃白菜的把种萝卜的给剁了。

银城粮食的定量配给恰恰少的就是米和面，可买粮的日子不仅喜庆还是个工程，爸爸准备了那么多粮袋，妈妈一直以为随时要打仗国家让银城人带上战备粮呢。二十五号开始卖下月口粮，这一天如果不是星期天学校还会放一天假，买粮的日子成为一道景观，家家户户去买粮，笑逐颜开。银城有三大喜事：买粮、游行、抓破鞋。

范书记派司机去省城接爸爸还把工资带来了，爸爸每个月的工资是四十一块五，猪肉三毛五一斤，爸爸每个月的工资能买一百多斤猪肉，可惜凭票供应买不成。"国家想得周到，给银城人的粮食种类繁多，那叫一个丰富！"爸爸叠好面袋，眨了一下一

176

只眼说:"阿娇,把我让你从老董那儿换的全国通用粮票拿上!"

"干吗呀?"妈妈还不太习惯爸爸的新样子,"董爷爷哪儿有,我用家里带不来的好多东西跟上海邻居换的,人家粮食局有人。"爸爸感慨地说:"真悬,上海人就是比北京人活得细致又聪明,来北京才几年交的都是有用的人!"

董爷爷说,小时候他爸爸告诉他人生要交三个朋友:裁缝、医生、律师,那是新中国成立前。爸爸说人生要交三个朋友:卖粮食的,敢跟他喝一杯水的,不背后捅刀的,新中国成立了。董爷爷说以后要交三个朋友:跟你下海的,陪你倒伞的,替你挡枪的,那时候文化大革命结束改革开放了。她长大了将来要交三个朋友:卖房子的,卖保险的,卖墓地的,和谐社会了。董爷爷还说她当了奶奶的时候漂亮孙女就交一种朋友:陪我玩的,陪我玩的,陪我玩的,还说重要的事情说三遍。

银城的天像块油布,霞光万道,多彩的乌云乱抹在天上像一幅油画,有的明,有的暗,有的能刺透,有的穿不过来,浓的、淡的、黑的、黄的,还有白色的云汇聚在山顶上,银城的天是斑斓的天,五彩斑斓。

粮店在百货大楼对面,挨着副食店,挂着"十三粮店"的牌子专门供应南山居民的,还没开门,粮店前已经排起了长队。看见了革革和丫丫,前面摆着两块砖头,代表两个人,人没在,用砖头排队,必是为喜翠和文文家排的。她转回脸,没有勇气看革革和丫丫,温老师死了,才过了一天好像就平静了。

爸爸整理着妈妈的围巾,往上提了提,遮掩住"草莓"。在妈妈面前总显得谦卑的爸爸,妈妈更像爸爸意外获得的奖品。爸爸总是粗心大意，相信妈妈脖子上的吻痕是她留下的，可妈妈对她的"壮举"并不高兴，有点工于心计了，妈妈担心会影响到做人。董爷爷要是知道了不一定同意妈妈，中国式"做人"有特性的，领导最爱挂在嘴上，很走心，领导说谁会不会"做人"取决于是否符合领导的心思，符合者会"做人"，不符合者就不会"做人"。问题总是有的，想打倒一个人先是有政治问题，没有政治问题就一定有经济问题，没有经济问题必会有作风问题。董爷爷说这是中国式整人三步曲，如果政治、经济、作风真的都没问题，会死在态度上，第四步无人能躲过。试想一下，一个人平白无故被揪出来打倒，先说政治，再查经济，然后揪男女关系，这个人总会急的，掉进第四个坑死于"态度"。没有一个正常人不会不死于"态度"的陷阱，平白被整必会气得哇哇乱叫，死在"态度"上，中国式整人，总有一步弄死你。

她看了一眼妈妈，妈妈的眼睛蒙上了一层泪花。好多人往这边看，这是爸爸最骄傲的时刻，妈妈和她是爸爸的展品，像董爷爷挖出的宝贝儿一样巡展呢，河姆渡的稻谷、马王堆的剑，妈妈和她是爸爸的千年国宝。可现在不行了，爸爸觉得不体面，因为戴着一个眼罩，说："阿娇，你带着我闺女先去副食店排队买肉，用全国粮票随便可以换到肉票！洞庭雀爱干这个，你要是见到他千万要告诉他立马加入红联！真悬，快去吧！"

爸爸不知道妈妈在战斗文工团的处境有多难，倒关心妈妈政治上的立场，怪不得相信妈妈脖子上的吻痕是她留下的呢。爸爸是一个充满正气的"政治人"，董爷爷初五来家吃饺子喝了酒醉醺醺地说爸爸是一个大充气娃娃，好可爱。爸爸也醉醺醺地说："我媳妇儿才是充气娃娃呢！你也是，你们俩都是！哈哈，真悬！"董爷爷说："北京城有几个门？就一个，进进出出两个人，一个为利，一个为名，都举着正义的大旗。全中国有几个人？就两个，一个活人，一个死人，活着的人为死而奋斗，死了的从坟墓跳出来指导活人怎样死！"爸爸放下酒杯眨着眼，听不懂，看着妈妈，问："这孙子说什么呢？"妈妈脸唰的一下红了："我也不懂，可你干吗说脏话呀？多不好。"爸爸举起杯："爷，来，干了！你这个专跟死人过不去的家伙必是避邪之物，我不在的时候守护好我媳妇儿和我闺女，敬你一个！"

善解人意的爸爸，只是陌生，出门时爸爸鼓起勇气似的拉住她的手，她好一阵心慌，幸好还没出门爸爸就松开了，松开以后她倒想让爸爸拉住手，有一种说不出的温暖流入心田。爸爸，世界上最可依赖又那般说不清道不明的人，怪不得董爷爷说女儿是爸爸的前世情人，而夫妻要经过三世才修得同渡船，可爸爸和妈妈又不像，总是相敬如宾，到底是怎么回事儿呢？董爷爷传递给妈妈的信念是无论如何要好好活着，不能断了血脉，试想一下从盘古开天辟地经历五千年一代又一代居然愣没死，活着怎就不是一个奇迹呢？她懂了，每个活着的人能传到现在本身就是一个奇迹，要珍惜，为祖先，为未来。

进了菜市场，识得哪里是卖肉的，哪儿人多往哪儿去，直接向左拐。妈妈从未这样郁郁寡欢过，没有太多的朋友，已经习惯了孤独，也没有真正的敌人，除了总想挖出妈妈"历史"的军代表，其实也算不得"敌人"，只是好色罢了，哪有男人不好色呢？董爷爷说，天下只有两种男人，一种是好色的，一种是总说别人好色的。"那您呢？"妈妈悄声问。董爷爷说："我？我守护色。情也色，心也色，身也色，只为色好，不为色活，这点倒跟小红她爸一样。不是一家人，不进一家门。真是一家人，难进一家门。"妈妈叹了口气说："您这话我倒是听不懂了。"董爷爷说："人生好多事儿不懂才好，都懂未必是福。若人人什么都懂，世界早就不是今天这个样子了！"

卖肉的是一个青年，头大、脸大、手大、脚大、屁股大，腿粗、腰粗、脖子粗，"五大三粗"的活注解，油乎乎的脸和油乎乎的白围裙一样冒着光亮，拿着大刀一副气宇轩昂的做派。

肉柜上挂着一块牌子："银城张秉贵"。她一下就懂了，北京百货大楼有一个张秉贵，卖糖果的，一把抓，要一斤抓一斤，要半斤抓半斤，要二两抓二两，一块不多，一块不少。银城有一个卖肉的一刀准，一刀剁下说几斤就几斤，带骨头的肉都不差半两，称低点只见他飞起一刀片下手指那么大小的一块肥肉，摔到称上就包起来了，"下一个！"油葫芦喊道，眼睛贼亮，脑壳闪闪发光。

一个豪迈的人，气壮山河的人，架势比身板还牛逼的人，外号"油葫芦"的这个人多年以后被枪毙，一九七六年八月八日。银城总是在节日前一天枪毙人，五一劳动节前的四月三十日、十一国庆节前的九月三十日，便于亲人在每逢佳节倍思亲中痛定思痛。油葫芦枪毙在唐山大地震后，以扰乱社会治安罪从重从快判处死刑。

那时候油葫芦犯错误不卖肉了。在国家供给制时代卖肉的人脉广，刀下有资源，给谁肥的瘦的皮包骨的还是肚囊，包括收没收肉票他说了算。最难买的是肥肉。董爷爷竟说神话，说中国总有一天猪肉不凭肉票可以随便买，还可以任意挑选猪的部位，前臀尖后臀尖、五花肉排骨肉由性买，还要排酸呢。妈妈问："什么叫排酸？是排卵吗？"董爷爷惊得头发都掉到前面来了："阿娇，你真行。"妈妈脸红着说："您才真行，讲起神话了！"

董爷爷执拗地说："你别不信，到那时电报局都没有了，家家装电话，有事儿打个电话就成了！"妈妈说："您又讲上笑话了，十五级以上干部家里才有电话，还不是都全有，十二级以上才都有。"董爷爷动情地说："你别不信，祖国会有那一天的，所以要好好活着！"

妈妈点头表示同意，无论将来猪肉是不是随便买，老百姓家里居然还能装电话，都要好好活着。她也兴奋得不得了，伟大的祖国会有那一天的，毛主席是要让劳苦大众过上好日子，那一天一定会到来。

跟妈妈排队，看着油葫芦挥刀剁肉，倒像乐团的指挥呢，潇洒又有节奏，放着油光的大脸更像个大将军。油葫芦因为卖肉认识人多，人脉用好了是资源优势，用差了是惹祸根源，福报不够的人担当大任会引来杀身之祸，因为不知道会得罪了哪路神仙。

野战军拉练到了老龙湾，本来计划八月一日在老龙湾过建军节，正好军民鱼水情一下，结果提前一天到了银城。司务长来买肉，商业局接到通知是八月二日有拉练部队到，还没告知东风菜市场，油葫芦居然不卖给部队，司务长怒火万丈掏出手枪顶住了油葫芦的脑门他还宁死不屈呢。结果不卖肉了，去了一条山农场看了果园，才明白没有平台失去资源就什么都不是，居然在菜市场门前要菜刀，发生在唐山大地震后。

那天人声鼎沸，各单位请愿要去唐山抗震救灾，已经成为第一书记的范书记号召大家坚守岗位才是对唐山的最大支援。从银城到唐山太远了，一些帝国主义国家想来支援，我们不要帝国主义的假惺惺，中国人民有能力自己救自己，在百货大楼毛主席铜像前的誓师大会人们激动得都哭了，"毛主席万岁"响彻云霄。

七八七试枪打了很多黄羊，央企的一点心意，做熟了卖给银城人民，两毛五一斤不要肉票，油葫芦想买眼看要卖完了，不排队耍赖往前去，巡逻的工人民兵拦住了他，油葫芦居然从怀里拿出菜刀，刀把上还系着红绸子，排队的人一下乱了四处跑，六个工人民兵把油葫芦围住打倒在地，特殊时期严打，以扰乱社会治安罪判处了他死刑。

枪毙油葫芦要开公审大会，赵小辉通知她必须参加。她来到体育馆，油葫芦被押上来，左右站着两个威风凛凛的警察，都戴着雪白的手套，身后站着一个更高更帅更威风的警察。当大喇叭响起将油葫芦验明正身押赴刑场执行枪决时，话音未落，只见一左一右的两个警察同时抬脚踹向油葫芦，油葫芦的两条腿当即就断了，呈现出下跪认罪服法状。与此同时身后的警察潇洒地往油葫芦脖子上套了一根肉色尼龙线，左右一甩两个警察同时接住，动作之快可谓迅雷不及掩耳，断了腿的油葫芦被拖出去押上卡车。

银城枪毙犯人是要游街的，为防止罪犯乱喊乱叫攻击文化大革命，只要想张嘴一左一右的警察就会拉动套在手上的环勒住罪犯的脖子叫不出来。油葫芦总想叫，两个警察总是勒，人们只见油葫芦的嘴总是一张一合的，眼睛鼓得老大，像挂在车上的一条鱼。

现在的油葫芦耍着卖肉的刀，正在春风得意时。排在前面的一个人总是回头看，忍不住了才问："童小红，这是你妈妈？"她这才认出原来是江校长，赶紧说："您好！妈，这是我们江校长。"

"您好。"妈妈热情地说，"您也来买肉？"

"是，我们家盖房呢！甘家旺盖房上大梁可是大事，今天有肥肉先买下。"江校长笑容可掬，仔细打量着她和妈妈，说："你们母女倒像姐妹呢！张代表安排童小红上五年级，也好，显得更成熟。"

"还要让江校长多费心了！"妈妈说，"刚来也没抽出空去看您，有时间到家里来坐坐，我们家就住在张代表家对面。"

"下一个！"油葫芦叫道："买不买？"

"买！买！"江校长转回身赶紧说："称四斤！"

案子上还有半扇肥肉，油葫芦扫了一眼排队的，妈妈和她后面排的好长，都是些用不着的闲人，把案子上的肥肉收了放到案子下面，拎出了一块骨瘦如柴的肉："肉票！"

"可不可以把刚才那块肥的拿出来？"江校长满脸堆笑讨好地说："我们家在盖房，知道今天会有肥肉才早早来了，谢谢了！我是子弟学校的校长，您照顾一下，真谢谢了！"

"你能不能正经点？校长算个屁！"油葫芦把刀剁在案子上："下一个！"

"就想买点肥肉，还指望着炼点油渣呢！"江校长摇摇头，好可怜，"四斤。"

油葫芦先收了肉票，刀落骨开，厚厚的猪皮，中间有像一条白线似的肥的，然后全是骨头，往秤上一扔骨头敲的还当当响，正好四斤，用报纸一卷扔过来："下一个！多少？"

"您好，买两斤吧。"妈妈说，一边打开钱包。

"两斤没法卖！"油葫芦拿起磨刀石蹭着菜刀，"人口少是吧？攒几个月再买吧！下一个！"

"那就四斤！"妈妈急忙说，掏出两张肉票，肉票是标准的每张半斤，又拿出来全国粮票，"您看给您多少合适？"

"才一斤肉票？买个屁呀，怎么下刀？"油葫芦很生气，看着妈妈手上的全国通用粮票，"你还公然投机倒把拿粮票换肉票？想害我犯错误？"

妈妈脸唰的一下红了。她也是一热，跟妈妈一起无地自容。

这时急匆匆过来一个女警察，眼睛一大一小，一边单眼皮一边双眼皮，站到妈妈前面说："油葫芦，大雄想吃油渣卷饼，来二斤肥的！"

油葫芦二话没说，从案子下面把半扇肥肉又拎出来，后面的人都不说话，这样公然不排队走后门，料油葫芦也不会再收回去了，想买肥肉的江校长真是不幸了。油葫芦一刀下去整二斤，用纸包了递过来，说："姐，让大雄给我留点子弹壳，我要粘个坦克打'苏修'！"

"行！"被叫了姐的警察看着妈妈，一下明白了，笑了："刚来银城的吧？还有你这样投机倒把的？真行，也不怕被抓起来！"

"您说的是，"妈妈非常不好意思，"我以为银城可以用全国粮票当肉票用呢！"

"你这是四十斤全国粮票？"女警察转向油葫芦说："我表姐，人民医院的房主任，一开门就把六斤肉票给你了吧？"

女警察从妈妈手上拿走了四十斤粮票，十斤全国粮票才换一斤肉票，分明是跟油葫芦唱双簧戏，都看得出来。银城名医的表妹，又穿着警服，油葫芦从下面拎出来半扇更肥的猪肉，不仅没人说，大家还鼓起掌来。

184

江校长好郁闷，苦笑着，无奈地对妈妈说："有些事可以说不能做，有些事可以做不能说。"

妈妈不知道说什么才好，想了想，把肉递给江校长，连网兜都一起换了，说："江校长，我这也是四斤，您盖房正需要肥肉，我们家就三口人，小红她爸正好爱啃骨头喝酒。"

"真不知道怎么谢你！"江校长好感动，并不喜形于色，说，"学校要炼嘎石，学名叫电石，下个月开始，初高中的去支援农业拔麦子，五年级学工。我想安排童小红负责整个五连炼嘎石，你不反对吧？"

"当然好，谢谢您江校长。"妈妈微笑了一下，"小红胆子小，需要多锻炼。"

"小红你没跟你妈说吧？"江校长边走边说，"温老师用你的白布上吊自杀是自绝于人民！这点学校革委会跟工宣队张代表意见统一，没你的事，别郁闷，组织上有结论，你谁的也别听！"

妈妈怔了一下。

"一看小红就成熟，情商高，将来错不了！"江校长慢条斯理地说："范书记讲社会成熟了就会分工明确，智商高的人制造，情商高的人创造。文化大革命就是打乱秩序，然后才有和谐，乌烟瘴气需要暴风雨，然后才是蓝天，我们伟大的祖国才会一鸣惊人，威震天下！"

妈妈拉了她一下："红，怎么回事儿？"

"妈，我身上的痕迹不是无病哥弄的，回头我再跟您细说，我爸看着呢！"

爸爸才排到粮店门口，还没进去呢，看着妈妈和她过来问：

"东风吹跟你吹啥呢？"

"东风吹？"妈妈没明白，小声说，"我要说战鼓擂吗？买粮还得对口号呀？"

"哈哈！真悬，东风吹是江启魁江校长的笔名，我哥们！"爸爸笑着，背起了东风吹的诗，"一个小伙姓张，一个小伙姓常，都是浓眉大眼，鼻子也都很像，一样的塌鼻梁，腰杆子倒很强，奋起跃过鸭绿江，抗美援朝身亡，小张和小常，从此他乡做故乡。"

"什么呀？"妈妈听的都不好意思了。

"银城第一诗，比小张和小常还二！真悬，我是说写得太二了！这也是诗？我一天能写它五斤！"爸爸大嘴调侃，又说，"烧锅炉屈才了！这诗还获了银城青年文学奖，第二天他就带领红卫兵把老校长打倒了！没辙，文学青年太多，银城打雷劈死十个里面有八个文学青年，没劈着的两个还有一个也想当文学青年的，就这时代！"

江校长是烧锅炉的？看着不像，身材那么矮小单薄，还戴个眼镜文质彬彬的。又一个烧锅炉的，北京班长的爸爸也是烧锅炉的，看来有才有前途的都烧过锅炉，这出身才响当当。

"张卫东也写诗，我才让他去学校当工代表的，这俩屄还杠上了！"爸爸看着妈妈，"真悬，你们搞文艺的谁都瞧不起谁吧？文艺工作在和平时代国家逗你们玩儿，添个乐子，一打起仗来搞文艺的算个鸟！哈哈！"

从来没见过这么多粮食，白面是全面粉，占每月定量的百分之二十，她跟妈妈加起来也就十几斤。每人每月只有二斤大米，她和妈妈加起来才四斤。认识了好多粮食，认识了荞麦面、高粱米、杂豆面、青稞、黄米、小米和白玉米面。"知道吗？将来这都是人们喜欢的粗粮，银城百分之八十是粗粮！好悬，我们提前幸福了！"爸爸喜悦地说，"没见过吧？"

还没见过这阵仗，到了星期六晚上，开忆苦思甜大会，南山的家属老老少少都集中到山下，工伤或休病假的也得参加，人山人海，不是热闹非凡，都哭丧着脸，最后才能笑，因为先"忆苦"，再"思甜"。

留成江姐短发的赵小辉站在前面，以两根悬挂着高音喇叭的水泥杆为中心，坐满了人，高音喇叭响起赵小辉洪亮的声音："同志们！革命家属们！红卫兵小将们！红小兵祖国花朵们！不忘阶级苦，牢记血泪仇！七八七车间童主任为了毛主席瞎了一只眼，今天也来参加忆苦思甜，大家都知道童主任出身贫苦，祖祖辈辈为封建王朝守灵，满腔仇恨看着封建王朝的女人怎样腐烂变臭！今天忆苦思甜大会我们请童工领唱！大家欢迎！"

响起潮水般的掌声。妈妈和她从未出现在爸爸的世界里，尽管这是南山，并非爸爸的世界，七八七的家属，可爸爸还是属于这里。赵小辉跟爸爸才是组织里的人，政治可靠的人，关心别人的人，从不会为难别人又生怕别人为难的人。爸爸咳嗽了一下，清清嗓子，先唱了头两句：

天上布满星，月儿亮晶晶。
生产队里开大会，诉苦把冤伸。

然后集体合唱：

万恶的旧社会穷人的血泪仇

千头万绪千头万绪涌上了我的心

止不住的辛酸泪挂在胸

　　会场此起彼伏的抽泣，哭了，爸爸边唱边流下独行的眼泪，把妈妈也招哭了。她也哭，不知道妈妈是什么心境，也许在集体里第一次走近爸爸，那样动容，也那样陌生，也许近，也许更远了。人生到底是怎么回事儿呢，不在一个集体里，永远无法解开中间的谜。

　　她扭过脸，看见月光下的无病哥，站在远处，胳膊上吊着绷带，好孤独。心里一惊，无病哥受伤了？无病看到了她，转过脸去，她要站起来，妈妈拉住了她："别再让他因为你受伤害了！"妈妈说："那天妈什么都没说，他自己要跪下来，幸亏没人看见。"

　　她不想告诉妈妈，范书记看见了。

　　小号声响起来，卫华从人群里站起来吹响了小号。孤独的小号比集体合唱更悲伤。再回头，不见了无病哥。

　　那个早晨无病哥怎么会从电石炉的塑料棚子里出来呢？手里还拿着铁锹把大龅牙从后面拍倒，纵有一万个理由在银城不宣而战也是很丢人的。温老师用她的身体，在她身体上给她留下了一个死亡前的纪念。

　　歌唱完了，悲伤好压抑，留在集体的回忆里，人们终将也会遗忘的。会吗？不知道。赵小辉站起来，安慰着领唱的爸爸。爸爸对死亡非常熟悉，从爷爷往上多少代都是看坟的，为大明皇帝守陵，守的却不是皇帝，是妃子，所以出身才是雇农吧！

"上回革革妈控诉过地主了，"赵小辉大声说，"这回该胖奶奶声讨国民党了！"胖奶奶开始了声讨，原来胖奶奶曾经是国民党军官的三姨太，蒋介石用专机把军官接到台湾去了，留下一封信说让胖奶奶等他反攻大陆回来，胖奶奶说："我等你个屄呀！"

胖奶奶就地嫁人了，跟重庆一个银行经理结婚，蜜月未满解放军就解放了山城，经理要穿过他黎明前的黑暗跟车一起掉山沟里了，司机没死，爬上来的时候已是共产党的天下了。胖奶奶和大十岁的司机都是被压迫的底层，两个穷苦人就在一起了。胖奶奶不嫌弃司机，到了银城。掉过一次山沟难免还要掉第二次的，这回真死了，没等到丫丫出生。

丫丫小学三年级的一天，听革革说胖奶奶每天早上下山不是去锻炼，原来是去饭馆喝大米粥，五分钱一碗大米粥不要粮票。丫丫也想喝大米粥，跟革革一起来到胖奶奶喝粥的饭馆，没敢进，两个人分别从大人衣服兜里一共才翻出四分钱，还差一分呢，这时来了一个骑着大链盒自行车的人，看着她俩问想吃油饼吗？丫丫和革革都点头，想喝大米粥更想吃油饼。"我只能给一个，"那人指着丫丫说："就你这胖乎乎的丫头吧！"

丫丫被选中了，她胖乎乎又喜性，穿着白背心和松松垮垮的大裤衩，坐上自行车的大梁，这家饭馆没油饼，要到另一家去。革革很生气，一个人去学校了。第二节课丫丫才来，从书包里掏出半个油饼，说："革革，咱俩好，别让喜翠和文文看见，下课找个没人的地方吃，别说出去！"革革自然不说，吃上了油饼。第二天丫丫还是第二节课来的，还带了半个油饼，革革说："丫丫，我也想喝大米粥！"丫丫说："那叔叔喜欢我，嫌你太瘦了没肉！"

胖奶奶终于知道了，流氓居然还挑肥拣瘦！胖奶奶被气炸了肺，连续几天早上拿着菜刀来等流氓。

胖奶奶差点想放弃，那流氓居然骑自行车带着革革来了！胖奶奶藏进山洞，等流氓脱下革革的裤衩举着菜刀扑上去，结果绊了一个跟头，菜刀也掉了。流氓果然变态，耍流氓竟坚持喜欢胖的，丢开革革把胖奶奶按在山洞给强奸了。

银城布下天罗地网，流氓偷了胖奶奶家副食本买鸡蛋时被逮着，九月三十日连同一伙流氓犯十个人一起枪毙。那是个流氓集团，四男四女在家里跳交谊舞被工人民兵抓获。还有一个贴反动标语的。

卫华又吹起了小号。她一直以为小号是冲锋的，原来也可以回忆，集体悲伤远远大于集体幸福，更具感染力。悲伤比幸福让人记忆深刻，失去比得到更刻骨铭心，董爷爷说这是中国式文化。中国不是奔跑文化，而是驻步文化，别人向前的时候，我们总会站住。

她想奔跑，妈妈说她跑不动，跑不了，跑不快，因为她是平足，会很累，坚持不下来。回到家爸爸若有所思地说："媳妇儿，有时候我就想，中国该不该保留一个皇帝呢？不让他主事儿，在故宫里坐着，老百姓有什么事儿疏解不开，好歹有个诉说的去处，国家还不用花钱，老百姓买门票，齐了！"妈妈吓死了，爸爸坐在龙椅上没说真悬，妈妈给说了："我看你真悬！老童你怎么敢这么说呢？"爸爸说："我这不在家里跟媳妇儿说嘛！"妈妈脸色煞白，走到窗前掀开窗帘向外看了一眼："那也不成！你忒吓人了！"
爸爸开心了："哈哈！我考验你呢，这叫试探！真悬，媳妇儿你过关了，赶紧找洞庭雀加入红联！"

她看着龙椅，龙椅一直没哭。

爸爸星期一去了医院换药以后变得压抑了，这是罕见的。爸爸是一个快乐的人，认为自己快乐别人也就会快乐，好好工作，好好生活，有肉吃肉，没肉吃菜，先吃粗粮，再吃细粮，日子真就一天比一天好，都靠自己演绎安排，干吗不快乐呢？

因为房主任不快乐，压倒了爸爸的快乐。她跟妈妈陪爸爸到银城人民医院换药，护士不让妈妈和她进换药室，好长时间爸爸才出来，回到家爸爸说："护士带我从里门出去，到妇科见了房大夫，眼睛肿成了俩大枣儿，真悬！"妈妈不吭声，脸色绯红，原来爸爸见过房主任了，妈妈没说话，不知道说什么，怎么说，因何说。董爷爷说，一旦对自己的行为都需要解释的时候，不是太笨就是居心叵测。爸爸挥了一下手："真悬，马三娃是团长怎么可能不接触呢？媳妇儿你别怕！赶紧加入红联，怕的是政治上站错队！"妈妈说："你让我想想。"

爸爸右眼布满了血丝，生气地说："马团长老婆还跑到范书记那去闹了！真悬，这娘们儿知道老范爱才惜才，我就是被老范从首钢革新组弄到银城来的！老范后来当团长了，转业到了这儿，惜才，重视妇女，可什么人才也不能蹬鼻子上脸！"

妈妈好不安，到银城来什么事还没做，倒让爸爸闹心了，好难受，看着爸爸，不知道是伤感，还是无助。

"不站队不行，站不好队更不行，没有政治生命就是行尸走肉了！"爸爸早上起来还放不下，"我回趟七八七，放心不下那些枪！真悬，媳妇儿，你去找洞庭雀，他弄的红联，马三娃忒笨，在文工团成立了革联，咱跟他不是一派了！你叫洞庭雀晚上来家喝酒，我跟这小子说！"

爸爸走了，放心不下那些枪。可妈妈不想找洞庭雀，爸爸什么都不知道，老麻雀更得成了精！董爷爷不在，没人帮妈妈拿主意。

"红，甘家旺在哪儿？"妈妈有主意了，"走，跟妈去一趟！"

妈妈坚定了信念，离开文工团，还到中学当老师，去找江校长，带着她到百货大楼包了两盒点心，飞天茅台七块五一瓶，没犹豫也买了两瓶茅台，坐上公共汽车奔向甘家旺。

向西，远远看去是好高的山，朦胧得像一幅水墨画。妈妈看着前面，说："买肉碰到一起，江校长没买到肥的，幸亏妈妈把肥肉换给了他。盖房上梁不光喝酒吃肉，还要放炮呢！"她说："妈，董爷爷在四合院盖阁楼放炮了吗？那时我还没出生吧？"妈妈说："没有，你是意外出生的。"

妈妈陷入了什么，沉思。不想打扰妈妈，她看着远处。

灰蒙蒙的银城，烟囱冒着各种颜色的烟，像是狼烟四起，如果可以用"狼烟四起"来形容的话。汽车进了山，盘山公路好险，山很高，不小心掉下去，汽车也得粉身碎骨。

甘家旺好大，公共汽车的终点站。传来喜庆的鼓乐声，远处有人群在舞，逆光的阳光下像快乐的剪影。人影，人原来是影子，因光而动，没有光就看不到人。在漆黑的夜晚没有光人就是不存在的，看不见，看不到以为就是不存在。董爷爷老挖死人就挖成了迷信，说每个人都有埋在地下的另一个自己，会挖的人能把自己挖出来。她一下懂了，回想坐蹦蹦车神秘的感觉，温老师给她身体的反应，真的开始懂了。

她和妈妈走过去，红红火火给正在盖的新房上大梁，就是江校长家，居然看见了卫华在欢庆中吹着唢呐。卫华还会吹唢呐，穿着一身喜庆的红衣服，洞庭雀也在，喜兴地摇着身段吹，看见了妈妈和她惊了一下，急忙迎上来把妈妈扯开，还瞪着她说："快过来！"

妈妈和她都不知道是怎么回事儿，洞庭雀很生气，说："你俩进人家的地界了！干屌来？上梁看热闹有女的吗？女人看屌不得，尤其是在甘家旺！幸亏江校长没看到！"

妈妈唰地脸红了，有点蒙，她也听傻了。

"快屌走！"洞庭雀神神秘秘倒不像是假装的，"美女有脑子不用！美女机会多用不着使脑子！丑女人多用脑子才行，可用起脑子来一个比一个邪性！你得防着点马三娃！马三娃怕老婆全银城都出了名的，他为什么怕老婆？因为房大夫十四岁跟喜翠奶奶学正骨，不知道那十四岁小丫头使了计，十六岁的马三娃笼不住屌把她三下五除二给办了！马三娃他参当时是卫生局的局长，你明白屌的了吧？"

明白了，江校长家上房梁不该来，还有马三娃年少时驹不住的快乐痛苦史。就是这样了，福兮祸兮喜兮悲兮焉能所知，冥冥中都有定数，是福是祸是喜是忧全看天意了。

"把东西给我，赶紧回去！"洞庭雀拿妈妈手中的两盒点心，又拿过去她手里的两瓶茅台，说："阿娇，千万别让马三娃给你拉进革联，我给你填表了，你已经是红联的人！童工是老红联了，看得上看不上我没屁关系，晚上我到你家去喝酒，我跟童工说说你入红联的事！准备点好菜，你要做那种菜，壮阳的，到银城你俩还没在一起那个吧？你激发他一下今晚行好事！我顶你！"

洞庭雀是好人。洞庭雀是好人吗？董爷爷说得对，好人坏人很难界定的，尤其是"中国式做人"。在单位里，领导说谁会做人谁不会做人千万别信，凡是顺从领导心意的就是会"做人"，凡是不顺从领导意志的就是"不会做人"，跟"中国式整人"配套。什么是"中国式整人"呢？先说你"政治"问题，没有政治问题说你"经济"问题，没有经济问题说你"作风"问题，如果还没有就说你"态度"问题。一个人无缘无故被整，像被人无缘无故按在大街上拔掉满口牙，可能还说帮你预防虫牙呢，连鬼都得急了，必死在"态度"上，中国式整人总有一步整死你。

不服？死去吧！天堂客满，地狱堵车，枉死的人只能成孤魂野鬼，倒霉的人从生下来就不涉及好好活，而是好好死。

有的人适合死，有的人适合活。有的人适合挖坟，有的人适合守灵。董爷爷已经不是考古人，在这世界上打更，也许从一开始就不是守护龙椅，而是在四合院里为妈妈打更，还有她。董爷爷说得对，复杂的事情简单做，简单的事情努力做，努力的事情玩命做，玩命的事情不要做。简单最好，你一旦复杂了，复杂的事情就会缠住你。

她看了一眼妈妈。妈妈的脸色羞红。

到甘家旺差点闯下大祸，幸亏被洞庭雀先发现，没让江校长看见，妈妈如爸爸所愿还加入了"红联"。洞庭雀想来家里吃饭，吃不吃的不重要，妈妈决定做一桌好菜，到银城还没好好做过一顿大餐一家人在一起，晚餐时再跟爸爸说说去学校的事。爸爸会同意的，搞技术的爸爸对"文工团"总是调侃，也不怪爸爸，承担国家战略任务的爸爸对说拉弹唱跳跳舞这种工作只当是革命工作的调味剂，也可以重要到是盐，但没有人炒盐吃。

妈妈带她又来到菜市场，买了虾米和大葱，虾米大葱拌一起，爸爸过年回家总要吃，说是男人的好菜，在银城一个人从不吃，怕火攻了心。妈妈知道做些什么菜了，五毛钱买了一斤酱驴肉，一块六买了二斤发好的海参，不认得特别小的蛋是什么蛋，售货员说是鹌鹑蛋，营养比鸡蛋高，对男人好，妈妈买了半斤。售货员笑笑说："同志，你还在蜜月里吧？再买点冬虫夏草，对男人好，领导都爱吃，吃了它同房不带喘的！"妈妈笑笑，问："多少钱一斤呀？"售货员说："三块钱一盒，一两，贵了点，好东西都贵。"妈妈有点不好意思："下回吧，再拿一瓶茅台，谢谢您！"女售货员对漂亮女人也喜欢，好是热心："你是哪的人呀？这皮肤嫩的，一掐都能出水呢，脸白嫩得像剥开的煮鸡蛋，将来生个女儿得多好！"

妈妈笑笑，不再解释了。靠解释的日子有多累，终于明白生活中好多事是不需要解释的，不能解释，无法解释。要想活得轻松过得愉快，绝不做需要解释别人也未必明白的事。

出了菜市场，妈妈感觉有点异样，停住，转回身，看见了马团长。马团长站在搭起来的棚子前，棚子里在卖从打倒的资本家、走资派家里抄没的东西，站在一架钢琴前，正看着妈妈。

妈妈迟疑了一下，过去了："马团长？您怎么在这儿？看钢琴呢？"马团长爱惜地抚摸着钢琴，说："金斯波格，好琴！强震式音板核心技术，低音震撼，音色流动性强，德国钢琴设计宗师克劳斯芬纳设计的。银城民国时期出了一个有品位的资本家，死屌了，从他家抄没的，才卖三百块！"妈妈叹口气，说："马团长懂琴啊？真好。"马团长说："资本家消灭了，地主阶层也没了，科考早就取消了，范书记说这样下去可怎么好？"妈妈有些吃惊，问："范书记说的？"马团长摇摇头："范书记哪敢说？借死人之口吧！在部队的时候，范书记曾在中国历史博物馆值勤，认识了一个姓董的专家，看仓库的说的，把我叫去讲屌这，就是转移话题。房主任跑到范书记办公室去闹了！"

妈妈明白了，不知道说什么，无语可说，找到范书记去闹在银城可是找到头了，叹口气，歉意地说："马团长，真是对不住，我刚来就给您添了不少麻烦。"马团长摆摆手，警惕地左右看着，没看到熟人，赶紧说："我跟江校长说了，江校长是我的表亲，我跟他说，你去子弟学校当老师好不好？他们正好死了一个老师腾出指标来，先躲躲，过些日子我再把你要屌回来！"

妈妈谢过了马团长，眼里闪过泪花。喜翠的妈居然找到范书记去闹，妇科专家必是诽谤妈妈作风不好，让范书记为难了。

妈妈长长叹了口气，倒是解脱了。有了方向，实现方向必须先有目标，"方向"属于遥远，而"目标"通过努力必须能够到，够不到的叫"梦想"。妈妈本来就是中学老师，莫非就是天意？

"天意"太神秘，别人祸是他人福，他人福是别人祸，老天爷就是这样摆弄人类的。

妈妈做了一桌好菜，爸爸进屋高兴得不得了，刮了妈妈鼻子一下说："媳妇儿，真悬，这菜都是壮阳的，老董教你的吧？"妈妈脸通红，解下围裙走向龙椅，说："做你喜欢的倒有不是了，我就知道你不放心，我坐龙椅上，你细细问，看龙椅哭不哭！"爸爸从身后一下抱住了妈妈，后悔不已："我真屌该死！真悬！媳妇儿我错了！"妈妈有些激动："不行，红她爸，我今儿个一准儿要坐在龙椅上让你问！"爸爸抱着妈妈摇，哄着妈妈："你坐龙椅上我也不问这傻问题！我媳妇儿能不忠？姥姥！我媳妇是跳忠字舞大师，天下第一忠！真悬！"妈妈好无奈，说："那怎么还真悬？"爸爸把下巴放在妈妈肩上："我这不是口头禅嘛！别生气，咱们直当老董死了，我再也不提了！"

她不高兴了，说："爸！董爷爷才不死呢！董爷爷能活五百年！"

爸爸怔了一下，忽然笑了，"坏了，还惹着我闺女了！都怪我！哎呀我是知道了，老董惹不起，是你们娘儿俩的真神！再也不说了，真悬！"妈妈说："你这京北大嘴的名号还真不是白给的，你才是我们娘俩的保护神呢，要不来银城干吗？再告诉你件喜事儿，我今天加入红联啦！"

爸爸一下推开了妈妈："红联？不成！红联不能入了，要入红三司！"

"你推我干吗？"妈妈不明白，转回身，"你急什么？不是你让我加入红联的吗？一下火车就说，什么叫红三司？"

"红三司从红联里独立了！"爸爸大声说，"红联疯了，也开始打倒一切，老干部也不保了！再武斗恐怕要动枪了！你去喊大麻雀过来，退出红联，跟我一致，加入红三司！"

妈妈彻底晕了："哪有红三司呀？"爸爸真急了："你问都不问怎么知道没有？七八七今天跟红联决裂！"妈妈说："你先别急，我把酒热上，一会儿他准来！"爸爸跺了一下脚："他要不来呢？你没立场，没有立场就没有政治生命！没有政治生命就是行尸走肉！"

妈妈眼泪一下流了下来："我行尸走肉了？那好，我哪派都不参加！都不入！"

爸爸要疯了，挥了一下手，踹了一脚龙椅，发泄地说："咱俩还真不是一个阶级！何必同床异梦！"

火　焰

妈妈第一次这样号啕大哭，有委屈，有悲伤，有羞愧，有自责。妈妈为自己哭泣，也为爸爸。她抱住妈妈也哭了，终于明白，哭才是人类最真切的表达，远比笑猛烈，更厚重。

天下没人能记住曾有过的开怀大笑，一定会记住刻骨铭心的哭。笑总是肤浅的，远没有哭深刻。她真的长大了，明白笑会使人变傻，哭才让人长大。都说笑比哭好，哪知哭比笑真。要想长大就多哭，要想变傻就多笑。

爸爸回山里了，居然扛走了粮食，大包小袋地背回七八七。爸爸是一朵奇葩，不是变态，是变形。

董爷爷说过，古时候女人犯有七宗罪可以休妻。第一宗：不孝敬公婆。第二宗：无子，不孝有三，无后为大。第三宗：淫，除了不能出轨，也不能对丈夫有过多房事要求。第四宗：忌妒吃醋，不高兴丈夫纳妾就是吃醋的一种。第五宗：多言，女人切忌多嘴。第六宗：有恶疾，生出怪病也不行。第七宗：盗窃，偷别人家东西往家拿或偷自己家东西往娘家送都不准许。

"七宗罪"只要犯一条丈夫就可以把妻子赶出家门，而妈妈犯了第八宗罪：没跟爸爸在一个政治战壕里。是在一个大战壕，只是不在一个坑里。妈妈掉进了一个莫名其妙的坑，爸爸没有把妈妈赶出家门而是自己走了，在中国传统文化的糟粕中，总算是一种进步。

她和妈妈像坐在一条无桨的船上，没想随波逐流，也只能顺水而下，终不知去哪儿，在哪里靠岸。爸爸不在船上，不做妈妈和她的船长了，进山驾驭更大的船，七八七的船，革命的船。恩爱夫妻不是船，是林中鸟，大祸来临各自飞，爸爸是独飞。

洞庭雀红光满面地来了，带来了一只被油炸了曾优美飞翔过的鸟，还有他抹了一层发蜡的大背头以及超好心情，进屋一屁股坐在龙椅上说：“可忙活死我了！我在范书记那吃过饭了，还喝了酒，女儿红，范书记办公室居然有女儿红！给我沏茶，客山红过来吃炸家贼，喷喷香！”

妈妈看了她一眼。她起身去沏茶，像妈妈一样哭红了眼睛，不自在。

“呵呵，这一桌男人的神仙菜！童工不行了吧？被你的壮阳菜给吓跑了！”洞庭雀美滋滋的，范书记在办公室请他吃了一顿饭还喝了女儿红让他如此高兴，展开报纸露出来一只没有了头的鸟，说：“我把头吃了，你们不懂吃鱼头鸡头和鸭头，更别说鸟头了！知道吗？新中国成立前闹饥荒，我爷爷还吃过村里一个寡妇的人头呢，身子没抢上！”

万恶的旧社会真是逆天了，人吃人还真有，妈妈恶心得快吐了，倒吸着气儿说：“红，去沏茶，瓷罐里是碧螺春，别动铁罐里你爸爸的花茶，给爸爸留着。”

“碧螺春像少女，西湖龙井如少妇，黑茶似寡妇！阿娇你是龙井，马三娃的老婆是黑寡妇，哈哈！”洞庭雀不知因何有了大快乐，女儿红把他美得升天了。“阿娇，你才对你男人真好，房主任那是假好！一日夫妻百日恩，百日夫妻似海深，咱们这茬可屄的是最后一代了，以后的男女脱光了上床相互都不认识，完事裤子一提更不认识了！"

洞庭雀手舞足蹈，翘着小拇指，真是让人无语了，三百六十行为什么会有"戏子"供人把玩这一行呢？婊子无情，戏子无义。文化大革命就是好，把帝王将相才子佳人通通赶下舞台，让工农兵成主角，都是无家无牵挂的人，阿庆嫂有丈夫还跑单帮去了，多好，八个样板戏是社会主义文艺的历史丰碑。

"房主任真屄把范书记惹急了！那娘儿们没屄告你，去了几次发现在范书记那告你没用，枪口一转告上马三娃了！告马三娃作风问题，下班后又跑到范书记那去闹，范书记说那好，撤了屄的团长！哈哈，我现在是代理团长了，七一演完《红灯记》就把代理两个字拿掉！"洞庭雀道出了喜悦真相，一句作风问题还真是把马团长告倒了，范书记一生气撤了马三娃。他眉飞色舞地说："你们家童工也找过范书记了，帮你说话，老公去证明老婆我听着也是醉了！范书记要童工赶紧回七八七看管好枪，怕红联和红三司内讧夺枪真干屄起来！"

原来爸爸为妈妈也去找过范书记了，怪不得心情如此不好。

"房主任以为舒服了，明天一公布我当团长准傻屄的了！范书记气得连茶缸都摔了，那可是范书记的老首长抗美援朝带回来送给范书记的珍贵礼物，把最后一点瓷都磕掉了！"洞庭雀惋惜地摇摇头，"阿娇，我当团长你不用躲到学校去当老师了，看我怎么给你出气！我明天就让马三娃看仓库去，从哪跌倒从屄哪爬起来，哈哈！"

"别，您别这样！"妈妈一阵惊慌。

"你还护着他？你和他是不是真有一腿？"洞庭雀很生气，一想到妈妈来了才让他当上团长又开心了，语重心长地说："阿娇，我得谢你呢！明天房主任肠子都尿的悔青了！都说美女爱作，其实丑女更爱作尿的！美女作好了会成为男人无可奈何的宝贝儿，丑女一作可就百分之百成了垃圾人！垃圾人就是让别人遭殃的人！美女受保护，丑女招人烦！"

真是无语了。她看了一眼龙椅，龙椅没变化，一点哭的征兆都没有。

"阿娇，你家小红和我家卫华像不像金童玉女？我就要把卫华弄到部队文工团去，客山红初中毕业也去找卫华！如果老天爷开眼，你们家童工为七八七壮烈了，我婆娘掉黄河喂尿大鲤鱼了，咱俩也组成一家！"

龙椅哭了。

她躺床上，数星星，董爷爷说每颗星代表一个梦，死去的人梦藏在梦里还活着，不在一个时空和维度，所以无法知道。有的人有崇高理想，执着，还会再回来，所以科学家和艺术家会继续前世，"天才"就是这样产生的，爱因斯坦和毕加索就是这样的，最后把一切都归于上帝。毕加索更形象，有人问他画的是什么，看不懂，毕加索问："听过鸟叫吗？"那人说："听过。"毕加索又问："好听吗？"那人说："好听。"毕加索再问："你能听懂吗？"

夜好沉，夜不仅黑，还有分量，压得她喘不过气来。爸爸一走，妈妈没有理由不上班了，她也得上学。不知道什么时候睡着的，天蒙蒙亮她醒了，妈妈正看着她。

"妈？"她坐起身，"怎么了？"

"有一个词儿妈搞不懂，老师怎么教你的，什么叫革命乐观主义？"

噢，是这个，她以为怎么了呢，看着妈妈红肿的眼睛，说："革命乐观主义？那就好比走在大街上被人无缘无故按到地，被拔掉了满口的牙，这人坐起来满嘴喷血说：真好，这辈子再也不会长虫牙了！"

"哈哈！"妈妈笑了，笑得夸张，"太好了，满满的正能量！你好好念书，妈妈进山里去找你爸爸，去道歉，就是要活出个滋味儿来！"

"那好吧！"她坐起身，"妈，您那把小剪子呢？"

"在抽屉里，要剪子干吗？"

她揉着惺忪的眼睛："第一天报到老师就说要剪毛主席头像，六一要送去老龙湾。"

她撒谎了，没告诉妈妈她需要剪刀的原因。用锋利无比的王麻子剪刀对付张拐子，藏在裤兜里，到学校张拐子再把她叫到办公室，抱她乱蹭算他倒霉。

她穿上白衬衫，换成一条背带裤，让张拐子的手胡乱摸也摸不进来。董爷爷说过阿拉伯谚语，发生一次的事情不会发生第二次，而发生两次的事情一定会发生第三次。张拐子在火车上就敢那样，第一天到学校还那样，今天更不会放过她。张拐子一定准备好了，她也准备好了。

跟妈妈一起出门，一起走过小凉亭，她告诉妈妈这观景山和小凉亭都是爸爸带着七八七的人建的。妈妈看了一眼小凉亭："红，别怪你爸。你爸爸来银城快十年了，早已经把银城当故乡，肯定比我们爱这里。"她点点头："反正我长大了一定会带妈妈回北京，那才是咱们家，故乡。"妈妈苦笑了一下："故乡，你董爷爷说，如果李白站在十字路口，一条是通往故乡的，一条是通往陌生的，李白一定会选择通往异乡的路，注定了飘零。"她说："妈，咱们不飘，坐火车回去，车票贵吗？"妈妈笑了："不贵，十二块五，一只烧鸡钱就到北京了。"她问："妈，要是卧铺呢？不想让妈妈在火车上两夜一天太辛苦。"妈妈又笑了笑："你董爷爷说那时候中国就发展了，会有一种高速列车，朝发夕至，早上发车晚上就到北京了。"她好开心，说："太好了！妈，下了火车带您去看天安门的灯！"

　　过了马路跟妈妈分手，妈妈向右，去不再喜欢了的文工团，要跟今天上任的新团长洞庭雀请假，到七八七哄哄爸爸。董爷爷说男人比女人更需要哄，她要哄谁呢？无病哥还是卫华哥哥？一直没有见到卫华哥哥，可别是已经被洞庭雀弄到部队文工团去了，野战军有自己的文工团。

　　她向左，走向从一开始就没喜欢的学校，进了大门，猛然想起温老师。这是她第二次来学校，恍如隔世，又似乎一直就在这个学校。东南墙角的烟囱已经建完竖起来了，依然在训练的鼓号队，红卫连呼喊着口号晨训，连长已经不是无病哥，大龅牙当连长了。

　　张拐子办公室的门关着，她加快脚步，还好，张拐子没在门口盯着她，没从办公室里冲出来。想起江校长说让她负责五连学工，在那个大烟囱的地方炼电石。她还从来没有当过干部，不是班长，是连长，五连的连长。命运多舛，无病哥不当红卫连连长而她当五连连长了，不是一个轮回，简直是一个玩笑。江校长要经过工代表同意才行吧？张拐子又有理由找她了，不好，她扶了一下裤子兜里的剪子，王麻子小剪刀有点扎腿，不能走太快了。

大龅牙跑过来了，说："张代说对了，你今天真来上学了？走！"

"干吗呀？"她好害怕，"去哪儿？"

"快点！"

被大龅牙又带到了仓库，她真慌了，猛转过身："求求你，别关我！干吗又关我呀？"

"进去！"

大龅牙一把把她推了进去，哐当一下关上了门。

她捂住了脸，委屈地抽泣起来。

"哭什么？"

吓了一跳，张拐子从大鼓后面出来。

"我喜欢你的味道。"张拐子手里拿着她的白布条，放到鼻子底下闻，深深吸了一口气，"上面有死亡的气息。"

后脊梁蹿了一股凉气。好熟悉，此情此景仿佛出现过，就是想不起来接下来是什么。她闭上眼睛，看见了，看见了死亡。血，死亡的红色流淌出来，她无法呼吸。

张拐子抓住了她的手，走向大鼓的后面。"温老师是自绝于人民，阴魂未散，你现在批判她，我要看！"

"不！"她想挣脱他的手，"您放开我，弄疼我了！"

"心肝，你太尿的可爱了，不疼的！"张拐子把她推到大鼓上，身子紧贴着她，想摸她的胸。"穿背带裤？捂得还挺严实！我就喜欢脱的过程，你要是光屁溜躺好了我还不喜欢呢！江校长喜欢吧？你妈带你去他家是不是想一起脱？人家盖房上大梁也不挑个时候！"

"您松开我，"她大声说，知道大龅牙在门外，张拐子也不敢怎么样，"我怎么批判温老师？"

"你招屎我了！"张拐子兴奋起来，居然解开裤子，"不疼的，疼也是一下，第一阵子疼，第二阵子麻，第三阵子犹如小虫儿爬！"

张拐子想亲她，她闪开，一下被他抱起来，重重摔在了地上。

毫无防备，头着地，嚰的一下眼睛黑了，她的灵魂出窍，要死了。原来"灵魂出窍"是有的，原来每一个形容词都有它的出处，知道了"灵魂出窍"是怎么回事，毛主席说没有调查就没有发言权，她调查了自己的死亡。

原来死亡的一瞬间就是穿过黑暗，然后是一片光亮，穿越无数的光，她看见了妈妈。妈妈躺在金水桥畔的华表下，惊慌地大声呼唤，血流一地，她穿过了柔软，露出头，瞪大眼睛，看见了自己的呼吸。

呼吸是黑色的。星星点点的白光映现，好刺眼。

张拐子喜欢掐脖子，趴到了她的身上，一只手掐着她的脖子，想脱掉她裤子上的背带。她无法呼吸，身体变得柔软，不能再挣扎，蹬着腿。张拐子掏出来家伙，等不及了，抬起屁股猛冲下来，然后是一声惨叫。

张拐子凶猛又妥妥地扎在了王麻子剪刀上！他像一条被火烧了的蛇，翻卷的蛇，捂住裤裆在地上扭曲地打起滚来。

大龅牙跑进来，出乎意料地说："客山红，快走！"

她没明白，眼前恢复着色彩，艰难地站起来，一只手捂着脖子，大口喘气。

"去找江校长！"大龅牙喊着，"快去！"

她踉跄着跑出来，不明白为什么去找江校长，大龅牙是什么意思？

她恍惚中奔跑，感到害怕，也后怕，张拐子可别被扎死了。不会的，他高抬屁股猛冲下来，扎蛋上了，蛋疼，死不了。

她奔跑。有的人一路奔跑，高歌着奔向胜利。也有的人一路跌跌撞撞，悲哀地冲向死亡。跑就是一种奋斗，奋斗着活，或者奋斗着死，到头来会不会发现哪种奋斗都很悲哀呢？

不知道。只是奔跑。

气喘吁吁地跑到了校长办公室门口，江校长听见了她急促的呼吸声，拉开门，微笑着说："怎么了？不用这么急的！看你，都出了一头汗，快进来！"

她进了办公室，平静不下来，然后吃惊地看着范无病。无病哥也在，没有看她，转过身去，胳膊依然吊着绷带。

"你俩不用我介绍了吧？"江校长笑容可掬，扶了一下粘着胶布的眼镜。"范无病被张代表给撤了，不当红卫连的连长了。胳膊为你断了，怎么去学农拔麦子呀？"

她的心咯噔了一下。

"报告！"

"进来，卫华！"江校长大声说。

果然是卫华。卫华进来了，手里拿着小军号："江校长，你找我？"

"十点吹号全校集合！"江校长坐在办公桌前，"今晚八点毛主席发表最新指示，庆祝游行，先练习一下！"

"是！"卫华看了她一眼，又看向范无病。

"江校长，那我就不去学农了。"范无病说，声音低落，消极透了，"我走了。"

"等一下！"江校长说，"你没有学工学农的记录怎么办？范书记也不好让你参军啊！"

"那就不参军。"

"范书记会把你送进大西北纪律最严也最牛的王牌军！"江校长又扶了一下眼镜，"我也不知道，驻守银城抗击'苏修'的都是王牌军！"

"江校长江校长！"大龅牙呼哧带喘地跑进办公室，"张代表的屌破了！"

"要尊敬工代表！"江校长很严肃，批评道，"怎么敢说工代表的屌破了？"

"屌真的破了！"大龅牙急头白脸，指着她说："张代表跟客山红耍流氓来着，所以屌破了！"

"真屌的呀？"江校长说，"有多屌严重？"

"翻屌白眼呢！"大龅牙说，"给屌的送医院不？"

"我给屌的叫个救护车。"江校长拿起电话，拨号，一边说："童小红，我相信你的责任感，你当五连的学生连长，负责炼电石，范无病留在学校配合你。喂？急救中心吗？是屌这样，我们学校的工代表扎了屌了，屌破了，屌冒着屌的血呢！你们能屌的来个救护车救屌的不？啥？你才滚屌的呢！"

范无病乐了，难得一笑。她也察觉江校长是故意的，哪有屌的这么救屎的？

江校长放下电话，显得很生气："人家说屎事不来，不救屎的！"

她看了一眼卫华，卫华脸色很难看，转身跑了出去。

好心慌，脸刷白，她站不稳，有点害怕，靠在了墙上。大龅牙上前，关切地问："客山红？你没屎事吧？"

范无病过来了，拽住大龅牙的领子往后一拉，看着她："童连长，我带你去嘎石炉，走！"

大龅牙想急，江校长摆摆手。

跟着范无病走出办公室，无病哥不出声。"无病哥，你说话呀？"她好难过，"你的胳膊怎么了？"

"童连长，我先给你介绍学工情况。学校的暑假跟你们北京也不一样，先放麦收假，初中高中都去学农，拔麦子。五连和四连在学校学工，炼嘎石。"范无病边走边说，"这是江校长找来的项目，炼嘎石，学名叫电石，不是带电的美丽石头，是臭嘎石，用生石灰和焦炭放进两千度的炉子里一起烧，就炼成了又臭又硬的石头。"

她知道了。"知道了哥，你的胳膊怎么折的？"

"炼好的嘎石放凉了，装进这些铁桶里。"范无病走进搭好的棚子里，指着炉子和一大片铁桶，说："炼出来的嘎石不能着水，遇水会产生激烈的化学反应，生成乙炔，放出非常大的热量，爆炸。"

"哥！"她好难过，感觉到了他的冷，想哭，"对不起！"

"你的裤子破了，还蹭上了血。"范无病看了她一眼，"回家去换条裤子吧，剪子都露出来了，赶紧扔了！"

范无病大步走了，把她留在棚子里。她捂住脸，伤心地抽泣起来。

小号响了，大喇叭传来明亮急促的号声，不是卫华吹的小号。她已经能分辨出卫华的号声了，能感觉出号声里的阴郁，哪怕是集结号。为什么不是卫华？一定是去帮张拐子了，送医院，毕竟是他的哥哥，连着血缘。

有点紧张，甚至是害怕，张拐子那一下真的是扎坏了吗？她低头看了一眼裤子，真的破了，剪子尖露了出来，破了的裤边有血迹。

出校门过马路的时候，一辆警车拉着警笛开过来，她一激灵，站在那一动不动，卫华送张拐子到医院必是报警了，要抓她。

警车轮胎发出尖叫，急躲开，一个警察伸出头来骂道："你他妈的找死呢！"

还好，警车没停。不是抓她的，呼啸而去。

进院子前，她掏出剪子想扔到黄河里，不仅是证据，太脏了，恶心。身后忽然传来歌声："花儿！花儿！"

她吓了一跳，急转回身，马团长从她家院子里出来，手里拎着一只褪了毛光秃秃的鸡，脖子好长耷拉着头甩着，唱道："花不开了，花不落了！芦花鸡剁了，太阳也落了！"

"马叔叔？"她不知道马团长怎么了，头上还插着稻草，"马叔叔？"

"你有剪子？"马团长从她手中抢过剪子，把鸡提起来，咔嚓一下剪掉了鸡的头。鸡头掉在地上了，马团长捡起来，欢欣鼓舞地说："鸡头！鸡头！洞庭雀爱吃鸡头！给大麻雀团长吃鸡头喽！"

马团长把鸡头扔过去，要扔进洞庭雀家的院子，鸡头掉下，掉进了黄河。

"吃你个头哇！"出来一个阿姨，卫华的妈妈，出院子往外泼水，"装屁蛋！"

"掉了？"

马团长扔掉无头鸡和剪子，扑出去，说时迟那时快她扑倒了一下抱住了马团长的腿，没让马团长跳下去，吓得心怦怦乱跳。"马叔叔！"

"你倒是装一个？"赵小辉过来了，朝对岸喊道，然后跑了几步，大声说："别动！我来了！"

真是及时，赵小辉帮着拽回来马团长。

"客山红你行啊，还真能舍生忘死呢，像你爸，不像你妈！"赵小辉满意地说，从马团长头上拿下来稻草，"还真成屁的稻草人了？被老婆吓成这样？房主任可是后悔死了，逼你还当团长就能当了？我不信房主任手里有你的现行反革命材料，也不好说，她还真干得出来！"

"花儿开了，花儿落了，"马团长唱上了，拍了拍屁股边唱边走了，"花开花落就是屁的活过了。"

"靠里走！别掉下去！！"赵小辉喊着，摇摇头，"你快进院子看看，别把反动标语藏你家了，都是你妈给害屁的！"

"阿姨？"她看着赵小辉，不知道说什么。

"这个我也得处理，真是操不完的心！"赵小辉从地上捡起鸡，又拿起剪子，看着，以为都是马团长的，收了。"你爸让人送回来好多粮食，放我办公室了，不知道你家折腾什么呢！摊上你妈这种小资产阶级注定闹得慌，你爸挺好的生活全屁的给搅乱了，你说你们干屎的来呀！"

她也要学会银城话了，干屎来？没想干屎来，却扎坏了张拐子的屎，活该！

"江校长打电话了，让你跟着向阳村游行，负责那些病事假的学生，不用去学校了！"赵小辉走了几步，停下，又回过头来说："江校长倒对你挺好呀？跟工代表较屎劲呢！你可别瞎屎咋呼！七点到下面广场集合，带上伞，谁知道哪块云彩下雨啊！"

哪块云彩都可能下雨。如果冲动是魔鬼，忌妒就是毒药。赵小辉忌妒了，怨妇的意志和力量不可小觑，受不了范书记对她家好。江校长对她也好，不像洞庭雀说的冲了他家新房上大梁的喜。

跟喜翠这个仇是结下了。好难受，无病哥就这样走远。

她换下扎破了的裤子，洗了。去了居委会取粮食，两趟赵小辉都没在办公室，听见居委会的人说红联内部两个造反派完全对立了，七八七还丢了枪，正查呢，怪不得爸爸顾不上妈妈和她了。

七点她到了山下集合，按赵小辉在喇叭里指挥的，把二十几个从小学到高中病假事假没上课的组织好，排在家属前面，到百货大楼前集结。革革和丫丫没上课，感冒了，因为喜翠和文文不再敢对她友好了，帮她把三角旗发给大家，丫丫说："客山红，我跟你好！"革革说："我才跟客山红好呢，是吧连长？"

革革和丫丫已经知道她是"连长"了，银城真是一个守不住秘密的地方，消息足够快。"革革，丫丫，咱们都好！"她微笑着说："下个月咱们还一起学工炼电石呢，咱们一排要比别的排多拿红旗！"丫丫说："拿不拿红旗不重要，等毕业了我要去北京看天安门，你带我去好不好？北京那么大，我怕走丢了！"

革革说："客山红才不带你呢，带我！丫丫，国家有规定，像你这样被流氓强奸过的人不干净，是不能去天安门的！"丫丫快哭了："客山红是真的吗？我不能去看天安门？"她快无语了："别哭丫丫！没听说有这个规定，流氓可以去，我北京的班长贼流氓，还领着我们在那跳忠字舞呢！"

队伍出发了，胖奶奶在前面举着红旗，守寡多年在山洞里意外接触性事以后，一湖死水泛起了涟漪，让革革妈很不爽，说胖奶奶还经常到山洞那边转转，想再抓个流氓，但总是失望，不知道流氓都去哪儿了。

她回头看了一眼高高山顶上黑压压一片的房子，只亮了几盏灯，像幽灵一样的昏暗灯光照亮了窗口，一群鸟飞过。

呱，呱，呱，是乌鸦。

百货大楼前锣鼓喧天，从东边来的阵容那么强大，鼓声如此有力，走在最前面举着"七八七"大旗的人是谁？爸爸！而妈妈高举着"战斗文工团"的旗帜从西面来，跟爸爸相遇了，像十三年前的那个早晨。两个人的相遇，都是昂头挺胸，迈着矫健的步伐。百货大楼上吊着无数的喇叭响彻着激动人心的乐曲，让人一言难尽的交集。"交"是一个有血有肉的字，可以构成好多词组：交欢，交集，交流，交代，交配。

不是忽然冒出来的词，它一直在词典里，在生活里，在现实中，在梦想里。人要交配，动物要交配，花用花粉交配。董爷爷说，政治用思想交配，文化用行径交配，爱与恨交配，生与死交配。生是担当，殊不知死也是一种责任呢？

她们从南边来，看见妈妈和爸爸在百货大楼前的毛主席大铜像前站定，爸爸并没有看妈妈，而妈妈看着爸爸，然后才直视前方。妈妈和爸爸各举着旗帜，目不斜视，像两个从未交配过的人，不交配她从哪儿来？

北京班长说他爸他妈是因为自己想快乐，绝非是为了造他，司马钢来自必然中的偶然，他贴着她的耳朵说："将来我要把你搂在被窝里操一百下！"老师碰巧听见了，敲了一下班长的脑袋："吹牛逼吧你！十二下就不错了！我三下就把你妈弄出来了！"第二天司马钢恼羞成怒地对她说："政治老师意淫我妈！我问我妈了他不是我爸，我亲爸有可能是往锅炉厂送煤的哪个司机！童小红你说，祖国是母亲，那父亲是谁呀？"

不知道，她承认不知道，从来没想过，谁会问这个问题啊！

"还有人民，人民是谁？"司马钢嘿嘿一笑，"你不知道吧？伊万知道！一个记者问伊万洛夫斯基谁是人民？伊万说人民是斯大林同志的爸爸，因为斯大林总说他是人民的儿子！"

大喇叭播放着激昂的歌曲，银城一下冒出这么多单位汇合了，春涌潮动。董爷爷说中国的春天最危险，大学生喜欢集体活动，从晚清到民国，大学生喜欢把春天组织的游行当成春游，也是闹春，好多由大学生开始的事儿都发生在春天，谁搞懂了中国的春天谁就搞懂了中国。

子弟学校的队伍浩浩荡荡地过来了，她的心咯噔了一下，无病哥不再是子弟学校的显赫人物，现在是大龅牙走在前面。看到了无病哥，她比无病哥更悲伤，转过脸去，又忍不住转回来，无病哥跟喜翠走在了一起。她心里一酸，莫名的委屈涌上来。

有些骚动，范书记的越野车停在七八七和战斗文工团中间，左边是爸爸，右边是妈妈。范书记下了车，不知身体虚弱还是怎的，身上披了一件军大衣，领导都爱披军大衣，像诗人都爱手淫一样。北京班长写不好作文却爱写诗，还说诗写得越好的人手淫越厉害，手淫越厉害的人诗写得越好。愤怒不出诗人，荷尔蒙才出诗人，经历操蛋的事儿多了会出作家，越小经历操蛋的事儿越多才越是好作家，能写出经常让人会意一笑的语句来，尽在不言中。

司机从车上搬下一个凳子，范书记踩着凳子爬上了越野吉普车的车顶，人群欢呼着，大喇叭传来电台报时的声音，范书记挥了一下手示意大家安静。嘟，嘟，嘟，滴。

"刚才最后一响，是北京时间晚上八点整。"

毛主席说大学还是要办的，银城沸腾了，锣鼓喧天，没有大学的银城开始了庆祝游行。她们跟着赵小辉喊："办大学！办大学！"真不知道办大学跟南山的娘们儿有什么关系。无病哥要参军，胳膊断了万一伸不直可怎么办，别说当特务，抱女人都费劲，会不会还影响"爱情"呢？

爱情，多么美好，只要一想心就会动一下的词。董爷爷说爱情就是老茶杯上的茶渍，即便没有茶叶倒进白水也能喝出味道来。爱情就是一杯茶，伤害一次就是往茶杯里加一次水，水加多了终将没有了味道，会倒掉。人想什么才说什么，没有什么才主张什么，终将是爱什么才恨什么。当你不够强大的时候，别人就永远是正确的。董爷爷总有让人铭记在心的话语，她和妈妈都爱听，妈妈还有一个带锁的笔记本，锁起来。人都是选择性记忆，男人记住幸福，女人恰恰相反，只记住痛苦的部分。她终于懂了，好痛苦。卫华过来了，她有点紧张："我哥没事，那地方缝了六针，一星期就好。"卫华跟着她一起走，说："你别害怕。"

她真的要哭了，强忍着，绕开话题："卫华哥哥，范无病的胳膊怎么断的？"

"温老师自杀的那个早晨，为了护你。"卫华看着远处，似乎不想提起那个早晨。"大龅牙从地上爬起来以后，抢起哨棍打他的头，范无病要是不用胳膊护着肯定就被打死了，胳膊当时就断了。"

她的眼泪唰的一下流下来。卫华边走边掏出手绢，碰着她的手，她接过来，卫华脚步一点声音都没有快速跑了，追上前面学校的队伍。

她拿起手绢，以为是还给自己的那条，不是，是卫华自己的。

第二天晚上，洞庭雀到家里来了，他还会做衣裳，果真是手巧，为妈妈做了一件舞衣，跳忠字舞穿，让妈妈换上。妈妈在这个世界上谁都拧不过，连跟自己拧都放弃了，躲到里面换上，拉开了印着大牡丹的塑料帘，洞庭雀坐在龙椅上连说了三声好。"转一个，阿娇！"

她有点紧张，张拐子绝没有卫华说得那么简单，洞庭雀一定藏着阴谋做了一件舞衣给妈妈送来。"客山红，你妈穿着我做的舞衣漂亮不？"洞庭雀骄傲极了，看着大褂不大褂、旗袍不旗袍的衣服，两边开的衩过了屁股都快到腰了，她闭上了眼，说："漂亮！"洞庭雀拍了一下腿，在龙椅上四平八稳地坐定，向她伸出自带的小茶壶："太漂亮了！沏茶！"

她赶紧接了，看着妈妈的舞衣，这舞衣还凸显了妈妈的胸，收紧了妈妈的腰。洞庭雀摇头晃脑地说："该收的收，该放的放，这才是女人！我唱，你跳，客山红当观众，我们三位一体了！用造反有理这支歌，预备……齐！"

"不成！"妈妈脸色羞红，跳不了，也受不了，说，"团长，您这衣裳没法儿跳造反有理。"

"老造反也不是个事呀？"洞庭雀歪着头说："女人想敞开，都口是心非！女人就是矛盾的，现在我是矛，你是盾，咱俩一矛一盾落到一起就和谐了！我说的是艺术，艺术是哲学，没有哲学的艺术都是耍流氓！"

妈妈无语了。

"马三娃倒了，他是装疯！"洞庭雀嘬了一口茶，"好茶，好水，还得有我这把好壶！一壶茶，文人看风月，哲人看人生，市井看流言，官场看德行，恋人看痴情，痴人看怨恨。香水再好也敌不过韭菜合子！哈哈！"

洞庭雀好得意，春风得意。妈妈用手一直捂着胸前的衣服开口，说："张团长，我去把衣服换了啊？"

"稍等！"洞庭雀这才转向她，说："别那么紧张，你一紧张我都不好意思了！你没跟妈妈说吧？一共缝了六针，屁上三针，那地方三针，得需要一点营养，屁不好补，神经末梢，又是最敏感的地方！他说他屁的不行了，我又没指望他给我孙子，有卫华呢！我指望我们家卫华，卫东算个屁，不过营养品还是要的，就赔他一个月工资吧，四十二块五。"

妈妈怔住了："红，怎么回事儿？"

"孩子们的屁事你别管，下个月我直接从你工资里扣了就行了，你的工资是三十五块五，国家另给的三线补贴每月八块，还剩一块钱到时候我给你！"洞庭雀说完挺开心，对着壶嘴儿嘬了一口，看着一头雾水的妈妈，说："昨天我看出来你和童工不对劲，你俩咋屎的了？唉，这搞技术的和搞艺术的就是搭不上，可你们俩是绝配，我都要哭了！"

现在是妈妈要哭了。好难过，想好了不给妈妈惹事儿，偏偏躲不过。

"男人嘴上离不开爱，女人心里放不下情。"洞庭雀摇摇头，又点点头，看着她说："你跟我们家卫华才是绝配，将来你要做我的儿媳妇！这样我和你妈就成了亲家，小姨子是姐夫的半拉屁股，公公和亲家母上床倒也是个壮举呢！"

龙椅居然没哭，从头到尾一直没哭。洞庭雀走了以后，她踢了一脚龙椅，说："我恨你！我恨你！"

龙椅哭了。

妈妈一脸惆怅，脱下那身搞怪的衣服，失神地坐在龙椅上。她走到妈妈跟前，想说一声对不起，忽然传来了马团长的歌，稻草人在唱歌：

> 山沟沟里的花开哟，花又落
> 花开花落就这么注定了

> 草在哭，花儿破
> 太阳升，星儿落
> 花开花落就是活过了

她转过身去，看到一颗星星坠落在南山的后面，未落地，已燃尽。两周过去了，爸爸依然没有回家，不是还在生妈妈的气，战斗文工团成立"红三司"统一了组织，还上了《银城日报》，爸爸知道该高兴了。

　　洞庭雀告诉妈妈晚上要少出门，银城酝酿着一场大武斗，七八七丢了枪，北京下令对七八七要严防死守，防止"苏修"特务搞破坏，把枪说什么也都得找回来。范书记上火牙都肿了，报纸上范书记的照片成了一张大脸，一边胖，七八七作为国防建设的重要保密企业绝对不能再出任何事！

　　天好像一下就热了，北京好像没有春天，春天很短，脱下毛背心和秋裤没几天就得穿半袖衫和裙子了，银城更短，还没反应过来就烈日当头晒得无处躲，好在夜里远远比北京凉快，用不着用扇子扇到半夜才能入睡。

　　初高中都去学农帮着人民公社抢收麦子了，四连五连学工二十四小时不停炉炼电石，她八点才从学校回来，天还没黑，到了十点毫无困意，妈妈已经洗完澡了。"红，快洗洗睡吧！"她坐在饭桌前看着生产进度表，问："妈，天气预报说今天有雨吗？"妈妈说："你都问了好几遍了，今天和明天都是晴天，没有雨。"她点点头，"噢。"妈妈叹了口气，感慨地说："负点责任就是磨炼人，红当了连长还真是长大了。"她笑笑："妈，您睡吧！我马上。"

　　没法告诉妈妈她因何不想睡，今天是无病哥带小夜班，也是喜翠她们第一个小夜班，从下午四点到晚上十二点，她心里不安定，总觉得有事。

妈妈一直没有进山到七八七找爸爸，那天在毛主席大铜像前见过了，虽然没有说上话，终是从正月初七到来年三十可以接着说话的夫妻。妈妈知道爸爸已经认错了，可妈妈对自己"神秘"的错误始终放不下，妈妈来银城才一个月分明老了，而她似乎也已经长大。

她洗完澡，看了一眼表，十点了。总觉得心里不踏实，有什么事儿让她忐忑不安，是因为无病哥带喜翠她们吗？擦完身子，坐在龙椅上用毛巾擦着脚，有些异样，发现龙椅湿了。龙椅在哭，龙椅怎么会哭呢？她的头发竖了起来。

不对，她没说话，妈妈睡着了，有事，要不龙椅怎么会哭呢？她迅速穿好衣服，拿起一把雨伞，悄悄地出了门，关门之前又看了一眼龙椅，月光下的龙椅全湿了，整个都是湿淋淋的。

她越发心慌起来，有些毛骨悚然。

很远就能看到学校炼石炉的烟囱喷出火焰，照亮了夜空。一辆辆几十吨的大卡车驶过，挡住了她进校门，每个车轮都有两三米高，浩浩荡荡开向东山，车厢罩得严严实实。没有人知道往大山里拉的是什么，送进七八七，七八七再把产品送进七九七，那里全是军人把守藏在山洞里的车间，山全是空的，加工完再往里送，进入全在地下的工厂了，连番号都不再有。

震撼的车队过完了，校门口她看见了一个熟悉的身影，她已经熟悉了无病哥的身躯，那吊在胸前的胳膊还没有好，一点好的迹象都没有。她快步跑了过去，范无病看见了她，竟然掉头回去，进了学校。

"无病哥？"她叫着，范无病走得更快了，她追上，大声喊：

"范无病！你站住！"

范无病站住了，慢慢转回身来。

她把自己吓到了，不是自己这一嗓子，而是仿佛变老了的无病哥，完全变了一个人的范无病，默默肃立。想哭，她莫名其妙地想哭，不，那是另一个自己，"另一个自己"在别处，正睡不着的夜晚，她无意中触到身上某个敏感地方的时候。

妈妈告诉她要带她来银城的时候，在离开董爷爷离开四合院离开也许永不归来的北京的时候，放学她坐过了站，后来才发现是坐错了车。她下来，被绊了一下，没有摔倒，凸起来的一块砖差点把她绊倒，在没有熟人谁都不认识谁的地方她朝那块砖发起火来，向那块砖咆哮，发泄着自己，用脚猛踢了砖一下，结果把脚踢疼了。

疼了的时候才明白，她把另一个自己惊着了。原来人都有"另一个自己"，在某些时候会唤醒，不再逆来顺受的自己，发泄，或别的，温文尔雅地呻吟，在夜晚的床上会误解自己的自己。人并不是唯一会哭的动物，也不是唯一会笑的动物，有超级可爱的海豚，会笑，对人类做出笑脸。董爷爷说海豚就是大海里的人类，只不过是长不大的婴儿，海婴儿。她是陆婴儿，大陆上的婴儿，五岁还想让董爷爷给洗澡呢，奇怪的是九岁时更想。她的海。

"知道吗？胳膊断了的那一瞬间我找不到了手，感觉手在飞，飞来飞去，可我右手明明抓着左手呢！我被吓到了，惊出一身汗，不知道是怎么回事儿，彻底慌了！后来才知道，胳膊突然折了的时候神经没断，反映给大脑的信号就乱了，是大脑找不到了手，不是我。"无病哥看着她，平静地说，默默地说，怎样的一种体验，说给她听，也像说给自己听。"你能明白吗？你不明白，没经历过的人是没办法明白的。我，这个'我'和大脑分离，'我'在找自己的手，可大脑找不到，大脑和'我'是分离的，多奇妙，我明明抓着自己的手，可手明明也在飞！"

手在飞，当时的情景，他好像讲述的是别人的事，或者另一个自己。人都有另一个"自己"，哪一个才是真实的呢？这种体会她也有过啊，被张拐子两次差点掐死的一瞬间已经死了，身体一下像是不在了，可"她"明明在，也在飞，悬浮在空中，看见了花海，那样一片花海，如此绚丽，飞到了四合院，还有天安门的灯，妈妈在华表下生出她。董爷爷说，人活着永远无法跟自己相遇。天啊，一瞬间她忽然怀疑自己是不是早已经死了，另一个自己假装活着，假装存在，在无比真实的虚拟中把该走的走完？

像一个人对着高山喊，已经结束，听到的都是回声，生命的回声。

"手在飞，真的。骨头是接上了，好了以后胳膊能不能伸直不一定，我爸踢了我三脚，说这叫恨铁不成钢。"范无病转过身去，"参军是不可能了，张卫华马上走，去当文艺兵，下礼拜就走，我爸已经签字了。我本来是年底，只能是铁，成不了钢了，插队去对口的老龙湾，老校长恨死子弟学校的红卫兵了，去了老龙湾可能就是死。"

好难过，她比无病哥更悲伤。董爷爷说过，人们可以原谅无意中伤害过自己的人，但绝不宽恕粉碎了自己梦想的人。她粉碎了无病哥的梦想，怎能不哭。"别哭，客山红，不怪你的，我可以上高中，在学校多待两年，保护你，断了胳膊我愿意！"

无病哥斩钉截铁地说。她就是钉，是那块铁，愿意被斩被截才好受些，哪怕有多疼。钉会疼，铁也会疼的。不仅疼，还会哭。

不知道铁被轧成钉子的时候会不会哭？她哭了，呜呜的，眼泪在风中飞了起来。

范无病跑了，回到了他的岗位，喜翠、文文、丫丫、革革和五连一排都在棚子里，不知道到底是在为谁炼嘎石。从江校长到每一个人都知道是为国家，"国家"就是五七连，那些不在七八七国家编制里的家属，胖奶奶她们都加入了，但适合拔鸭毛，把不知道按计划调配给哪个企业需要嘎石的事争取到了子弟学校，江校长争取到额外配给口粮，但并不是增加每月的粮食，而是可以多买一斤大米。

火光映红了天空，一根直棱棱的烟囱拔地而起，直指苍穹，喷出火焰，像是要把夜给烧了。一丝要下雨的意思都没有，她拿着雨伞，走近了炼石炉，鼓风机发出带着撕裂的尖叫声，破旧的鼓风机，加料口往外喷着火舌。无病哥变得柔软，第一天见到的那个无病哥不再有，像一头被抽了筋的狮子，不仅没有了随时战斗的雄风，而是不想再战斗，原来狮子也可以成为病猫的。

她爱猫，爱病猫，董爷爷说贾宝玉爱病歪歪的林黛玉，董爷爷又不是贾宝玉怎会知道？董爷爷说，谁也没死过可怎么都惧怕死呢？而且似乎一个比一个明白死亡，怎不知死正是另一种活呢？黛玉葬花，不是这样的，黛玉葬的不是自己，都以为曹雪芹是写意呢，哪知道林黛玉是葬了一个写意的自己，留下身躯活着。董爷爷说人们都误读了曹雪芹笔下的林黛玉，无数个寂寞的夜晚林黛玉在跟自己的身体对抗，才有了人们以为的浪漫。人若能抓住并拥有实际，谁会真喜欢浪漫啊，天下再没有比"浪漫"更虚无的了，浪漫是浮起的尘埃。

闻到了臭臭的味道，又臭又硬的石头，这石头遇水会产生激烈的化学反应，跟氧气结合在一起用焊枪能把钢铁撕成溶液。看到无病哥她也是有"化学反应"的，一想起他的抱，他的吻，总是心跳不已，看到卫华就没有那种心跳，竟会安静得像一只温柔的小猫，随时可以把她抱走。如果她真是那只猫，会不会回头望一望伤感的无病哥呢？

喜翠看见了她，大声说："可愁死我了，你还带着伞？是来求雨呀？客山红你真缺德！"文文推着上料车从后面冲过来，要不是无病哥拉她一把，非把她一下撞进炼石炉里。范无病叫道："文文你干屎啥？"

她抬起头，看见顶棚裂开好几道缝，问："范连长，顶棚什么时候破的？"范无病说："我不是连长。报告童连长，我们吃饭回来就破了，肯定是好些猫上去给抓的，喜翠还逮着一只给扔电炉里了，冒了个火球成了一道烟！"

"停炉！"突然明白龙椅为什么哭了，危险，顶棚破了一旦下雨漏进来就会引起燃烧甚至爆炸。她才会鬼使神差地拿着一把伞出门。她毫不犹豫地大声说："马上停炉！赶紧把电炉的闸拉了！"

"你想搞破坏？可愁死我了！"喜翠拿起铁锹，"我们铲！范无病开机器，把嘎石铲出来！"

"都停下！"她真急了，"万一下雨漏进来就危险了！"

"哈哈！那才壮观呢！"喜翠叉着腰，"如果着火了，那也是革命的火焰！”

她跑向电闸箱，范无病追上她一把拽住："你疯了？现在停炉连炉子都报废了！这是破坏革命生产！夜班不归你管，快回家去！"

"哪儿来的猫把棚子都抓破了？我在的那会儿怎么没看见？"她推着范无病，"你赶紧把她们全带走！停炉！马上！会爆炸！"

"离范无病远点！都怪你！把人家害成这样还这么犯骚？"喜翠上来推她一把，"你敢破坏革命生产？妄想爆炸？你就是一个大现行反革命，要爆炸也怪你！最好把你炸飞埋土里，将来挖出两袋奶粉，一闻是馊的！"

"干屎啥？"卫华忽然出现，飘然而至跑来了，"你们都听童小红的！"

"哟，张卫华？"文文怪腔怪调地说："侬闻着骚味跑来了？"

卫华指着文文："滚！"

"你别骂她！文文快跑！"她大声说："拉闸！断电！停火！撤离！大家都快点！起风了！"

果然起风了，好大的一阵旋风卷起来。卫华冲向电闸，范无病从后面一把扯住了他的衣服拽了回来："你算哪根葱？滚犊子！"

"范无病！"她大声喊，"你带着大家快跑！"

"坚守阵地！"范无病站到电闸箱前，"不怕风吹雨打，胜似闲庭信步！"

不是暴雨，原来不下雨，所以天气预报没说，突然下起冰雹，一阵冰雹狂泻下来，风卷起被一群野猫抓破了的塑料顶棚像翻浪一样。

"我是排长！听我的！"喜翠重扎了一下腰上的武装带，"咱们都是革命小将！保护国家财产，人在嘎石在！"

"喜翠说得对，保护国家财产！"范无病故意对抗，推开卫华，"顶棚塌了！我们赶紧用塑料布盖住嘎石和嘎石桶！"

"国家不缺这点财产！"她冲向炼石炉，挥舞着铁锹铲起沙子往炉子里埋，"都快跑！"

"童小红，你反动！"范无病说，"什么叫国家不缺这点财产？一草一木都要为党守住！"

她真急了，挥起铁锹拍向范无病的断臂，让他的手再飞一次吧！卫华冲向电闸箱关掉鼓风机，范无病疼得蹲在了地上。这时大龅牙带着红卫连值班的红卫兵跑过来，她指着他喊道："快别让她们用塑料布遮桶！会爆炸！来不及！你把她们全打跑！快离开！"

"听童小红的！"卫华拉住范无病的衣领往外拽，递给大龅牙，喊："把他扯走！把她们都赶开！用你们的哨棍！"

"可愁死我了！"喜翠拽着塑料布盖装满电石的铁桶，暴雨下来了，打得睁不开眼，"文文快帮我拽！这是国家财产！快盖住！"

文文跑了。

一片铁桶开始吱吱响，冒出白汽，卫华拎着铁锹过来："你赶紧跑！我来！"

"我用沙子把炉火灭了！"她叫喊着，"卫华哥哥也快跑！"

"两个人快！"卫华踢了一脚犯蒙的大龅牙，"把人全打跑！"

倾盆大雨狂泻下来，狼烟四起。就是狼烟，一阵大风彻底把刮开的顶棚卷走了，遇雨水的桶开始升腾白雾，发出滋滋声响，遇水后的电石开始反应，泛出极臭的味道。温度越来越高，升腾的白雾不见了，到处冒起了黑烟，她已经看不见了卫华。"卫华哥哥？"

她呛得喘不过气来，扑不灭炉火，她的铁锹被抓住扔了出去，卫华抓住她的手，骤然升高的温度能把人烤焦，"快跑！"卫华拉住她在跑。

她摔倒了，咳嗽，呛出眼泪，人就像是在火炉里。卫华突然抱起来她，暴雨把黑色的浓烟包围，热浪滚滚，已经没有办法呼吸，卫华抱着她狂奔。知识越多越反动，这种批判是不对的，电石遭暴雨产生巨大的热量，是她把卫华哥哥带进了沟里，带进了死亡。

一瞬间，一刹那，一道刺眼的白光闪烁，她只觉得一下飞了起来，飞得好高好高，腾空而起，她在飞。有翅膀不一定会飞，翅膀并非都是为飞翔才有的，比如鸡，鸡有翅却不会飞，飞也飞不高，飞不远，远古时的大鸟终被人类给驯化成了一道菜。人类何曾高尚过，地球处处有原罪。有人的地方必有罪，才有了上帝和不同的神吧，几千年来都在救赎，几千年后还将救赎下去，一直到地球毁灭人类消失，宇宙再造出新的物种。那个叫上帝的神还会用七天时间再创世界，第八天用泥巴捏出一个亚当，拆亚当一根骨头造出一个夏娃。为什么要用一棵苹果树捉弄人类呢？董爷爷说人的欲望是摆在面前的圣果，偷吃不得，又很难不吃，否则人就真成神了。没有人可以成为神，也没有神可以拯救人，两个不同物种的美丽愿望原本就不在一个维度。人都是自己的神，只有自己才可以救自己。要不老北京话里怎除了"傻逼"就是那句"留神儿"呢？而爸爸只会说"真悬"。爸爸真悬，爱上了妈妈。妈妈也爱爸爸，要不怎会有了她？每个生命都是爱的结晶吗？董爷爷说这话纯粹扯淡。董爷爷最爱妈妈，比爸爸一点不少而且多很多，就没有结晶，甚至没见过妈妈和董爷爷拉过手。原来真爱不是拥有，而是守候。

　　她知道她在飞，而妈妈过去最爱说"丢了"。妈妈把什么丢了，找回来了吗？找回的就不再丢，还是强迫自己不能丢。而她丢了，真的丢了，她把自己给丢了。

　　丢在银城。

强　奸

　　穿越了无数的光，如同列车钻进山洞，一盏盏闪过的灯。又像是万花筒，五彩缤纷，红的绿的粉的白的，好是斑斓。这不是银城，银城是无色的，好混浊，如黄河水，又像版画，只有黑白两色。董爷爷说，黑与白最美，因为黑白之间有好多层次的过渡色，所以阁楼上有一张谁也不知道拍自哪里的古穴照片，深不见底，有七层明与暗的空间，通往地下越来越深的螺旋。

　　她很小的时候就知道了，知道了黑白之间的色调比彩色更丰富，更饱满，更意味深长。"有时候，有些人，死比活更美。"董爷爷说，"每个骨灰盒里的人其实都比活着的时候重，而且完美。"

　　听不懂，不知道，不明白。董爷爷会看骨相，把手往自己手腕上一捏就知道活不到二十一世纪，这回真的就是死了，还写好了墓志铭：就是走了，不管喜不喜欢这个世界，都不会再来。

　　好伤感，七度黑与白的色度空间让人伤感，像宇宙黑洞总有人想进去，终有一天会进去，进去必伤感，恍然大悟原来每一个自己都是不存在的。她的世界一直没有色彩，只是黑白。其实不是，她的世界色彩斑斓，别人看成了两色，希望两色，只能两色。谁又不是两色的呢，黑与白。

　　动弹不得，无论是不是曾有过美丽的飞翔，落地时必是摔惨了，像一只折翼的麻雀从空中栽了下来。不，她不是麻雀，若不是有好些为防火准备好的沙子，她必摔死。差不多就是死了，头着地时她嗡的一下又飞了起来，一次完美的折返，人的返程远比前行痛苦，没有花园，在升腾弥漫的黑烟中，像是掉进了一个深不见底的黑洞。

有点湿，潮湿。

她从麻酥酥中醒来，不明白为什么会麻酥酥。身体有一处潮湿，像是做梦，梦成了酥软，被一股股电流侵袭，好疲惫。不想醒来，这样安好，在梦中带着躯体的生命远去该有多好。自己需要墓志铭吗？天下多少人会给自己留下墓志铭，又有谁会看呢？她想到了自己的墓志铭，只想起一句：绝不再来。好像是。

这又是在哪儿呢？蒙眬中身子像是有无数条虫子爬过，可她并未害怕，其实她特别害怕虫子，从死亡返程回来的路上居然没有害怕，看来人无论对自己多没有信心，在某些情景下是可以改变的。

感觉到有东西在身上游走，像是手，怎么会是手呢，这么一想又不像了，只觉得周身麻酥酥的。两个乳头是麻酥酥的源泉，也可以叫开关吧，感觉到花园湿润了。依稀熟悉，又陌生。一切都是陌生的，还有味道，人是有味道的，在一个地方待久了会给环境弄出味道来。不属于家的味道，费了好大的劲才辨别出这不是家，是办公室，张拐子的办公室。

然后才发现自己被脱光了，脱得光溜溜，双手捆在背后，一丝不挂地躺在床上。她惊愕地睁开眼睛，看到两只贼亮的眼睛，像鬼火似的闪动，惊出了一身鸡皮疙瘩，"啊"的一声还没全发出来，被张拐子捂住了嘴，还有鼻子，半张脸都给盖住了，说："你别叫！小心我捂死你！"

要憋死了。她蹬着脚，窒息得又要飞了，脑海里翻腾起乌云，掀着层层黑浪袭来，随着要渐渐远去，她放弃了挣扎。一定会死的，早晚死在张拐子手里，从火车上第一次见到他那一刻就已注定。说什么有些人就是来历练你的，坏人就是训练你成长的，她忽然理解了杀人，有些人就该杀，然后国家动用国家机器再把杀人的人杀了，以保证秩序。第一个创造"国家"的人真是聪慧，世界上谁又是第一个以"国家"的名义去杀人的人呢？历史从不记录执行杀人的人，只记录具有影响力的被杀的人。

有的人是用来记住仇恨的，有的人是用来缅怀追悼的，而她是用来被遗忘的。

她的身体要完全懈了的时候放弃了挣扎，张拐子才松开了手。硬是坚强，懈是柔软，挺是执拗，松是放弃。她柔软地放弃了，张拐子长舒出一口气，弯下腰把她的腿向两边分开，说："这就对尿的了，女人的腿不是用来蹬的，而是打开！让好人挺起鸡巴，坏人放下屠刀，世界就和平了！"

她咳嗽不止，全身在抖，想挣扎着坐起来。他的手压在了她的头上，说："女人就该躺着，躺在床上才美。你是最美的女孩，不能辜负了床，我不喜欢在你昏迷的时候进入你的身体，看不见女人的反应进去没尿意思！另一种情景下我不需要看女人的脸，好好享受就是了。你妈妈可以教你，她是一个好老师，来银城教人们集体跟银城性交，所以忠字舞好性感，我看到了性感，要不怎么会那么亢奋呢？忠是一件亢奋的事，反抗显得太激烈，会流血，会死人。我不会强迫你，我是一个讲原则的人，讲道理的人，讲实际的人。"

张拐子像演说，给她一个人上课，而且越发兴奋，手离开她的脑门，往下移，滑过鼻子，在她的唇边滑动地摸着。"喜翠和文文要抢救嘎石，你怎么能说国家不缺这点财产呢？这多不好，你这个不珍惜国家财产的现行反革命，忘了张思德为了一窑砖头献出了宝贵的生命吗？"

他另一只手伸向她下面，摸住了她的花园，从轻柔到有力地停在一个地方，威胁着随时会一下捅进去。"我证实了，"他上面的手伸进了她的嘴里，手指又细又长，"你别咬我啊，你敢咬一下我就捅死你，撕逼！真好，你的舌头像身体一样柔软。女人就该柔软，柔软的女人才幸福，不柔软的女人各有各的不幸。我终于知道了，女人的嘴多大下面就多大，嘴多丰满下面就多丰满，嘴多漂亮下面就多漂亮！而男人的中指多粗多长，平常待着的时候下面就多粗多长，原来都是真的。我是细长直男，一会你就知道了。当然了，人最重要的不是了解别人，而是发现自己。不信你瞧一瞧，照一照。"

张拐子的手抽出去，拿起一面镜子，伸到她面前。看见一个黑不溜秋的人，像一条腊肉或烤煳了的白薯，她动一下镜子里的人也动一下。这是谁？自己吗？镜子移动了一些，她看见了两个黑面馒头，两个黑馒头上还有两个红枣，红枣周围好白。"我嘬的，嘬了好半天终于让你苏醒了！原来这是女人的开关，像水龙头上的开关，一嘬下面就冒出水来了！"

太缺德了！她要羞死，羞愧到死。

"我得把你洗白，尽管你看上去多像黑玛丽，那叫一个漂亮。

客山红是鸟儿，从一开始就叫错了。我脱光了你才发现你是一条鱼，美人鱼！"盆就放在床边，他把毛巾沾了水，开始擦她的身体，水居然是温的，等她醒来才帮她洗。"可我还是喜欢白的，你的身子多么冰清玉洁啊，不动冰如玉，一动白天鹅！妈的，我可以当诗人啊！你知道吗客山红？诗人的诗兴是被女人点燃的，越操不着越诗兴大发，老有得操的人就是哲学家，操够了的人就是政治家了！男人想操人，女人想被操。"

她打了一个冷战，一阵惊悚，惊恐地看着张拐子。她不是鸟，像一条被放到了床上的鱼，张拐子面对赤裸的她成了另一个张拐子，彬彬有礼。原来人真的是潜能无限，她开始相信董爷爷的话，人的创造力来源于自由自在，而不是被鼓励或者被要求。决定命运的不是能力，而是选择。或许她从未了解过另一个张拐子，没准还真是有思想有才华无德行的人，爸爸知道这一点才派张拐子到学校做工代表吗？

悲伤，如果活到二十一世纪，人们喜欢用"悲催"，她成了二十世纪最后的形容词，躺在床上的一条鱼。"哈哈！你像一条带鱼，细长柔软又滑溜！"张拐子兴奋地说，那她就是一条带鱼了，带鱼浮出水面会爆炸，就已死。

静悄悄，学校已经死了。挣扎无效，无路可逃，必死无疑。人都去哪儿了？炼石炉爆炸了吗？无病哥怎么样？她又打折了他的胳膊，好让无病哥快跑。无病哥愣乎乎的执着，将来要和喜翠生一堆孩子。不能再让无病哥受伤了，无病哥活在自己的世界，又有谁不活在自己的世界里呢？能跳出自我的人并不多。能跳出自我的人才是伟人，这个世界上真正的伟人也不多，奢求别人成为伟人的人必是自己病了。政府包装英雄，民间才出好汉。喜翠怎么样了？带文文她们一起逃离现场了吧？还会嘲笑她吗？她若不来，以喜翠的性格必会让五连一排全都消失了，明天早上学校只能开追悼会了。卫华怎么样了？天，她猛然想起卫华。

记得卫华拉着她跑，摔倒了，卫华抱起她来跑，嘭的一声在爆炸中飞了起来，她在飞，卫华也在飞。卫华落到哪儿了？也是头朝地栽下来的吗？是不是嗡的一下整个世界全黑了？董爷爷说，面对一个好男人或好女人，人都会发现自己来晚了。命运给人的恶作剧，她和卫华来得正好。

张拐子热得不行，已经在燃烧了，而她一阵阵地发冷。"你冻着了，也许是惊吓的，女孩惊吓会发烧的。"张拐子让人肉麻地眨了一下眼睛，调情呢。"我给你退热，物理的。然后再给你加热，人工的。都别急，宝贝。"

他用毛巾擦着她的额头、脸、脖子、乳房、心口窝、胳膊、小肚子、大腿，在花园周围更仔细。"少女之液，世界上最醇的甘露。"他幸福地说。要死，她真希望死了，死了才好，不会让她如此羞愧。

她被翻了过来，脸朝下，闻到了花露水的味道，熟悉的味道，文文也喜欢花露水。张拐子没有松开她被捆住的手的打算，任凭摆弄，擦着她的后脖梗子、肩、背、腰、屁股、长腿。她被重新翻转回来，张拐子像摆弄着属于他的瓷器，董爷爷的出土文物，从银城的坟里挖出来的，边擦洗边欣赏。她周身已经散了架，两条胳膊压麻了，闭上了眼，只能任凭他摆布。

一股酒精味儿，睁开眼睛，看见了火，张拐子是要点燃屋子把她烧死吗？他把手伸进燃烧着的碗里，抓起一团火快速放到她的胸前，在两个乳房之间快速搓揉，身体透出一种清爽。他用点燃的酒精擦着她，最后停在乳房上，没用火焰，用两个手指拨弄着乳头，她能感觉到乳头渐渐硬了起来，控制不了。她相信自己活不过这个晚上了，肯定会被他杀死。没有人找她，她被炸没了，不能让张拐子得逞，被掐死扔进山谷。如果没被掐死，一定会被折磨死，张拐子准备得好细腻，后悔没让张拐子成为太监，那屎早好了。

她被洗白了，用酒精擦得好清爽。张拐子把她滚到里边，铺上了一条被子，再把她滚回来。她成了柔软的瓷器，张拐子的战利品。不知道他是如何找到她救出她，没看到卫华吗？应该离她不远，为什么没救起卫华？卫华可是他的亲弟弟呀！

"你抖屎的什么？我不会强奸你的，想得美，我要让你求着让我操！"他脱掉裤子，连裤衩一并脱了，"你信不信？我有利器！"

男人都有理想，而女人善于幻想。张拐子把理想和幻想揉一起了，说到"利器"的时候扭了一下身子，弄出了一丝女人的味道，洞庭雀经常会出现的身段。洞庭雀有天赋，涉及身体的艺术有些是学不来的。张拐子故意让她看他的东西吧，细而长，像四合院上海人家窗户上挂的一小段香肠。

她扭过脸去，恶心。董爷爷说，女人最悲惨的就是遇到一个脱裤子比穿裤子快的男人。她无意中记住了这句女人宝典。董爷爷是妈妈和她的词典，一本大辞海，董爷爷扬言绝不跟在餐桌上用筷子在盘子里扒拉来扒拉去的人交往，那种人表露出了超级自私，永远不会顾及别人，可除了妈妈，董爷爷可还有同桌进餐的人？必是没有的，可爱的男人注定孤独。爸爸其实也孤独，跟七八七兄弟们在酒桌上胡吃海塞不算，妈妈从未进入过爸爸的宴席，却知道那种聚会，北京老炮儿行为的一种。妈妈熟悉老炮儿，那些夏天光着膀子摇着扇子评点江山的人，其实北京老炮儿是出门看不起天下进屋瞧不上自己的人，皇城根下的秘密。天天想操人的人多有誓言，什么样的国家才总向人民描绘理想？然后接下来主要是解释理想，时而兴致勃勃，时而恼羞成怒，这就是"苏修"。她禁不住瑟瑟发抖，被二锅头擦过的地方嗖嗖冒着凉气，光屁溜的张拐子打开柜门，从里面取出一把三棱刮刀，还有一个信封，转身走到床前。

她看着寒光凛凛有三面刃的刮刀，捅进她身体的时候血会从三个洞同时喷射出来，血花，一定会是血花，血也会开花。她绝不会顺从的，宁愿死。张拐子把信和刀放在床上，搬着她的身子，往下拽了拽，让她脚着地，屁股搭在床上，花园挺起来，用身体别开了她的两条腿，那个物件没有刺进来，拿起三棱刮刀朝下对准了她的肚脐，另一只手拿信在她脸前晃动，说："你们造假，你妈像个假人，带着伪装躲到银城来！"他抓住了什么把柄或秘密，"而你隐瞒年龄，怕插队才耗在学校吧？客山红，你到底十几了？早已情窦初开，正含苞欲放！我让你开花，亲蛋蛋亲肉肉！"

死真的是一件让人难以愉快的事儿，尤其知道怎样死，为何死，又是谁杀死了她。他用信封划她的脖子、乳房，让她起了一身鸡皮疙瘩。"腿别夹这么紧！放松，我还没进去呢！"他把刀在她的肚脐眼上划着，"开膛破肚，你说是肠子先冒出来还是血先喷出来？"她不在意这个，只难过死得太丢人，有点像幼儿园阿姨，阿姨是赤身裸体死在旋转木马上，还有夕阳，而她死在工宣队代表办公室，肠流满床。

她哭了。

"别哭，客山红，我不会杀死你，怎么舍得！"他身子抖动起来，愈发激动了。"挣扎会痛苦的，不如学会接受，习惯了接受反倒是一种幸福。你知道吗？消防队来了，公安局也来了。消防队来救火，公安局做调查，喜翠她们正写你的材料呢，你只要听话，我不会让警察把你带走的，你那句话就是现行反革命啊。知道谁在帮你说话吗？"

当然是无病哥，还有卫华，想都不用想。强迫自己冷静下来，关注张拐子手里的那封信，他晃动信封的时候看见了，收信人是妈妈，寄信地址是北京的家。董爷爷来信了，写给妈妈，寄到了战斗文工团，怎么会在张拐子手里？

"是文文！"他摇着头，"我都没想到文文会替你说话，还哭着做证说是你救了大家！文文，我没看屎错她！"

她也没想到，如果能躲过这一劫，没被张拐子奸尸，一定好好谢谢文文。她盯着那封落到张拐子手里的信，要为妈妈拿到。"阿娇，这是我第一次给你写信，也是最后一次。"他用信封扫了一下她的脸，"我看了好几遍，背下来了，这动人心扉的开头。董可笃是谁？你妈妈的情人？你爸爸知道吗？"

她知道了利器，张拐子说的"利器"，原来不是他裆里的细长物件，也不是手上寒冷的刮刀，而是董爷爷热乎乎的信。"把信给我！"

"哈哈！我就说是利器吧？"他好开心，身体向前了一下，顶着她，"你别绷着，放松，把两腿打开，求我进去！"

"求您了！这是我妈妈的信，给我！"

"你差点让我成太监！"张拐子突然变脸，"你要以身验枪，这叫后果自负，也叫担当，很公平的！"张拐子把刮刀顶在她的肚脐眼上，随时要插下来。"我从老浑蛋衣服兜里偷来的，老浑蛋早就拆开看了！你妈比你会勾搭人，她就是个婊子！我吻你下边你知道你出了多少水湿成什么样了吗？别装了，你也是个婊子！我说了我不会强奸你，打开腿让我进去，哭什么哭！"

张拐子疯了，如此变态。她没哭，对坏人流露委屈是对自己莫大的污辱。可她又不能不哭，抑制不住的眼泪流下来。泪是冷的，第一次知道泪会是冷的。张拐子自信能够实现愿望，说："你晕过去的时候我可以进去的，那不好，我看不见你的表情。我想看你美美的表情，也可能皱着眉假装拒绝，底下却湿成河。你不知道你有多绵，多么的柔软。"他做了一个深呼吸，"多好的夜晚！此时此刻，北京天安门灯火通明，莫斯科郊外男人正抱着俄罗斯美女在战斗，一缕阳光照亮了美国白宫的屋顶。全世界有多少人规划着未来，我们国家不用，祖国都给规划好了。工业学大庆，农业学大寨，你们上山下乡接受贫下中农的再教育，可你还早，在银城享受你的第一次，松开你的腿吧客山红，让我把爱射进你的花园！"

"别，求求您了！"她坚决不从，"把妈妈的信给我！"

"你看你，只想要你想要的，却不肯付出，天下哪有这种尿事！"张拐子像是把玩手里的一只鸟儿，只要愿意会随时撕碎她，坏笑着说："放松你的腿，说你要我！"

门嘭的一声被撞开，连锁都撞坏了，卫华冲了进来，脸黑乎乎的像一个炭人，冲得太猛门又被反弹关上。温文尔雅的卫华急了会如此有力气，文弱的人发起飚来势不可挡，拿着一根哨棍冲过来，前来救她。

张拐子反应极快，身子一歪躲过了哨棍，哨棍擦着她的头落下，差点让她脑袋开花。卫华不会打架，冲得太猛，没打着张拐子还扑到了她的身上，赤身裸体的她。卫华惊呆了，她感觉到他的身体在哆嗦，站起身挥起哨棍还是没打着，张拐子闪得太快跌倒了，这一棍子砸碎了办公桌上的暖壶和茶杯。

她坐起身，拽起被子盖住了身体，只见卫华又转过身去，挥舞着哨棍扑向躺在地上的张拐子，张拐子捡起刮刀直直地捅了上来。

卫华不动了，哨棍从手中滑落。她惊呼："卫华哥哥！"

张拐子的刀捅进了卫华的肚子，卫华慢慢倒下。张拐子拔出三棱刮刀要再捅下去，她从床上跃起飞扑了过去。原来她真的会飞，是可以飞翔的，把张拐子扑倒，对卫华喊："快跑！"

她被张拐子勒住了脖子，仿佛听到了气管的断裂声，身体变软慢慢俯了下去，那一瞬间看见了卫华的眼神，悲凉凄婉的眼神，不是穿透别人，而是刺向自己。世界就有这样一种眼神，让看到的人更伤感。卫华伸出沾满血的手，不知道是想托住她还是让她把他拽起来。呼吸被卡住，脑袋要胀裂，眼睛黑了，脑海里的她在飞速旋转，跌进一个深不见底的黑洞快速坠落，然后闪出火花，耀眼的火花闪烁着绽放。

死了一样的静，静是这样可怕。一只乌鸦发出了瘆人的叫声，从窗外徜徉而去，乌鸦的飞翔，乌鸦也飞翔。慢慢苏醒，脑海一片空白，听到了救护车远去的声音，她的全身已经散了架，慢慢想起了一双伤心的眼睛。

下体黏糊糊的，隐隐刺痛，灼热未消。不想动弹，夜风吹进屋里，门是开着的，她侧了一下头，惊讶不已。"妈？"

妈妈站在床前，如同一座雕像，一动不动。

"妈妈！"

她发出呼喊，妈妈这才醒来，手里攥着刀，那把三棱刮刀，颤抖地问："张拐子呢？"

妈妈要杀人了。

突然枪声骤起，夹杂在火车的一声长鸣里。夜行乌鸦和夜行火车，还有午夜枪声，银城的夜复活了。妈妈抱住了她，暴发地哭了："是妈妈对不起！对不起！"

"妈？信！"她想找什么，那封信，对，董爷爷给妈妈寄到文工团的信。张拐子不知去哪儿了，"您看到信了吗？董爷爷给您的信！"

"哪儿有信，穿上衣服，妈妈送你回家！"妈妈擦着眼泪，"我非杀了他！"

"杀人？杀人是要偿命的！"张拐子进了屋，大声说："客山红聪明，不到十八岁杀人不偿命，卫华好可怜，被你把肠子都捅出来了！你该屎的捅他一刀，谁让他强奸你？你不捅他他也会捅死你的！我觉得强奸不应该被枪毙，对保护受害人不利，要不女的都活不了，反正抓住会被枪毙，还不如先灭口呢！"

妈妈拿起刮刀刺了过去，张拐子一闪身搂住了妈妈的脖子，夺过刀，顶在了妈妈的胸上。妈妈也不会玩刀，像卫华一样岂会杀人。

"你冷静点，要不我捅死你，奸你的尸！"张拐子勒住了妈妈的脖子，刀划动着妈妈的嘴唇。"多漂亮的唇，如此丰满，老是这么湿润，下面也这么漂亮吧？我喜欢你的舌头，柔软又灵巧，我说童工这么爱你呢，哪天我跟童工交流一下！"

一颗子弹飞了进来，是流弹，远处枪声大作。

"还尿的真打呀？"张拐子梗了一下脖子，"这是攻占市委大楼呢！可别打到医院去！打也没尿关系，卫华肯定死尿的了！"

家是冷的，银城已走进春天，却是倒春寒，好冷，南山好阴冷。妈妈不说话，一直搂着她。"妈，我脏了，太脏，想洗个澡。"

她这不是洗澡，是给自己褪皮，身上伤痕累累，脖子上的吻痕已经变成紫色，下面还在渗血。

"不行！"妈妈越发愤怒，"告他！一定告死张卫东，枪毙了这个浑蛋！"

妈妈下定决心要告，到公安局报案。妈妈那天为了遮住张拐子的嘴必是做了最愚蠢的事，对恶人姑息养奸，到头来是惩罚自己。孔老二为什么说小人与女子难养也？这个立说不著书的人，中国最大的假人，谁知道呢，董爷爷也不知道。董爷爷从不谈孔子，说王阳明。妈妈问："王阳明是谁？您的大学同学？"董爷爷好无奈："我真爱死你了，阿娇！"她看出来了，男人对女人说我真爱死你了的时候就是不爱，董爷爷不爱妈妈又怎么可能？董爷爷伤感地扭过脸去，说："我挖了那些年古墓，没少挖出女人，遇见你我才明白女人就是用来爱的，可我们生活在了一个爱死人的时代。"

天蒙蒙亮，妈妈还没有带着她出门，洞庭雀来了，端着他的小茶壶，一屁股坐在龙椅上，说："昨晚我做了一个梦，梦见童工让火车给撞尿死了！"

浑蛋总有浑蛋的逻辑，也有浑蛋的章法。好人是斗不过浑蛋的，女人愤怒只会扯人头发，妈妈是最女人的妈妈，只会撕自己的心。

　　"阿娇你真爱干净，这龙椅怎么湿了？没擦干净吧！"洞庭雀很舒服地坐在龙椅上，端着小茶壶，"阿娇，童工要真死屎了你别着急，别哭别闹！我负责挣钱养家，你负责美貌如花！"

　　"你给我滚！"妈妈终于爆发，拉开门，指着洞庭雀说："滚！"

　　"这就是你的不对了！"洞庭雀慢悠悠地说，"说好了要成为一家人，让卫华娶客山红，小丫头就坐不住了，跑到卫东的办公室去勾搭卫华？卫华是爱你，昨晚见你走了也急屎追到学校，你俩玩就玩吧，怎么让卫东撞上动了刀子捅卫华？你捅死卫东我谢谢你，捅卫华干吗？他月底就特招参军了！"

　　"是张拐子捅的卫华哥哥！"她奋起反抗了，"不是我！"

　　"谁信？你带着你爸的三棱刮刀去学校，就是有预谋的！也真可能是他帮童工给装暗锁时拿走的，可他不会承认！"洞庭雀摇着头，"幸亏卫华没死，没捅到要害也开膛破肚伤了元气，去部队文工团还怎么吹号吹笛子？阿娇，看看你家怎么赔吧？谈屎不拢我就报案了，给我沏上茶。"

　　妈妈接过壶，给狠狠地摔在了地上。

　　妈妈带她到了公安局，事情已经不可逆转了，妈妈想息事宁人，然而已经铸下过大错，才让张拐子得寸进尺，洞庭雀再变本加厉。

　　公安局里好忙碌，警察没有在大街上看到时凶，但目光依然是审视的。董爷爷说的是，领导眼里就两种人，能用的人和不能用的人。警察眼里也是两种人，坏人和更坏的人。

　　妈妈不知道怎样报案，一个警察正走过来，很热情，问："你们姐俩报什么案？是遇到流氓了吗？"果然是警察，一眼就看出了事物的本质，眼力差了点，把妈妈和她当成了姐妹也不全怪他，妈妈刚想说，一个女警察在楼里推开窗户说："还真来了？曲若曦，让她俩过来！不是你的案子，是大雄的！"

　　叫曲若曦的警察吐了一下舌头，拍了一下脑门："我想起来了，文工团的马团长陪你来上户口的吧？这是你女儿？天，哪屎像呀，怎么了？"妈妈是脸盲，记住人很难的，又习惯被人看而不是看别人，忙说："是您啊？瞧我这记性，对不住啊，我来报案。"曲若曦问："报什么案？"妈妈有点难开口："我女儿被，被……"警察一下就明白了，有点恨铁不成钢地埋怨道："带这么漂亮的女儿来银城也不屎的小心点！"

　　跟妈妈进了楼里，"革命群众接待处"，这牌子让人生疑，容易产生误解，不是"革命群众"就不能报案了？出来一个脸被打得乌青头发乱蓬蓬的女人，屋里坐着好些人，都是受了委屈摊上事儿了的革命群众，在窗户喊话的女警察出来了，一眼认出妈妈来："是你呀？"

　　妈妈没认出来，她一下想起来了，那天买肉的女警察，大雄爱吃肥肉，用四十斤全国粮票可疑地换了四斤肉票，妈妈说："您好！"一个警察带着风过来："童小红？跟我来！"她紧张地看着妈妈，女警察说："跟大雄去做笔录！快一点！"

　　大雄，怎么会知道她的名字呢？跟着他往里走，不是往上而是往下去，讯问室在地下。黑洞洞的走廊，难闻的气味儿，还有鬼哭狼嚎的喊叫，另一个世界，魑魅魍魉的地界儿。原来报案的讯问室跟拘留的审训室没差别，都是问答。一个问，一个答。

大雄把她带到了最里面的，拉开铁门，她有点害怕，大雄推了她一下，哐当一声关上了门。

屋里一下全黑了，什么都看不见，她忽然就后悔了，妈妈何必来报案，有点吓人。咔嗒咔嗒，警察拉灯，没拉亮，原来屋里是有灯的，灯泡坏了。她好紧张，站在漆黑的屋里："叔叔？"

"别怕！"大雄摸到了她，一下摸到她的乳房上，"进去。"

她后退了一步，大雄的手一下又伸进了她的衣服里，她惊慌不已，"叔叔？"

大雄倒是没乱摸，走了三五步，必是到了一张桌子前，一勾把她搂在怀里，"别动，小心我的枪走火！"

她没敢动。

电话铃响了，大雄能摸到，"喂？"

"欧阳雄你快尿点！医院等着呢！"女警察的声音。

"知道了！"大雄挂上了电话，有点舍不得，迟疑了一下，把手从她的衣服里拿出来，啪地开了灯，"坐吧！"

突然的亮好是刺眼，她拽了一下衣服，揉着眼睛。大雄扶着她的双肩，在桌子的对面，把她按到凳子上。

大雄回到桌子那边，坐下，拉开抽屉，取出一沓纸和笔，拔下笔帽，又扣上。再拔开，又扣上。拔拔扣扣反复做着，真是奇怪，一边的眼睛总是眨，不停地眨，习惯地眨，这是一种病，神经痉挛。

大雄终于把笔帽扣在笔的另一头了，抬起手调整灯，把贼亮的灯朝向了她。她被晃得睁不开眼睛，想退一下，凳子固定在地上不能动，身子向后躲，没用，贼亮的灯还很热。

"姓名？"

"叔叔，您把灯关了吧！"

"你想关灯？"

"那您让它朝上，我受不了，叔叔。"

"先走程序，姓名，告诉我你叫什么？"

"您知道的。对了叔叔，您怎么知道我叫童小红？"

"这是公安局，不能聊天。你长得像个大姑娘，还记得那天早上，你从学校跑出来过马路警车差点撞上你吗？"

她愣了一下，原来那天从警车上伸出头回过脸骂她的就是他，大雄，这个叫欧阳雄的警察。

"叔叔，对不起。"

"没关系，我一下就对上号了，卷发，很丰满！不说了，这是公安局，我问你答，叫什么名字？"

"童小红。"

"年龄。"

"十二岁。"

"多大？"

"十二周岁，我们北京都说周岁，九月过完生日就十三周岁了。"

"噢，真不像，含苞欲放的美少女。说正题，学校，在哪个学校读书？"

"银城子弟学校。"

"你报什么案？"

"我被老师，不是老师，是工宣队张代表那什么了。"

"那什么？"

"叔叔，就是那什么了。"

"没有那什么，小红。无产阶级专政的铁拳要稳准狠，绝不冤枉一个好人，也不放过一个坏人，明白了吗？"

"明白了叔叔。"

"你告工代表什么？"

"强奸。"

"谁强奸？强奸谁？"

"叔叔？"她好惊讶，会问这样奇怪的问题。看不见他，灯好刺眼，只照着她。

"我问什么你答什么，我要你做什么你做什么，这里是公安局，报案人也必须要保密，懂了吗？还有，在这里所有的都不能往外说，听清楚了吗？"

"听清楚了叔叔，我不会说的，您放心。"

"对你爸爸妈妈也不能说！知道为什么吗？"

"不知道，您告诉我，叔叔。"

"防止罪犯逃跑！"他加大了声音，然后又语重心长，"更重要的是防止罪犯知道报案后会狗急跳墙杀了你！"

"知道了叔叔。"

"你很懂事，不愧是从北京来的，不过我还得告诉你说出去的严重性！我去年办了一起强奸案，也是在这个屋。她报案，我必须复原细节，这是规定，结果她跟她妈妈全说了，让流氓把她和她妈全屎的给杀了！"

"知道了，叔叔。"

"你对谁都不能说，不怕死都不行！我和你在这里的所有过程，你要是对外讲了就是破坏文化大革命！在这个过程中我要判断，看看是不是为了保护你先把你关起来，因为你未成年，把你妈妈也得保护性关起来，听明白了吗？"

"叔叔，我明白了！"她有点害怕，"您别关我和妈妈，把张拐子抓起来！"

"好！只要你好好配合！"他兴奋了，"你说被强奸，他怎么强奸你的？从头说。"

"叔叔？"

"这样吧，你怎么去的工代表的办公室？"

"我不知道，昨天晚上学校电石炉发生了爆炸，气浪很大我被掀了起来，头朝地栽到煤堆里了。"

"然后呢？"

"我醒来时就在他办公室了。"

"在办公室的哪儿？"

"床上，他办公室有一张单人床。"

"噢，床上。这屌地方没有单人床，不好复原现场。那我们往下进行，几点？"

"我不知道，应该是十一点多吧！"

"怎么去的不知道，时间也不确定。慢慢回忆，你放松一下，太紧张了。"

"叔叔，有水吗？我有点渴，口干。"

"好，马上。"他停顿了一下，用笔敲着桌子。"你说你晕过去了，醒来在工代表办公室的床上，然后呢？他脱了你衣服？你反抗了吗？"

"没有叔叔，我醒来时身上已经没有衣服了。"

"你的衣服呢？"

"被他给脱了啊！"

"可你说你晕过去了，怎么知道是他脱的呢？"

"还能有谁啊？叔叔？"

"这是你的说法，先放尿一下！"

听到了椅子的响声，他关上了灯，灯灭时大雄站起来的身影残留在她的瞳孔。不知道警察为什么要关灯，漆黑一片。大雄过来了，一只手按住了她的头，另一只手掐住了她的嘴，无法闭上了，一个东西捅进她的嘴里。"他是这样吗？"

太突然，毫无防备，也无法回答，她使劲摇着头。

他在抽动，电话铃响了，大雄很生气，只能放开她，探着身子抓起来电话："等尿一下！马上好！"

她使劲吐着，惊魂未定，只觉得恶心，一下明白了那个晚上妈妈为什么一次次漱口刷牙。

"他没这样？这尿驴日的不会直奔主题吧？"他把电话扔在了桌子上，说："先这样吧？"

他的手从衣领一下伸进她的衣服里，摸住了她的乳房。

"不是！"

她被这种审问弄傻了，怪不得丫丫被强奸胖奶奶不报案呢，银城警察太生猛，贼流氓！隔壁被抓的不知道是小偷还是流氓，被打得像杀猪一样号叫，她的头发都竖起来了。

"也不是？你站起来！"他大声说，坐到了凳子上，把她抱住放腿上，熟练地解开了她的皮带，把手伸进来摸，"是这样？"

"不是！"她快哭了。

"那好，我知道了！"大雄贴着她的耳朵说，"把裤子脱了！"

"叔叔！求求您！"

"这是调查取证，别闹！"

他在黑灯瞎火中脱下了她的裤子，听到他粗鲁又急促的呼吸声，要把她抱回身上，突然有人敲门，很急，咚咚响。"大雄！大雄！出屎事了！"

"曲若曦，出啥屎事了？"大雄一激灵，"不会是昨晚武斗把范书记给屎打死了吧？"

"真聪明，要不是银城第一刑警呢！"曲若曦在外面喊，"范书记失踪了！局长刚才给你打屎的电话，要刑警队紧急集合！"

范书记的失踪救了她。大雄有点耿耿于怀，恋恋不舍，意犹未尽，可他有更重要的任务，寻找突然失踪了的范书记。

"去医院做个鉴定，然后再回来！"大雄系好了裤子，开了灯。

她惊魂未定地提起裤子，太恐怖了，可别轻易进公安局，怪不得丫丫被强奸胖奶奶都不报案呢，银城公安局好恐怖，遇到欧阳雄这样的警察。

走出地下室，大雄把她交给了曲若曦跑步出了大楼，院子里停着好多都已经发动了的警车，鸣着警笛呼啸着开走了。范书记在昨晚动了枪的武斗中"失踪"了，找不到会惊动北京的。

曲若曦带着她从后门出来，同情地说："别急，银城绝不会放过那家伙，一定替你报仇！"她忘了说声谢谢，问："叔叔，干吗去做鉴定呀？"曲若曦说："你被强奸了啊？当然得有鉴定，银城人民医院妇科权威房主任亲自给你做，赶紧上车吧！"

公安局食堂门口买菜的货车也已经发动，那个女警察看见曲若曦带着她过来，先上了驾驶室的副座。妈妈站在车前，刺眼的阳光把妈妈照得好亮，她走到车前，看不出妈妈的表情有什么异样，目光非常坚定。

她和妈妈站在公安局食堂拉菜的车上，车厢里到处都是菜叶，有一瞬间的恍惚，忽然觉得自己会不会也是银城的一道菜，对公安局的安排感到可疑，问："妈，为什么要去医院？"妈妈说："应该是程序吧！你爸爸和范书记的关系公安局的局长想必也是知道的，才仔细安排，还让人陪着。看局长急得满头是汗，范书记怎么会失踪呢？昨晚我醒来发现你没在家，就知道你去学校了。妈也放心不下去找你，一路上听着枪声，市委大楼那边的天空子弹飞舞，你爸爸别也出点什么事儿！"她有点紧张："妈，不会的。"妈妈说："红，你跟警察都说了吧？他没问你卫华吧？可别让洞庭雀胡搅蛮缠的胡说八道。"

"没有，妈。"

卫华受伤了，因为她，现在还在医院里。无病哥也不知道怎么样，昨晚受伤了吗？没听到什么消息，那就是都没事儿，包括喜翠她们。她救了全班，以无病哥和喜翠的性格，在那种情况下一定不会撤离现场的。

不是她救了无病哥，是"龙椅"救了整个六连一排。她注定倒霉，没有逃过张拐子这一劫，洞庭雀反而想借机敲诈，妈妈真是黏出去了。银城跟北京一样，强奸未成年少女轻则无期，重可判死刑，以银城的彪悍张拐子死罪难逃，必被枪毙。

跟着女警察进了医院，直接到了妇科诊室，房主任果然在等。

妈妈好尴尬，有些讨好地说："房主任，让您费心了！"

她礼貌地说："阿姨好！"

房主任冷冷看了妈妈一眼，然后用厌恶的眼神看着她，站起身："跟我来！"

女警察送上了赞美，说："哟，瞧我们房主任可是越来越年轻了！你是怎么保养的？快传授秘诀！"房主任很权威地说："女人保养好子宫，一好万好，自会年轻！如果子宫里进去不同男人的精子太多，早晚要得宫颈癌！杜十娘为什么怒沉百宝箱？不是为了爱情，她是得了子宫癌，没救了才跳河的！"女警察道喜："这可是房主任对银城文化大革命的新贡献！杜十娘是谁呀？咱们银城的？"房主任说："京城的！京城名妓！"

好难听的话语，分明有所指，充满阴险，妈妈必是后悔了吧？她难过地看着妈妈，妈妈微笑着："红，跟房阿姨去吧，妈妈在这儿等着。"

跟着房主任出来，进了挂着产检牌子的诊室。诊室里已经有好多人，还好都是女的，穿着白大褂，一直在等候房主任，不，是等她。

"把裤子脱了！"房主任接过来护士递上的胶皮手套，说："坐上去！"

一张奇怪的床，前面伸出来两个放腿的支架，坐上去便可打开两条腿。她好紧张，羞涩地解开皮带，房主任戴上了口罩，说："快点脱！现在不好意思脱了？快屎点，都忙着呢！"

她脱掉裤子和内裤，坐到不知该叫椅子还是床的冰冰凉的铁器上。两条腿掰开了，一屋子的人围了过来，羞死了，她难为情

251

地闭上了眼睛，心怦怦乱跳。

"你们都是赤脚医生，"原来一屋子穿白大褂的女青年都是赤脚医生，她成为一个案例由房主任指导学习的。"你们知道妇女的贞洁多重要，尤其在农村，洞房之夜的第二天都会把贞洁布亮出来，证明新娘是处女，挂不出贞洁布不如死。"

"房主任说得对，在老龙湾就是！"一个赤脚医生说。

"我们看看这个案例！"房主任说，"你看她这里好白，没有阴毛，民间管长成这样生殖器官的人叫白虎，性欲极强。这种情况是遗传的，证明她的母亲也是性欲极强的人，这种女人如果没遇到丈夫是青龙，也就是男方也没毛的必会得不到满足。男人剑走偏锋，女人脏花乱献。她这里倒是丰满，像馒头一样凸出来，属于男人欢喜女人淫荡的典型生殖器官，干净其表，肮脏在里！"

赤脚医生们鼓起掌来。

她羞得满脸通红，什么奇葩专家，这是医检还是道德审判？

"处女膜不一定非用工具检查的，肉眼能从阴道口一两厘米处看到，若是处女中间有圆形的小孔，她没有。为什么没有呢？我们先做一个内检。"房主任用一把冰凉的钳子插了进来，又拔出去，再插进来。"她的阴道光滑，子宫有点前置，附件发炎。你们看，她的处女膜早已经破裂，属于陈旧性损伤，这就是典型的有过很长时间性生活才会这样，这就是结论，可以出诊断报告了！"

落 日

她知道掉进深渊是怎么回事儿了，就是抓不到东西无依无靠地往下坠落，而妈妈原本是要带她升腾。妈妈被激怒了，怎知道一步步越陷越深。

公安局的车走了，原本是等结果出来再回公安局的，然后看到欧阳雄坐着尖叫的警车开进学校把张拐子抓起来，看着张拐子戴着手铐走下警车，跪下表示忏悔。

妈妈一定后悔了，拿着盖有"银城人民医院革命委员会诊室专用章"的报告看了好几遍，走出医院就给撕碎了，扔向天空，纸花轻轻扬扬地落下，像飘零的雪花，带着大红印章的红色血痕。

"走！"妈妈拉住她的手坚定地说，"去教育局告他！"

教育局的人听不懂，得了痛风的局长挂着拐棍听了半天，说："这不是教育问题，我们的教育没有问题！"

第二天妈妈又带她去了银城妇联，妇联主任痛经，捂着肚子扬起惨白的脸说："她未成年不属于妇女，在学校发生的事去找教育局！"

第三天去了法院，法院正在开会，范书记被人当货物装进箱子按快件给托运到北京了，范书记飞回省城刚下飞机就打来电话，属于七八七内部问题，院长踏实了。这天跟妇联一样也是领导接待日，院长听完叙述很是愤怒，拍着桌子："到公安局报警！把尿的先抓起来带着证据来法院，毙了狗日的！"

轴心在公安局。跟抽地牛似的，接地旋转的尖是公安局，而公安局要证据和结果，结果是银城人民医院著名妇科专家出具的。离开的时候一个人来向院长请示，银城发生动枪武斗的那天晚上银城子弟学校也出了事，一个女生在工代表办公室捅了男生一刀，要起诉赔偿。院长说："那赶紧立案呀！"那人说："可当事人不让，说是被他哥捅的。"

她想起了从前，小时候董爷爷给她买过一架玩具飞机，那是她拥有的第一个有品质的玩具，却不会飞。她以为董爷爷是想让飞机把她带走，不知道去哪儿，飞起来就好，飞向远方。那时候就知道了，有一种飞机是不会飞的，只是让人看，幻想飞翔。

她和妈妈坐在银城大道的马路牙子上，累了，看着车来人往。在北京她就看着匆匆忙忙来来往往的人在想，不知道每个人都在忙什么。每一种出发都有目的地，没有目的地的出发都是要流氓。妈妈只有愤怒、恼怒和羞怒，美丽的原罪，因美丽开始，为美丽结束，她好像一下明白了马团长那首歌的含义。花儿开了，花儿落了，花开花落就是活过了。

看见了范书记的越野车，妈妈和她下意识地对视了一下。

妈妈带着她来到挂着"银城市革命委员会"牌子的大楼，持枪站岗的解放军战士不让进。妈妈说找范书记，解释了半天也不行，跑过来一个军人对执勤军人耳语了几句就让进了。

她抬起头，看见范书记在楼上的窗口招手，心里一热，范书记关上了窗户，她看到墙上弹痕累累，一定是武斗有人要冲进市委大楼留下的。

范书记会让事情峰回路转，走投无路有爸爸的生死兄弟就好办了。范书记亲自给妈妈泡了茶，看着她，说："小红长这么大了？快坐，我女儿要是活着也这么大了，像你一样好看！有这么好看的女儿不知道你爸爸闹什么，就是为了你们娘俩吧，非要调到五七连去，我不同意还就闹辞职，那怎么可以？他是七八七国家特级保密车间的啊！阿娇你别闹别告了，好好劝劝童工别胡来！那天武斗他居然下令开枪，中央首长都知道了，把我弄到北京正好向首长汇报，再不能出任何屎事了，这里是银城，'苏修'的核武器对着七八七，明白了吗？"

明白了，范书记什么都知道，这事儿不用再谈，更严重的是爸爸也知道了，做出了让范书记吃惊的要求，非同小可。"范书记，真是给您添麻烦了，对不起，一直想谢谢您呢！"妈妈站起身，说，"也不知道童工忙什么呢？也不着家！您放心，我会跟他说的，既然跟您进了七八七，就是死了都不能离开，全都怪我，您放心吧范书记。"

范书记好高兴，一下有了笑脸，说："也别怪他冲动，还差一把枪没找回来，我怕他找到那把枪后真辞职了！我俩在历史博物馆的时候认识的，有缘分，他拉把椅子要捐给国家，你好好劝劝他可别闹了！"

妈妈笑笑，扫了一眼办公桌上的三部电话机，说："范书记在历史博物馆工作过呀？真好！给您添麻烦了！您忙着，那我们走了。"妈妈分明有话没说，范书记心好细："你想打个电话？打给谁？"妈妈有点不好意思："没有，范书记。"

范书记走到办公桌前，拿起电话："阿娇，你说打哪儿？喂，接线员，稍等一下，阿娇？"妈妈脸红了一下，说："那您打中国历史博物馆吧！"范书记说："接北京，中国历史博物馆总机。"

她看着妈妈，有点激动，妈妈终于想跟董爷爷通话了，只有董爷爷能疏解妈妈的胸怀，当着范书记不管不顾了。她也想跟董爷爷通话，董爷爷会不会扛着大板斧到银城？

范书记问："阿娇，接哪个部门？找谁？"妈妈有点难为情，说："接仓库，找一下董可笃。"范书记说："好！"然后有些吃惊，"找谁？"妈妈有些不安了，可已经别无选择，好想跟董爷爷通话，"找董可笃，范书记。"

范书记啪地撂下电话，脸都白了。

妈妈急忙说："您别误会范书记，小红她爸爸知道的，董爷爷是我们家邻居。"

"你们这是闹哪出戏？董可笃？董可笃早死了！"范书记大声说，"我认识他，就死在童工往博物馆送龙椅那天，我在执勤，董可笃看到龙椅扑通一下倒地就死屄了！心脏病，你们家童工用板车给拉医院去的，他没跟你说？还是他给送到八宝山火化的！"

太阳好大，被羞红了，火烧云。今晚有雨，她和妈妈的世界早已大雨滂沱。那天温老师说初恋的人也像是董爷爷，还是温老师给穿上的衣裳，在长江泡了那么多天，可认得出来穿得进去？范书记也说董爷爷早死了，见到龙椅就死了，竟瞎说，那这些年董爷爷岂不都成了鬼魂？

她终于懂了，死原来是个谜，比生更令人费解。

回到家，妈妈彻底绝望了。她有点紧张，妈妈快被压力压得变形了，没法儿向爸爸交代。妈妈好疲惫，拿出那个带锁的笔记本，轻轻打开，坐在龙椅上看，看抄下来的董爷爷的诗，慢慢睡着了，眼角挂着泪。

她走过去，从妈妈手中拿过来笔记本，带着香气的笔记本。

　　我总在幻想

　　每个夜晚都能睡得很香

　　我的早晨

　　像太阳一样年轻

　　总是大口无拘无束地呼吸

　　对爱的女孩敢于表白

　　对恨的人瞪起眼睛

　　对信任的朋友诉说理想

　　敢于大踏步走在陌生的路上

　　总是幻想

　　其实我从未有过的十八岁

　　从一开始

　　就丢在了路上，丢在远方

　　其实，我们都是死人

　　假装活着

　　不知道早已经死了

　　以为活着

　　蓦地一下毛骨悚然，董爷爷的诗：原来我们都是死人，只是假

257

装活着，不知道早已经死了，以为活着。这样该有多好，真的多好。她掐了一下自己，疼。死了的人是不该疼的。不知道，没死过。

她的眼泪缓缓流下来。

坐在门口，思念董爷爷，为什么没有音讯？董爷爷把妈妈和她忘了吧？多希望董爷爷到银城，扛着大斧头劈了张拐子。爸爸知道了吧，天下事就怕相传，好事有口皆碑，坏事有口皆呸。好事不出门，坏事传千里，银城也没有什么不一样，银城的黄昏已来临。

死亡，剧终。无论活得多幸福，多无奈，死会不会是另一种生？当我们说死的时候在说什么？肉体还是灵魂？董爷爷知道。董爷爷挖了太多死人，老说有一天会把自己挖出来，还没找到。

咚咚脚步声，爸爸回来了，好震撼，不像董爷爷走路总是无声无息。她站起来，不知道是惊是喜。爸爸进了院子，脸上长出了胡子，从未见过爸爸长胡子的样子，加上眼罩，好威武，手里拎着一个大网兜，全是吃的，大声说："闺女，怎么坐在门口？盼爸爸回家吧？真悬，先进屋，马上带你出去！"

爸爸所有的出发都不是因为自己，总在路上，走得那样坚定又自豪，一个充满激情的人，阳光的人，自信的人。爸爸跟什么都不知道似的，不知道妈妈带着她到处告状不仅没有结果，还成了笑话。她想哭。

妈妈坐在龙椅上被吵醒了，被爸爸开门带进来的风吹醒的，睁开眼睛，迷茫地看着爸爸。

"媳妇儿，睡着了？"爸爸大声说，"我带回好吃的了，还有个半导体收音机，快听听，省的闷得慌！"

妈妈慌张站起来，笔记本掉了，爸爸捡起来，递给妈妈："快收好！别让我看啊，真悬，上面可别是记着变天账！"

"你回来了？"妈妈极度不安，"怎么成连毛胡子了？也不刮刮。"

"不知道吧？我就是连毛胡子，怕你不喜欢，所以一直刮，不让你看见！"爸爸故作开心，张扬着快乐。"真悬！老董说旧社会矫情的女人都化妆，就有新婚之夜第二天早晨把新郎给吓死的，洗完脸不认识了！还说将来好多女人都这样，流行往脸上动刀整容，那时候的女人都漂亮，长得都一样，丈夫得给老婆做个记号才行，要不都不认识！"

"你就胡说吧！"妈妈合上笔记本。"红，给爸爸打水洗脸，让爸爸把胡子刮了。"

"老董竟瞎说，都活成个假人，累不累呀？"爸爸不看她，也没看妈妈，夸张的快乐在做戏，就是演出来的，把收音机放在桌子上，打开。"听戏喽！真悬，什么戏我都喜欢最后一场，剧终的时候让人惊喜，要不就是更难过！媳妇儿你说能不能有一种戏，一开演就不带停的？那多好！"

有，董爷爷说，每个人都是一场戏，都有自己的角色，都该扮演好自己的角色，剧终的时候不留遗憾，好人都该是喜剧。可是喜剧不多，能留下来传下去的都是悲剧。不是人们愿意悲剧，喜欢悲剧，好人注定是悲剧。

《梁祝》响起来，爸爸调好台，喜欢，却说："梁山伯和祝英台竟瞎掰！他俩干吗变成蝴蝶呀？蝴蝶一辈子才七天，媳妇儿，咱俩可得变成俩乌龟！"妈妈强作笑脸："那你别带上我成吗？"爸爸摇摇头："不成！只要你不离不弃，我将生死相依！"妈妈的眼泪唰的一下流下来："那好吧，就乌龟。"爸爸开心了，说："真悬！我觉得还是老董跟你一起变成乌龟才好，我生生死死的太累了，不折腾！你弄饭，再热壶好酒，我要庆祝一下！再弄点肉来，我带闺女出去一趟！"

爸爸拉住了她的手。爸爸从未拉过她的手，手好热，天好冷，风也冷，爸爸的大手让她激动不已，像看电影，一到解放军快不行了的时候支援部队忽然吹着小号冲过来了，每当这时她总是热泪盈眶。

山下居然停着一辆嘎斯汽车，爸爸开回来的，不知道爸爸还有什么不会的。爸爸拉开车门，让她上车，这才凝重地看着她，她心里咯噔了一下。

爸爸的表情不对，脸上溢出了痛苦、内疚、不安，还有压抑着的愤怒。知道了，她给从生下来就一直光荣的爸爸丢人了，让爸爸的心碎了。

不知道爸爸要带她去哪儿，什么叫弄点肉来，不会是带着枪去抢肉店吧？车上有一把枪，爸爸造的全自动步枪。车开得好快，夕阳照亮了前面的路，开向东山，又高又深的山上映出耀眼的火红。

爸爸是要带她去七八七吗？有可能，爸爸没准儿发现了一头流氓猪，反革命的猪，到银城那天爸爸因为这个才出发晚了。她和妈妈对爸爸生活和工作的地方一无所知，爸爸现在才想要带她进入爸爸的世界？七八七能进吗？神秘的七八七爸爸带女儿也是不能看的，要看也该带上妈妈。

那就是爸爸真的爱妈妈，不忍心打死妈妈，只把她带进大山里，她会死在爸爸的枪口下。挺好。其实我们都是死人，假装活着，以为活着，死亡何尝不是另一种生呢？

汽车发出轰鸣，爸爸不说话，开得飞快，钻进山的心脏。山有心脏吗？不知道，董爷爷说山是有灵魂的，还有精灵。什么是山的灵魂，何物又是山的精灵呢？登山的人知道。有的人登山是为了征服，站到山顶去弄懂高处不胜寒。有的人登山是享受过程，品味风景，那掠过或永远留在记忆里的画面。

从来没有这样放心大胆又酣畅淋漓地闻过汽油味，没有爸爸身上的气息好闻。她闻到了爸爸的气息，爸爸的气息里有愤怒，有伤感，还有压抑，爸爸的气息是黑色的。气息有颜色吗？当然有，她能看见，爸爸一直是红色的，妈妈是鹅黄，而她是粉色的。现在的颜色都不对了，乱了气息，也就乱了颜色。第一次单独跟爸爸在一起，爸爸却不说话。

天渐渐黑了下来，山里黑得早，晚风袭来，可她不觉得冷，跟爸爸在一起暖融融。过了一道又一道的山，爸爸把车停在了一个险峻的路中间，没有靠边，没有熄火，亮着大灯。汽车的大灯好亮，照着前面。不知道爸爸要做什么，从未上过这样陡峭的山，阴冷，恐怖。山是恐怖的，人对陌生才恐怖。爸爸下了车，走到这边来拉开车门，伸出手："闺女，来，下车！"

爸爸又一次拉住了她的手，温暖的幸福。

爸爸转过身去，她从后面一下抱住了爸爸。第一次，苦涩的委屈，鼻子一酸，眼泪哗哗地流下来。爸爸没准备，束手无策，转回身慌乱地擦她的眼泪，可擦不过来，擦了这边擦那边，爸爸的手开始抖。她泪流满面地说："爸爸，对不起！"她颤抖地说。"闺女，是爸爸对不起！"爸爸不会哄女儿，也不会哄自己，嘴一咧，猛地扭过脸去，"闺女，是爸爸对不起！"

"爸爸！"

她撕心裂肺地叫道，在山谷里回荡。

爸爸背着枪，拿了好多弹匣，拉着她的手，爬上山坡。想起董爷爷的话，男人不能伤害尊严，女人不能触碰虚荣。因为她，爸爸的尊严没有了，妈妈的虚荣也全无。董爷爷的话不全对，女人的尊严同样是不能伤害的，世界上凡是发生让人匪夷所思的女人之举的事儿，一定是被伤害过的女人所谓的震撼。她想夺下爸爸的枪，不用爸爸动手，像电影那样把枪伸进嘴里开枪打死自己，可分明够不到扳机。爸爸找回了七八七丢的枪，如果在妈妈手里，张拐子的脑袋已经开花。每天晚上张拐子都要在河那边朝着黄河撒泡尿再回屋睡觉，缺德张拐子，一个爱摆弄生殖器的人。

"爸爸，"她显得很平静，轻声问，"会很疼吗？"

"不疼！"爸爸叭的一声压上了子弹，"对着头一下就撂倒了，来不及疼的！"

"那就好。"她拽了拽衣服，说，"董爷爷第一次带我去打针，我快把董爷爷的手指撅折了，针扎进去的时候才知道，没有想象的疼。"

"噢。"爸爸噢了一声，好像没有勇气看她，"以后爸爸永远陪着你，不会再让任何人靠近你，更别说欺负我闺女了！"

爸爸的声调有点变，颤抖："对不起，小红！"

"爸爸？"她看着爸爸，"您能抱抱我吗？"

爸爸怔了一下，把枪蹾在地上，张开了另一只手。

她依偎在爸爸的怀里，拥抱住爸爸，感觉到了爸爸的心跳，咚咚咚，像上山时汽车发动机的震颤。"您别离我太远，对准我的心脏，别打偏。"

"你说什么？"

她松开了爸爸，抬起手，抚摸了一下爸爸的眼罩，然后抚摸了爸爸的脸："爸爸，我对不起您，真的给您丢人了，也让妈妈无地自容了。"

爸爸这才反应过来，惊愕地看着她。枪倒了，叭的一声走了火，一颗子弹穿进山谷，画出一道火线。真好看，爸爸带的是曳光弹，子弹划出一道光。

爸爸突然紧紧搂住她，失声痛哭："你说什么呢！"

她误解了爸爸，让爸爸的心碎了。

第一次懂得，天下最让人心碎的是父亲的哭泣。"爸爸！"

她抑制不住的眼泪缓缓流了下来。爸爸苦涩的泪好磅礴，不知压抑多久了的倾泻，用难言的自责安慰着她的委屈。想不到，第一次跟爸爸出来，竟是和爸爸在没有人的地方哭泣，深深埋进了她的记忆。

陌生的父爱燃起焰火，照亮山谷。

她捡起枪，递给爸爸，爸爸擦掉眼泪，举起枪向山谷里一阵疯狂扫射，山谷回荡着枪声，带着光的子弹像散开的花。

爸爸拉住她的手，又上了一道坡，在更高一点的地方坐下。她靠着爸爸的肩，从未有过的踏实，还有一种异样的温暖自心底升腾。父亲，一个温暖而充满力量的词，她第一次品味出来，抑制不住地激动，看着公路。

汽车大灯的两束白光很亮，山谷被照亮了。传来几声不知道是什么鸟的叫声在山谷里回荡。远处，一道山梁上站着一只狼，仰天发出哀号的叫声，她抓紧了爸爸的衣服。爸爸举起枪，打开保险，瞄准，却始终没有开枪，爸爸与狼遥远地对视。

爸爸是来打猎的，打狼。如果是到山谷打狼，为什么不开枪呢？狼的那声听着像哀号的呼叫，也许在召唤狼群。人与狼不在一个频道上，听不到彼此，无法沟通，才都认为对方是多余的吧。可狼就是狼，从未改变，而太多的人已经不是人。

张拐子活不过今晚了，她不是有一种预感，而是明确的判断，这一刻，爸爸什么都没有说，抓起她的手放进衣服里，温暖她的冰凉，已经完成交流。原来交流不一定说话，不用语言，也不需要文字，一个眼神足够了，她和爸爸完成了交流，心照不宣，也是第一次，心里一股热流涌过。

爸爸一定会毙了张拐子，就在今晚，用的是曳光弹，让张拐子闪亮去死。

她以为会是感动，竟打了一个冷战，搂紧了爸爸。好多黄羊出现了，一只、两只、三只，出现了一群黄羊聚集在车灯前。

黄羊不怕光，寻找光，被光吸引，一动不动地看着。银城的黄羊有多傻，不知道是被猎杀，用光吸引的猎杀，屠羊。

爸爸一枪一枪点射，每颗带着光的子弹都擦头而过，傻乎乎的黄羊并不逃避，晃了一下头，看着闪过的光。爸爸改变了想法，故意不打到，打黄羊头的左边、右边，一点一点地泄掉怒火，还是在调动着更集中呢？

爸爸的脸上溢出汗水。爸爸会冷静下来吗？张拐子该死，可杀人是国家的事儿，全世界都一样。董爷爷说西方好多帝国主义国家没有死刑，对一个罪大恶极的杀人犯可以判一百年徒刑也不说枪毙了他，帝国主义这是闹什么呢？他们没有五千年文明史，进化得太慢，吃半生不熟的肉管理国家。

她不知道该放松还是把心提得更紧。爸爸开始打了，枪法太准了，不是打死黄羊，而是打到黄羊的腿，让一只一只的黄羊在山谷骤亮的光前跪下。

爸爸拔出弹匣，检查着，留下了两颗子弹。

妈妈做了一桌子的菜，炒土豆丝，加了红辣椒。炒萝卜丝，喷了醋。拌菠菜，滴了香油。茄子丝是可当菜吃又可拌面条，妈妈没有做成茄丁，茄丁面是爸爸喜欢的一种，爸爸带回家来猪头肉，还有猪耳朵，刚好六个菜。

看见她和爸爸进屋，妈妈开始擀面条。"红，给爸爸倒水洗手，马上好。"妈妈笑了笑，苦涩，隐藏着尴尬，没有看爸爸，说："你带红去哪儿啦？怎么还带把枪回家了？"

"啊，我想起哥伦布了，真悬！"爸爸把枪放到龙椅上，走到窗户前，拉开窗帘，推开窗户，看了一眼洞庭雀家，转回身，笑着说："一帮牛人坐一起要把鸡蛋立起来，都不成，只有哥伦布叭地把鸡蛋一下立住了，说这叫不破不立。我觉得哥伦布是说人别乱动脑子瞎掰，复杂的事情简单做！"

妈妈怔了一下，看着爸爸。

"阿娇，我很强大的！"爸爸脱下外衣，搭在衣架上，挽起袖子走到脸盆架前洗手，"媳妇儿你不知道吧？我也能像老董一样哲学的！"

"是，我知道，你是祖国一块砖，说往哪儿搬往哪儿搬。"妈妈努力调整着心情，郑重地看着爸爸，大声说，"可是不能自己搬，对吧？"

"真悬，你带我闺女找老范干吗？"爸爸回避开妈妈的目光，

"老范就是个政治人，又总是矛盾，什么都不敢！不像我，咱自己的事儿自己解决，不麻烦组织！"

"是啊，"妈妈应和着，一看就是在找寻着舒缓爸爸的方法，"你很强大的，不知道你还在青春期呢，荷尔蒙还那么旺盛！"

"哈哈，真悬！"爸爸骄傲地拍了拍胸脯，说，"我青春期的强大不是打了多少架，而是避免了打多少架！"

"真好，"妈妈表示肯定，赞许地说，"这话很经典，成！"

"哈哈！那让我也总结一下你？"爸爸很开心，看着妈妈，笑笑说，"你的魅力不是被多少人爱，而是拒绝了多少人的爱！"

"你干吗呀！"妈妈被爸爸的话弄哭了。

爸爸的话有点意思，还挺深，对爸爸倒是要刮目相看了。显然爸爸什么都知道了，也许比想象的还多，比实际发生的还丰富，董爷爷说东四排楼有人丢了一只鸡，传到西四排楼就成丢了一头牛了。

"爸爸，那我呢？"她问。

"闺女要当公主养，长大像女王！"爸爸说，忽然停住，目光深邃地看着她，"不对，真悬！都不用，像我闺女就最好了！我闺女是客山红啊，活出幸福，翱翔天空，像自由自在的鸟儿！"

爸爸不对劲儿，妈妈当然看出来了，一家人都外松内紧，气氛快要凝固了。她看了一眼龙椅上的枪，妈妈也在看，然后妈妈跟她对视了一下。

她和妈妈都知道了，爸爸把枪拿回家来真的是要毙了张拐子，就在今晚，为她申冤。

妈妈把切好的面条放到算子上，有点失神，一定在想对策，怎样阻止爸爸。杀人是国家的事儿，地球上自从有了"国家"，世界就可以到处以"法律"的名义杀人了。

爸爸坐在龙椅上擦枪，洗完手再擦枪，不是爸爸的心绪也乱了，就是爸爸有多爱七八七研发的枪。爸爸拿起枪走向窗户，举起来向外瞄着，她回过头看了一眼龙椅，龙椅哭了。

必须阻止爸爸！说什么也不能让爸爸代政府行事儿，闯下大祸！

"复杂的事简单做，简单的事认真做，认真的事努力做，努力的事玩命做，玩命的事不要做。"爸爸放下枪，立在窗户边，今晚每句话都带有教导性，这对爸爸来说是罕见的，莫非董爷爷真的死了，阴魂附了爸爸的体？"想做就做，不做就不做，这时候你会发现简单最好，你一复杂，复杂的事就会缠住你！"

爸爸有着董爷爷一样经典的语言，只是不露，不在家里跟妈妈和她表露，怪不得范书记喜欢爸爸，把爸爸从首钢革新组调到银城，带在身边，接了七八七的主任。怎么可能让爸爸执拗的一句话就想出了山调到五七连来守护她和妈妈，还以辞职威胁组织，太任性了，七八七可是国防机密企业啊！

她极度紧张地看了一眼妈妈，妈妈的脸色惨白，以这情景是无法阻止爸爸的，爸爸不是在燃烧，而是要爆炸。

"真悬，像老董那样说话真屄的够累的！"爸爸长长舒了口气，"老董说人生像绘画，也是重复的！最开始画鱼是复杂的，画得跟真鱼一样。后来变成简单的，画形，一笔就勾出来了！再后来又画细，一笔一笔地写实画真鱼，再后来又回到从前一笔勾出为上品，写意。哈哈，真悬，有的人活着是写实，有的人活着是写意！前者是商人，后者是文人！"

"老董不是商人，也不是文人。"妈妈很平淡地说，"她董爷爷过去是考古的，现在看历史博物馆的那些国家宝贝，说每个阶段根据政治的需要拿出来展览。"

"老董要悬，跟你说这些个，真悬！你以后可得好好劝劝他，人这一辈子做什么都不容易，干什么就该爱什么，别老什么都懂似的执拗！"爸爸认真地说，笑了笑，"人都难免把控不住自己的，才是人，老范也一样！他当志愿军抗美援朝，真悬，差点成了一个思想者，说抗美援朝就够了，干吗要提保家卫国呢？让朝鲜兄弟会抓住话把的，被现在已经是首长的团长差点枪毙，给关了禁闭！真悬，打过三八线的时候让他戴罪立功，他们班在一个山洞把南朝鲜的敌军全歼，老范还是小范的时候冲进山洞，南朝鲜的一个女兵活着，他举起枪，那个女兵在山洞里很淡定，慢慢地把军服脱了，一直脱光，赤身裸体地看着他。他看傻了，一步一步退出山洞，没有开枪，也没有俘虏她，出来了什么都没说，告诉排长清扫完毕，刚撤离就听到山洞里传来枪声。小范被送到团部，团长没关他禁闭，当了团长的警卫员，老范，也真悬！"

董爷爷说过，当人总回忆或喜欢莫名其妙总结的时候就是老了，无缘无故讲述过去或自我欣喜描绘未来的时候就是快疯了。爸爸今晚一定会做出疯狂的事，她看出来了，妈妈正在设法阻止，要想出对策和办法。

无病哥突然来了。

无病哥拎着两瓶酒，二锅头，走进来，木呆呆地站在屋里。"臭小子！你爸给我送酒来了？"爸爸好开心，"放桌上！别走，你陪叔叔喝！你先喝，万一有毒先毒死你尿的，哈哈，真悬！"

她看着无病哥，有些激动，上前接过酒："我爸说着玩呢！无病哥吃饭了吗？快坐。"

"小范的胳膊还没好？还特别疼吧？快坐！"妈妈过来了，说："红，你跟爸爸去煮面条，你哥开酒，我拿壶热一下酒。"

"我吃过饭了阿姨，都几点了你家还没吃饭？"无病哥说，"我爸让司机送酒来，明天礼拜天，我爸要是不陪北京来的首长吃饭就来你家喝酒，如果来不了，让我告诉叔叔后天一早去他的办公室。"

"成！"爸爸端起算子，"先吃口再喝，真饿了！闺女，来，爸爸教你煮面条，你妈煮的面条一绝，火大了会粘，银城的面不行火也不行！"

"好的！"她脸上流出汗来，意味深长地看了无病哥一眼，又看了一眼那把枪，希望无病哥能懂。无病哥明白了吗？没看见妈妈脸上也出汗了吗？要把枪拿走，出门就跑，爸爸追不上的，或者把子弹卸下来，无病哥一定能做到，有妈妈。

她跟爸爸出了屋，爸爸端着算子，到了厨房，锅已经快开了，她又捅了一下炉子。"闺女，说到底，人生就是由无数个意外组成的。今晚不出意外也是一个雷雨交加的夜晚，你看云都上来了。"爸爸看了一下天，又看看她，"爸爸对不起你，毁我女儿的仇不报

269

枉为父亲！我把你和你妈都托付给董爷爷了，给你董爷爷发了电报，带你妈和你回北京！"

"爸爸？"

"有董爷爷真好，爸爸放心了，守着你妈妈，还有你！"爸爸眼睛湿润了，"张拐子今儿晚上必须死，掉进黄河根本找不到，喂鱼！他就是不出来撒尿，我隔着窗户也能干掉他！"

这就是爸爸的计划，不计后果了。好难过，一定阻止爸爸，救爸爸！妈妈了解爸爸，会有办法的。无病哥半夜来送酒，也看到了枪，出门前递给他的眼神儿，无病哥必是能明白。

正这么想着，无病哥咚咚咚地跑出去了。"这臭小子！"爸爸笑笑，煮好面条，她端一碗，爸爸端着两碗回到屋里。她看了一眼窗前，枪还在，迅速看了一眼妈妈，妈妈微笑着从爸爸手中接过碗，轻松了许多。

放心了，无病哥已经取出了子弹。"臭小子怎么跑了！"爸爸坐下，"饿了，先吃碗面再喝酒！"妈妈拿起酒壶，如释重负，轻轻叹口气，说："红，把酒再给你爸斟上。"

她接过酒壶，碰到了妈妈的手，妈妈的手有点凉。是啊，太紧张了，从一开始爸爸就主宰着局面，爸爸骨子里很强大的，决定了什么妈妈是无法抗拒的，阻止不了爸爸要杀人。无病哥又帮了她，不，这回是帮了爸爸，帮了她全家，对无病哥真的心存感激。

对岸传来嘶号的声音，同时响起了雷声。一串炸雷劈天盖地响起，爸爸刚端起碗急忙放下，机会来了，雷声会掩盖住枪声。爸爸匆匆走到窗前，向外看了一眼，迅速拿起枪，哗啦一下推上膛，打开保险，瞄向外面。

她快步走到门口，只见张拐子出来了，不是撒尿，一瘸一拐控制不住往前跑，一道闪电划破夜空，原来是卫华推着他，向前冲来。

她惊慌不已，不用爸爸毙了张拐子，卫华要把张拐子推进黄河！又是一道闪电，照亮了满脸是血的卫华，不知道张拐子对卫华干了什么，两人一定在家里打起来了！

她转向爸爸，爸爸没有向张拐子开枪，感觉到了什么不对，突然把枪口向上，扣动扳机，咔的一声，枪没响。枪里面没有子弹，子弹被无病哥取下拿走了，只见爸爸又拉了一下枪栓，瞄向上面，突然扑通一下，向后栽倒了。

"爸爸！"

她声嘶力竭地一声呼喊，不知道爸爸怎么了，酒壶掉在地上碎了。一瞬间扫了一眼门外，卫华正把张拐子推向河边，张拐子扭身抓住了卫华的衣服，把卫华一起往下拽，摔了下去，栽进黄河。

"你怎么了？"妈妈哭喊着扑向爸爸，"快起来！"

爸爸起不来了，想站起，又倒下，胸口冒着血，把衣服染红，湿淋淋的红。她生下来的时候身上盖了一面红旗，爸爸是带着自己染红的衣服走的。妈妈跪下，把爸爸搂在怀里，爸爸好软，慢慢睁开眼睛，笑了笑："真悬，阿娇。"

是谁开枪向爸爸射击？如果无病哥不偷走子弹爸爸不是打死张拐子而是向坡上先开枪！爸爸一瞬间发现了不对，有人瞄向爸爸，爸爸已经先开枪了，没有做到，爸爸没哭。

滂沱的大雨飘了进来，妈妈的衣服湿了，贴在了身上，满脸是泪，嘴抽搐着，说不出话来，身体一直在抖，抖个不停。"别哭，阿娇，对不起你，对不起你们娘俩！"爸爸看着她："闺女，过来，真悬，让爸爸抱抱你！"

"爸爸！"她扑通一下跪下，"对不起！对不起您爸爸！"

"闺女，红，小红，客山红，"爸爸伸出手，抚摸着她的脸，"有一件事你妈妈从来不知道，我忘了告诉你妈妈。来，阿娇。"

妈妈紧紧搂住爸爸，已经不会哭了。

"记住我的话，水到绝境是飞瀑，留给你。世界就是这样，都支持你的时候说明你病了，都反对你的时候证明你疯了。"爸爸的嘴吐出血来，一口一口止不住，微弱地说："对不起你，阿娇，我早该让你和董爷爷在一起。还有，你告诉他一个秘密，其实这把龙椅不问真假，只识对错。"

爸爸的手落了下来。妈妈把爸爸紧紧搂在怀里，不是哭，而是吐出一口血来。好一刻才明白，爸爸这就是走了，而且永不归来。她也抱住了爸爸，求助地看着妈妈，不知所措，眼泪在飞。"妈？妈妈！"

妈妈不知哪儿来的那么大力气，把爸爸抱到了龙椅上，大声说："你错了吗？你错了吗？"她收住哭声，惊恐地看着妈妈。龙椅没哭，妈妈使劲拍打着龙椅："你哭啊！你哭啊！"

她忽然爆发出惨烈的哭号。

倒 立

　　总想起烈烈的风吹起妈妈的衣角，妈妈带她看天安门的灯，那情景像一再重复播放的画面映入她的脑海。她记得问过老师，"脑海"是名词还是形容词呢？语文老师扶了一下粘着胶布的眼镜看了她一眼，没有回答。北京班长恨铁不成钢地说："笨死你，是动词呀！你见过不动的海吗？"

　　她没告诉班长，世界上还真有一个海叫"死海"，看是海，却是死的。董爷爷说的，她没见过，别说死海，活海也没有见过，从未见过大海，如果不是到银城来还没见过火车呢，更别说坐了。坐火车给她留下深刻的羞辱记忆，碰破了瓶子的臭豆腐，因为"学生票"不依不饶的列车员，那情景真的像一根刺扎进了她的童年，不仅让妈妈那样的无地自容，她也羞愧难当。

　　有一天可以带妈妈回北京的时候，千万不能这样。

　　回不去了，也动不了。脚镣很沉，每动一下都会发出声响，过去以为英雄行走才会有声响，如果没有别人也会给描绘出声响，没想到三尺牢房一动就有声响，只有自己能听见。原来声响不是给别人听的，只给自己，好让人悔不当初。

　　她动不了，脚镣被固定在地上，戴上手铐脚镣让她知道她是一个重刑犯，死罪难逃。站不起来，也不能坐下，被装进一个阴沉沉的盒子里，像练杂耍的姿势，关在这样的地方不死必会练出奇功。

没有审问，不需要审问了，因为抓的是现行。她熟悉审问，害怕审问，六年前就记住了公安局的味道，还有叫大雄的恐怖警察。想好了，无论谁审她都会承认是自己脱光的衣服，一件一件脱的，每脱一件都想起了很多，直到泪流满面洗完澡，刚想穿已经穿不上了。大雄一脚踢开银城宾馆卫生间的门，用冰冷的手枪对准了她，紧眨着眼呵斥道："穿上衣服！"

上一次，大雄是让她脱下裤子。

静得可怕，她以为监狱里会充满号叫，原来是死一样的沉寂，静到能听见自己的呼吸。听觉更敏感了，几天来她总是数着自己的呼吸。呼吸，一呼一吸就是吐故纳新，吐出浊气，吸进新鲜空气，生命就运转了。她是银城的浊气，银城必须把她吐了，枪毙，火化，化成一股白烟飘向很远，散了。

被装进盒子里，没有窗户，脚镣跟地面锁住，外面还有一道铁门。里面的门是栅栏，一根根竖着的铁条，擦得锃亮，反射吊在外面屋顶阴冷的光。光是冷的，有一种光那样寒，寒冷。她被戴上手铐脚镣锁在地上的时候，哐当一声关上了门，发出巨大声响，她听到了冰冷的声音。

声音原来是有温度的。赞歌是热的，滚烫，让人热血沸腾。悲歌是冷的，马团长住在了南山，一到夜晚就站在山顶唱歌，真的疯了，每天晚上唱花开花落，歌声碎了，碎了一地。马三娃春夏秋冬都穿着一件军大衣，露出了棉花，头上插着草，稻草人。

妈妈因惊恐过度而魂飞魄散，那晚以后总忘了是在银城，老以为在北京的四合院呢，把站在山顶上唱歌的马三娃当成了阁楼上的董爷爷，总是问："红，谁把董爷爷给挖出来的？他干吗站那么高？"她默默地说："妈，董爷爷把自己挖出来的，守候您。"妈妈就会泪流满面，擦着爸爸的骨灰盒，轻声说："红，给你爸换间大房子，你爸嫌小，总跟我闹，你爸要住七八七那么大的宿舍。"

她闭上眼，不让眼泪流下。闭眼总能看见妈妈在阳光下的身影，冬天的阳光能射进屋里，妈妈是粉色的，那么美。人原来是有色彩的，红的人，绿的人，灰的人，妈妈是粉黛佳人。

夏天的太阳照不进屋里来，直射大地，走在路上会踩着自己的影子，一个小圆影，你动它就动，你停它就停，原来人都是踩着自己往前走的。冬天的时候，太阳会把人的影子拖得很长，让人追着或拖着自己的影子行走。只有到了寒冰的冬季才知道，人都是拖着自己行走的，只要有光就能看见自己，没有光就没有影，看不见影子也不能说自己就不存在。原来存不存在只有自己知道。

牢房里有死亡的味道，她闻到了死亡。死亡是苦的，像苦瓜，苦杏仁，苦到极致也芬芳。她闻到了芬芳，生命中最后的味道，像牵牛花一样，喜欢开在角落，一夜芬芳。她抱紧了自己，触摸到身体，触觉让她发现了自己真的好柔软。董爷爷说不柔软的女人是可怕的女人，也可悲，天下的"铁娘子"只有自己知道有多苦，若不是无奈，谁愿意做"铁娘子"啊。

人到绝境反而会静下来，想起很多，上年纪的人重视健康，年轻人讨论理想。有梦的人幻想奋斗，无梦的人只求活着。智者说难得糊涂，愚者说活着就好。而她只想回家，带妈妈看跟爸爸相遇的地方，而她想看看她出生的华表下。

人不可能都实现理想的，若都能实现世界绝不会是今天这个样子。董爷爷说过，人今天什么样，昨天已注定。明天什么样，今天正前往。她前往梦想，没想到掉进了死亡。洞庭雀一下失去卫华和浑蛋卫东居然没有疯，也不闹，把她家当成了自己家，老说要搭个桥到她家来更方便了，不必绕仓桥。

洞庭雀做不到，放下了奢望，妈妈的工资他拿着，粮本、购货本什么的他也收着，在单位是团长，回南山像主人，还说都是应该的。有一天洞庭雀突然说："客山红，你卫华哥哥没死，知道吗？"

她吓了一跳，激动得说不出话来。洞庭雀紧盯着妈妈，看妈妈有什么变化，妈妈没有变化，抱着爸爸的骨灰盒泪流满面地说："我没有！我没有！"

洞庭雀皱着眉头，问："你妈老说没有，没有什么？"

"没有生下我吧！"她说。

洞庭雀很生气，面对失常了的妈妈和她显得束手无措。"我回去了！"洞庭雀挥了一下手给自己下命令，心疼地瞪着像打碎了的瓷瓶收拾不起来了的妈妈，对她大声说："把门锁好！闹红毛子呢，别让红毛子进来把你们娘俩全屎的给操了！"

那年冬天银城闹起了红毛子，她不知道什么是"红毛子"，但见到了"黑毛子"，大雄胳膊、胸前、腿上全是毛。董爷爷说浑身长毛的人就是还没有完成进化，没有完全进化的人才有恼人的执着，非要调查爸爸是怎么死的，被妈妈泼了一身洗脚水，大雄嗷嗷叫着脱下衣服裤子拧干，被进屋来的赵小辉撞上了，从此大雄总喜欢嗷嗷叫的解释："我没有！我没有！"

妈妈也爱说"我没有！我没有！"赵小辉严肃地笑了，这表情没有些功力是做不出来的，转身走了。大雄追出去喊："我没有！我没有！"赵小辉转过身问："没有什么？"大雄蒙了，赵小辉冷笑了一下，说："你跟她倒是般配，银城傻子和北京疯子，山上还有一个稻草人，每天重复唱他的花开花落，真是疯了！"

从此，大雄把爸爸是怎么死的案子放下了，何况范书记认同爸爸是自杀。爸爸的死是个谜，妈妈想到了什么才急火攻心一下神志不清了，她明白。因为明白才不明白，而且害怕，怕妈妈有一天意外死了，这个世界只留下她。她是妈妈的天使啊，能回北京的那一天，一定要带妈妈回北京。

"红毛子"把南山闹得人心惶惶，每家都出一个人带着家伙巡逻。她不用，赵小辉到银城才几天文文的爸爸就死了，女人恨起女人来会变本加厉，同病相怜起来也会让人瞠目结舌。有赵小辉的关怀没人敢造次，凡是有人进她家赵小辉不来胖奶奶也会立马赶到，只有洞庭雀可以进进出出。

不知道什么是"红毛子"，后来才知道"红毛子"是说俄国人，大清抵不住沙俄，沙俄侵占东北后好多俄国人跑到东北定居，爱喝酒，说急眼就急眼，手比脑子快，愣没打过日本人。董爷爷说大清整个儿一完蛋操，日本出兵死了好些人才把侵占东北的俄国佬打跑了，他们却不走了，成立了"满洲国"，让溥仪做了傀儡"皇帝"。难道"红毛子"跑到银城来了？不可能吧，原来是银城自己闹土匪被叫成了"红毛子"，赵小辉每天组织人巡逻，保卫向阳村。还好，到了第二年春天都没出事。

夏天到了，银城战斗文工团始终没能跳出北京风采的忠字舞，洞庭雀要狠抓样板戏，唱好《红灯记》。没事以后南山人开始自己找事儿了，都说"红毛子"是幻儿的母亲给招来的，里面有一个老相好。赵小辉开始调查，幻儿的母亲自杀了。那天是七月一日，幻儿为了表明态度，在院子里往盖着母亲的席子上踢了一脚，这一脚就是划清界限了。洞庭雀很赞赏，晚上演《红灯记》都说是幻儿唱得最好的一次。李奶奶和李玉和在刑场被日本鬼子杀害后，李铁梅回到家，一句"爹，奶奶"真切的道白未开口已是泪流满面，全场观众泪如泉涌。演出结束后洞庭雀陪着范书记上台祝贺演出成功，幻儿哭了，洞庭雀也哭了，范书记也是热泪盈眶，全场都唏嘘，她也止不住地哭。

妈妈没哭，默默地拍着手。

晚上，幻儿不敢回家，怕母亲的鬼魂找，母亲就是理解她原谅她，那几个姐姐和哥也不会放过她。洞庭雀安排幻儿住到了她家，睡了她的床。

她和妈妈睡在里面，妈妈晚上总是问："红，幻儿是在等董爷爷吗？"她帮妈妈盖好被子，说："妈，睡吧！幻儿姐姐在等张团长。"

幻儿哭了。

她误解了洞庭雀，也误解了幻儿，人家都不是那种人，洞庭雀并没有乘人之危。

幻儿演到八一建军节，每天晚上都住在她家，二号三号两天没有来，四号来了，说是要参军，被部队文工团招走了。

最后一夜，她听到了卫华的消息。幻儿说："张卫东死的时候把他弟也害了，连卫华一起给拽到了河里。卫华命大没死，张团

278

长早已经安排好了卫华参军，进了部队文工团。我也去文工团，张团长说你跟卫华挺好的，你有话带给他吗？"

原来卫华参军了，连家都没回，说成了是张拐子把他拽下去的。这话倒也是真，卫华还真就是被张拐子拽下去的，卫华没说是他把张拐子推下去淹死的，洞庭雀必是知道真相。卫华没死就好，都是因为自己，她哭了，热泪滚滚。

"跟你说个小秘密，防着一点文文，不管怎么说张卫东也是因为你死的！"幻儿点了一支烟，没人知道幻儿会抽烟。"你知道张团长为什么老揍张卫东吗？文文和她妈来银城的时候把户口本和粮食关系都寄丢了，卫东从家里偷粮偷吃的送给赵小辉家，文文和她妈才没屁的饿死！他参加工作后还从七八七偷过东西当废铁卖，接济文文和她妈，赵小辉知道，你爸爸也知道！你爸知道他在帮人就没深究，怕出大事才让他离开七八七到学校当工代表的，没想到竟会害了你，打死他真是活该！他特流氓，也特英俊，愣是被张团长给打折腿折磨成现在这样，因为他老猥亵文文！张团长知道，赵小辉也知道，都不说罢了，怕犯流氓罪给枪毙了！你来了，他不猥亵文文跟你耍上了，男人都这尿样，总想换新鲜的，真该死！"

该死的人总有真的就死了，幻儿说的"秘密"让她一下明白了好多。董爷爷说得对，人其实都是矛盾体，坏蛋心里也有一片绿洲，隐在最深处，也最柔软，比如油葫芦。后来人们都知道油葫芦是想为他奶奶买到黄羊肉才那样，必是奶奶过去不缺肉吃，可动机无助于改变结果，结果油葫芦被枪毙了。

肉会出事儿的。又一年春节的时候，洞庭雀家的猪肉被偷了。

那可是攒了一年肉票过年才买的，结果被人给偷了。卫华的妈妈年三十发现的，从除夕一直骂到正月十五，每天站在门口从早上骂到晚上，天天骂，骂得好难听，半个南山都能听见。向阳村的人都同情，可也不带这样骂的，都没有过好年，又对着她家，妈妈清醒的时候盖着被子捂耳朵，在自己的世界的时候在院子里就着骂声跳忠字舞。洞庭雀两边都制止不了，还好，后来不骂了，阿姨跳河死了。

洞庭雀一下老了许多，坐在她家龙椅上吧嗒吧嗒抽烟袋，看着她说："都怪你！把你妈妈弄屄成这样，你爸也死屄了，把我老大也害死了，你就是一颗丧门星！你妈也是！你说你们不在北京好好待着来银城干屄的？到屄哪毁屄哪，去趟甘家旺让江校长家房子塌了，把半家子人都给捂屄死了！"

妈妈突然哇的一声哭了，把洞庭雀吓一跳从龙椅上掉了下来，她也惊慌，龙椅居然没哭。

那她就是"丧门星"吧，凶煞，让人倒霉的人。初中毕业她不想上高中，洞庭雀不同意，说："十四岁能干个屄？念高中！高中毕业你是独生女不用下乡，我给你妈办病退，你接班到文工团！"她说："我才不去文工团呢！"洞庭雀说："那你想干吗？想屄的上天？还真以为你是鸟啊？喜翠想接班我不要，我得管屄你！有缘，不嫌弃你，反正是我们家的人给你开苞破的红，卫华那臭小子来信说爱你！信不可能到你手里让你看到，我让江校长全扣了，我不怕你这个丧门星，我是扫帚星专克你！你可得懂得感恩啊，现在我就是你爸爸，替我家卫华看好你！还有，你可别让文文钻了空子把我家卫华拿下！上海人贼屄精，都知道自己要什么！"

她什么都不要，妈妈看到天安门的灯兴许能唤醒，去安定医院为妈妈看病，董爷爷说北京是精神病集中的地方，所以治疗精神病的好医院也在北京。现在还没有能力带妈妈回北京，可以带妈妈看电影。《卖花姑娘》上映了，轰动了银城，银城人都想在电影院看《卖花姑娘》好好哭一场，没有人看一遍，最少都是两遍。而她整整看了十遍，喜欢电影一开始朝鲜算命伯伯说的"世界上出了贵人了，你母亲会好起来的，别太伤心了"的那句话，在"卖花来哟，卖花来哟"的歌声中把自己哭晕。

卖花来哟，卖花来哟
花儿好，红又香
色泽鲜艳吐芬芳
卖了钱买药来救亲娘

第十遍文文来到电影院，坐到她旁边的座位上，居然盯着她买的票，就要挨着她，带着两块手绢，也是来哭的。张拐子死了文文还没哭过，也许在家悄悄哭过了，这次来和她一起哭，哭的不是一回事。文文原谅了她。"客山红，过去了的就过去吧！"文文说，念到初二开始说正常话了，不再夹杂着上海方言，人也长得越发端庄漂亮了，掏出钱包，从里面拿出来一张照片递给她。"你知道吗？这个他实际上早已经死了！"

她看着照片，惊讶不已，这是上高中的张拐子，正是她去洞庭雀家时见过的挂在墙上的照片，一张是卫华，卫华旁边的那一张竟真的是张拐子！张拐子居然曾经像卫华那样英俊，卫华具有阴柔之美，他却很阳刚，完全判若两人，真是被洞庭雀给折磨惨了。

唏嘘不已，她把照片还给了她，文文接过去，没再放进钱包里，把照片给撕了，苦笑了一下，默默地说："我那时候小，上一年级，不懂，他每回送吃的来我妈不在家他就搂我抱我，我感动得要哭，爸爸都没有对我这么亲热过。后来他就亲我，摸我，我没拒绝，他从家里偷吃的给我家这样是应该的。后来大一点，上三年级他开始带我钻山洞，就是丫丫被那什么了的防空洞，把我脱光了，抚摸我，从上到下地亲，好奇怪，只觉得不好意思，心里却喜欢那样，你也是吧？"

"文文？"她有些吃惊，难为情地扭过脸去。

"别说你不喜欢！"文文拉住她的手，"懵懂的少女时代，有一个很亲的大哥哥就有了不可言状的幸福感，哥哥就是这样的！你不知道吧？喜翠为什么讨厌你？因为范无病跟她也这样，你没来的时候一直这样，被我撞见过！现在明白了吧？你不相信喜翠跟范无病真的发生过关系？我信，你就别装了，我们都是有表哥的人，他们是表哥。"

她要崩溃了。都是因为范无病偷走了子弹，爸爸发现了有人向他开枪先扣动扳机却没有子弹，要不爸爸绝不会死，爸爸是死于有预谋的暗杀。她和妈妈心里都知道是谁动手杀了爸爸，是范书记，范书记还让范无病半夜送冷酒就是来偷子弹的。妈妈惊吓致疯，她不敢说，甚至都不敢想。

"哥哥！"文文嘲弄地笑了一下，抓着她的手靠近了一些，说："哥哥，叔叔，还有爷爷，你心里对愿意贴近的人是不设防的，不想设。女孩天生就这样吧，神秘的肌肤之亲，我跟你说，丫丫和革革喜欢让男老师抱你信吗？一个人的时候不会的，如果两个三个女孩在一起就不一样了，会嬉笑争着让男老师抱，假装称体重！我们都是粉精灵，自己假装不知道！"

文文的话让她惊讶，过去没细想过，也不可能会有这种诡异又莫名其妙的总结。灯暗下来，电影开始了。文文掏出第一块手绢，转换倒是快，必是也看过几次了，《卖花姑娘》一开演就准备好了哭，她没开演的时候就想哭了。

演到卖花姑娘找哥哥，知道哥哥死了的时候她俩一起哭了，演到妈妈死了的时候她哭成了泪人。文文换了第二块手绢，靠在她身上哭，抽泣得倒不过气来，松开一直紧拉着她的手，难过得不行，像是下意识地把手伸进她的衣服里。她以为文文难过中慌乱的手没了去处，可文文穿过胸罩摸住了她的乳房，她惊愕得瞪大了眼睛。

文文哭得缠绵，一只手用手绢捂着脸。她怕被人看见，没有动，文文放开胆子地抚摸，当文文扬起脸伸出舌头吻她脖子的时候，必须停止了，她紧张地拿开了文文的手。文文的手好热，也好绵。

文文失望了，停了一会儿，起身走了，再也没回来。

学校一直没有工代表来，江校长完全做主了，高中最后一个学期，九月一开学江校长要排《一块银圆》。原来江校长要调到银城教育局去当局长了，亲自主抓排练，让她演被卖了的女儿，喜翠演妈妈。喜翠坚决不干，好脾气的江校长哄了好几天喜翠才答应了，提出了一个要求，说："可愁死我了，是把客山红用水银灌死尿的吗？"江校长说："不是客山红，是她演的那个角色。"喜翠说："李三刀不是抢了银圆又用这块银圆把她买了去陪葬吗？为了表现出悲惨，可不可以抬到舞台的时候把她给扔尿台下去？"江校长好无奈："你这是有多大的仇呀？这是演戏，又不是真的，怎么能摔死她呢？"喜翠大声说："我爸之前的那个团长是怎么死屌的？搞军民鱼水情给部队演《白毛女》，团长演的黄世仁，剧终的时候居然又出来了，当兵的哪知道是谢幕呢？一个苦大仇深的战士见他又出来，一枪给崩屌的了！"江校长吓一跳，无奈地说："喜翠你忒屌狠了！那还是排《收租院》到老龙湾去吧，演泥人吧，你可吓屌死我了！"

为了不让她被喜翠和文文她们抬上舞台真给扔下去，剧终的时候再给摔死了，江校长放弃了《一块银圆》，改排《泥塑收租院》。这个好排，都是"泥塑"的，摆个悲惨造型不动就行了，叫活报剧，很流行。喜翠让她演被大地主刘文彩关进水牢里，做出一个双手扶着铁栅栏抬头望天的人。江校长不放心，对喜翠说："演戏都是象征性的，叫拟人化，京剧里一挥鞭子就是千军万马了，演的时候你可别真往童小红身上泼屌水啊！"喜翠说："哪能呢！可愁死我了，银城有黄河比北京也还缺水，泼她还屌的舍不得呢！"

九月的一个黄昏，她将走进老龙湾。来银城第一天本来就要去老龙湾的，范无病害怕被红卫兵打倒的老校长才去抓老鹰。她见过长得像鹰一样的老校长，忘不了洞庭雀训斥老校长儿媳妇带着孙女要饭时那仇恨的表情。早晨起来有点不祥之兆，又见龙椅哭，大哭，椅子全湿了。

她收拾着掺了一些白面的玉米面发糕，往铝饭盒里装了咸菜。发糕是她蒸的，爸爸死妈妈疯了以后她学会了做饭，往玉米面里掺点白面发糕不爱散，洞庭雀教她的。还跟洞庭雀学会了打拿糕，用玉米面搅成硬糊糊，就着咸菜吃才不太烧心。咸菜是自己做的，回忆妈妈拌咸菜时放的盐、糖、蒜，炸了花椒油，无论是萝卜皮还是芹菜段，都脆生生的好吃，擂两天就好，吃的时候再拌些辣椒油，加点姜丝。洞庭雀喜欢，一次能吃大半碗，也许不够咸吧，没有洞庭雀做菜那么咸，可他每次吃完都要喝两壶茶。

拿出刚到银城时的裤子和旧衣服，虽然短了些，有点吊，演水牢里的穷苦人正好，穷人苦到没有合身的衣裳是正常的，地主老财和资本家才穿锦衣绸缎。往包里装的时候发现龙椅湿了，她的头发都竖起来了。

不知道又会发生什么事儿，龙椅无论识真假还是论对错，这一哭必定有事儿。可她不能不去老龙湾，曾经没去，注定要去。是福不是祸，是祸躲不过，这句话不是董爷爷说的，天下的爷爷都会说。

队伍在山下集合，九连一排全体出发。她只当了一个多月的五连连长，出事儿以后电石炉没有了，她也不能再当连长。全校都知道她被张代表那个了，江校长很难过不让她当连长，她笑笑，非常理解。

喜翠在整队，全班六十个同学有十五个没来，连假都没请，那就是聪明的家长不想让孩子去老龙湾。喜翠发起了脾气，少一个都不行，让文文到居委会用广播挨个喊，一个个点名来山下集合。文文在大喇叭里就变了一个人，腔调做作，点了十六个人，把她也加上了，放在最后，因为对她要特别一点，叫得特别响，而且喊三遍："童小红！童小红！童小红！"她听见了自己的名字在山谷里回荡，像叫魂。爸爸死的第一个早晨，妈妈也曾拿着爸爸的衣服在屋里叫，在院子里叫，在门口叫："红她爸！老童！你回来！"

她怕妈妈掉进黄河里，从后面紧紧抱住了妈妈。她没有人抱，风拥抱了她。

出发时间比计划的晚了，六十个人到齐已经十点多。去老龙湾算是一次短途拉练，绕圈走，先往东去。又见那个黄昏爸爸开车带她进去的山，七八七在一座座山的里面，从未见过它的真面目，七八七是不让人看的。有人说七八七里面的山都是空的，外面故意做出了很多厂房，也算是有点重要的军工企业，只是造子弹。爸爸才造枪吧，因为不可能全瞒住美帝苏修的，他们有卫星，每天飘过银城往下看。

她见过卫星，一九七〇年四月二十四日的晚上，来银城之前她最后一次参加集体活动，学校组织他们来到天安门，不是看天安门的灯，而是集体仰望天空，"东方红一号"像颗星星飘过北京。晚上九点五十分天安门广场的广播传来《东方红》，是从伟大祖国第一颗人造地球卫星传回来的，人们沸腾了，欢呼雀跃，激动万分喊着"毛主席万岁！"她激动得也哭了，爸爸说是毛主席让穷苦人翻身解放，董爷爷同意，在中华五千年历史上只有毛主席心系人民，为劳苦大众过上好日子排山倒海地建立了新中国，会耸立在东方千年不败。

她觉出有点不对劲儿，举着两个花环跳跃的时候裤子掉了，缺德班长解开了她的皮带，还好穿着秋裤。班长给她一边提裤子一边问："听说你是在这儿出生的？"她好烦，惹不起的班长，一直没敢告诉董爷爷，怕董爷爷把司马钢塞进臭水沟里。北京是一个总丢井盖的城市，在一个漆黑的夜晚把北京班长塞进臭水沟很容易。董爷爷说，恨的世界人人有责，爱的世界，谁又不曾参与呢？

爱比恨好，因为爱是甜的，恨是苦的，甜比苦好。高中毕业前她好像不那么恨北京班长了，文文说过张拐子以后甚至不那么恨张拐子了。董爷爷说，谁都会命里注定遇到一两个跟你过不去的人，是来助你成长的。真神了，可当我们说神的时候在说什么？精神还是物质？当然是物质，如同一个人思念另一个人，那个人有感应会打喷嚏，接收到了，是物质的而非精神，我们只是找不到它的载体，既然这种说法一代一代流传了上千年，就无法怀疑它的存在。

她经常坐在门口思念董爷爷，希望董爷爷打喷嚏，好来救救妈妈，还有她。

从银城大道往西，又见银城革委会大楼、公安局、百货大楼、市政府大楼、妇联、教育局、人民医院，妈妈带着她都来过。妈妈脑海里都已清零全忘记，定格在四合院，遥远。过去不知道有多遥远，遥远有多远。不管什么事，有时候忘记比牢记好。

到老龙湾要爬好多山，爬上最后一座山，往下看就是真正的黄河了，不见波涛汹涌，在夕阳下好静谧，跟她想象的完全不一样。也许黄河太长了，每一段都有自己的风景，自己的故事。壶口瀑布的激流气壮山河，老龙湾好寂寞，藏在大山里，河上有羊皮筏子顺水而下，半空中有一只巨大的鹰在盘旋，就是老龙湾的神鹰吧！

老鹰是守护老龙湾的。从山上往下看，黄河流过这里，像一条卧龙，老龙湾就是这么来的吧！仔细看，黄河下真的盘踞着一条石龙。

下山好凶险，"羊肠小道"指的就是去老龙湾吧，每个人都牵着手小心翼翼地往下去，如果每个人都抓得太牢太紧，一个人滑倒六十个人全都会栽到山下掉进黄河，龙椅的哭是因为这个吗？

喜翠在前，她在最后，小心翼翼下山，前面是丫丫，丫丫前面是革革，都紧拉着手。喜翠看不到的时候，丫丫和革革愿意表现出跟她是朋友，因为期待着总有一天她带着她俩去北京，去看看天安门，在金水桥边照张相，这辈子就没有白活了。她俩都有弟弟妹妹，只能安安心心下乡，将来嫁人结婚生子，告诉孩子去过北京，在天安门前照过相，还要把照片画成彩色的。

这个梦想没有实现，因为她被枪毙，她俩跟她一起去的银城宾馆。丫丫和革革后来想去北京，不是要看天安门而是去告状，为了回城她俩都被插队的村支书弄怀孕过，丫丫还做了两次人工流产。她俩没有告成状，承认是跟她卖淫，因为比她小三个月属于未成年，倒是回银城了，被判劳改。

心惊胆战下到山底，在老龙湾村口见到的第一个人就是老校长，弓肩驼背，眼神还是像鹰那样犀利，盯着下山来举着"银城子弟学校"旗帜的她们。她有点害怕，丫丫看出来了，说："别怕，又不是我们把他害成这样，他恨老三届的！"革革说："丫丫，我跟喜翠说尿好了，咱俩跟客山红住一个老乡家！喜翠让我俩看好她，别半夜出去勾搭贫下中农，再招惹了那只大老鹰。老龙湾都是少数民族，咱可惹不起！"

进村的时候她不住地回头看，老村长像是在夕阳下燃烧，被太阳照得火红。一九七四年九月的太阳红彤彤，毛主席要邓小平从江西回北京主持工作了，全国形势一片大好，老龙湾也极好，这一年黄河没有泛滥把村子淹了。新中国成立后政府一直要把老龙湾的人搬到甘家旺去，老龙湾人感谢政府可就是不搬，因为他们祖祖辈辈都在老龙湾，老校长还要在黄河边守护母亲的灵魂。

老龙湾的人信奉鹰，鹰是老龙湾的图腾。传说祖先是被老鹰叼到老龙湾的，还从黄河里救起一个女婴，就是老龙湾人的先祖。老校长在万恶的旧社会三岁没了母亲。母亲第一次坐一条大船去省城，男人坐船上面，女人只能坐在船舱里，那船在黄河里打转就是不走，老鹰围着船盘旋，按照老龙湾的说法就是被鲤鱼精把船缠住了，要吃人。为了不被鲤鱼精把船弄翻，船工依照传统要把一个人扔进黄河，船上有女人当然选择女人，船工掀开船舱盖拎出来一个就给扔进河里了。谁近谁倒霉，那个人正是老校长才十九岁的妈妈。船工们还在船上放起了鞭炮，祖先发明了火药，做成鞭炮放着玩，传到西方帝国主义做成炮弹轰开中国的门。到老龙湾宣传什么都静无声才好，用《泥塑收租院》造型哑剧控诉万恶的旧社会最好了。

到老龙湾的时间比计划的晚了，喜翠找村支书商量明天再进行革命教育，村支书看了一眼老校长，老校长点点头。老校长从被遣返回村就不说话了，都是点头摇头，辈分高，德高望重，眼睛又毒，从上往下看人一眼能穿透鞋底，把喜翠瞅得浑身不自在，仿佛前世今生都握在手里了。

村支书说太阳要下山了，该吃饭的吃饭，吃完饭该造小人的造小人，明天再演。"造小人"喜翠懂，听得脸发热，给大家发了纸条，各找各家。她和丫丫、革革住在村西口，去的是寡妇家。寡妇家都能被人记住的，老龙湾的公狗都知道寡妇家，喜翠说便于监护她，口气和眼神充满戏谑。她默不作声，习惯了，看了一眼站在队部门口盯着她的老校长，一股寒气蹿上脊梁骨，有一种不祥之兆。

往村里走，遇见的老龙湾人没有笑容，没有期待，像行走的木头人，或者把她们看成了僵尸，视而不见。她以为老乡们会夹道欢迎呢，显然不想看戏，不想看银城子弟学校送来的戏，无论是《一块银圆》还是《泥塑收租院》。再好的戏也有剧终的时候，老龙湾人不想被戏刺激了，无论过去从初一唱到十五的老戏还是现代戏，何况她们演的是悲悲切切的活报剧。

走过村中央时看见了戏台子，从被拆了一半的祠堂不伦不类搭起来的，明天就是在这儿演。祠堂前东面有一棵千年老树，整个树干都空了，上面还有丰茂的叶子，不知道叫什么树，就像是顽强站立起来屹立不倒的老龙，就是"老龙湾"的另一个来历吧！

像跟踪她们似的大老鹰张着翅膀从天上斜刺而至，落到树上，威武又高傲。丫丫说："这大老鹰是公的吧？干屌这么看着我们？不，是看客山红呢，怪不得喜翠说你骚气太重了！"革革说："你快闭屌嘴吧！让人听见再剁了你！敢亵渎老龙湾的神鹰谁也救不了你！"

进了院子，看见了平屋顶的土房，好厚的墙，屋顶可以晒粮，堆的却是杂物。厚墙倒是冬暖夏凉，所以窗户故意开得很小吧，老龙湾人的祖先落户黄河边在盖房子上充满智慧。可董爷爷说房子并不是家，好多家里住着同床异梦的人，每个人的家都在心里，只有自己的心才是真正的也是最后的家园。她好像开始懂了，从心里驱赶出去了范无病，都怪他偷走子弹才让爸爸先中枪，把一个很小的地方留给了卫华，感激卫华差点因她而死。再也没有见过卫华，那个翩翩的英俊少年现在都好吧？有了幻儿做姐姐，真正的部队文工团该有多好。

房东把西屋门开着，东屋门口站着两个七八岁了居然还光着屁溜的女孩，忽闪着大眼睛好奇地往外看。一个大男孩也光着屁溜出来了，就是当年跟着他妈走进她家院子要饭的那个男孩，十二三岁也不害羞。丫丫赶紧捂住了脸："呀！我没看见，真流氓！"革革说："我想看屎的！表弟，过来！"丫丫拿开手，笑着说："表弟？表哥才好，哪屎有呀？"革革指着男孩说："这不有屎的了，表哥表弟还不是一大把，过来！"男孩面无表情，又回屋里，关上了门。

这间西屋本是男孩住的，里面还有一头奇瘦的猪，丫丫又惊叫着："呀！咱们怎么跟猪住一起呀？还是公猪！"革革说："正好！你屎的有表哥了！"丫丫跺了一下脚："你才有猪表哥呢！你家的表哥都是猪！"革革没生气，拿起炕上的一条破旧裤子，放到鼻子前闻着，说："我要有表哥倒好了，管他是猪是驴，猪有猪的喜感，驴有驴的猛劲！这屎太小了，还没有男人的屎味呢！"丫丫说："你真恶心！快屎点吧，喜翠叫咱俩把东西放下带着饭到支书家去热一下吃！"革革说："你去吧！我得赶紧屎的抄完，明天早上还得还给文文呢！"丫丫说："是文文的呀？张代表被客山红她爸打屎死后不是最恨男人了？还喜欢屎表妹表哥的故事？文文好变态，谁不知道跟被客山红害死的温老师一样，不喜欢哥哥爱姐姐！你的字忒尿难看，让客山红帮着抄吧！"

革革同意，拍了一下她，说："那好吧！客山红，你说你和你妈来银城害尿了多少人？怪不得喜翠老说你真尿该死呢！"无言以对，她不知道说什么。"抄什么？给我吧！"丫丫说："别听革革瞎尿说！班里就我们俩敢跟你好，等着跟你去北京呢！一晚上就抄完了，你喜欢明天再抄尿我的！"她把背包放到炕上："丫丫，给我吧！"丫丫从军书包里掏出两个笔记本，神秘地说："别让寡妇房东看见啊，看了准尿出事！"

说完跟革革放下东西拿出饭盒一起走了。

她坐在炕沿上，脚走疼了，腿也酸，累得不想吃饭。猪在吭叽，有一股奇怪的味道，是靠在墙根的两个大缸发出来的醋味儿。老龙湾都是自己家做醋，洞庭雀还要她带醋回来，说老龙湾的醋跟甜水湾的醋有一比，都是醋却大不同，一个是用黄河水，一个是用雨水，各有各的品相和味道。就像两个姑娘一样，都漂亮，却不同。

村里的大喇叭放着《杜鹃山》，柯湘唱的"痛说革命家史"，家住安源萍水头，三代挖煤做马牛。她喜欢《杜鹃山》，虽然不在八个样板戏里，却是最好听最好看的。悲伤的是她的"家史"不知该怎样说，算不算"革命"的，爸爸虽然出身"雇农"，祖辈却是给皇上的妃子看坟茔；妈妈出身"小业主"一直让人生疑，军代表不逼也许不会到银城来。爱的人不一定非天天在一起，应了董爷爷的话，在一起若分离就是生死分离。她既做不了铁梅也做不了柯湘，做不了小常宝也做不了吴青华，无论活在过去还是现在她离英雄都那么遥远，连红卫兵都不是，只能活在未来吧。

她往里坐了坐，靠在背包上，拿起新笔记本，空的，是丫丫让她帮着抄东西的。另一个笔记本塑料皮带着香水精味儿，文文的，打开，申请加入共产主义青年团的申请书，字迹好工整，笔锋也俊秀。丫丫是让她抄文文的入团申请书吗？

不会的，七连一排除了她和那几个傻乎乎上什么课老师只要说不愿意上我的课就请出去就跑出去打篮球的男生以外都入团了。喜翠明确告诉她入不了团，因为共青团员是纯洁的，共产主义接班人不要要过流氓的，谁承认你是被强奸，银城妇科权威鉴定你早就不是处女了，勾引张拐子半推半就让男人玩了，自己必是喜欢得不得了，不定谁玩谁呢！

不想争辩，不能争辩，不必争辩，有些事情越描越黑，不经历的人哪知道。她往后翻，是文文写的《银城日记》：

好人多，遇到不多。

小人多，没少遇到。

贵人多，遇到很少。

娇人多，很少遇到。

狂人多，遇到很多。

滥人多，很多遇到。

未来展望：遇到自己。

她叹了口气，有意思，文文有些才华，至少有经历。看来文文对张拐子的死竟辨不清是爱是恨，欢喜还是悲伤。物质化了的多情上海姑娘，骨子里比北京女孩更矫情。

丫丫是让她抄这个？

再往后翻一页，密密麻麻的俊秀文字，好长，有四五页，题目是《少女的心》。"我讲述一个我的亲身经历。我叫曼娜……"

不知道是什么，她开始看，这一看竟没能停下，看得面红耳赤，心跳加速，甚至出汗了。什么呀，丫丫让她抄这个？好不羞愧，竟是一种难言的感觉，不是喜，竟莫名其妙地想哭，泪花真的飘了出来。

有点迷惘，说不出的感觉袭上心头，怪不得班里的同学都避着她，原来私底下都传看这个，而且抄下来。开始明白那些男生为什么总用异样的眼神看她了，都知道她刚来银城就被奸污，流传的不是遭强奸而是处女膜早就破了，谁知道在北京是什么烂货待不下去了才到银城来，勾搭张代表被卫华撞上还动了刀子，若不是洞庭雀不追究还有江校长护着早被开除了。九连一排的教室总飘着奇怪的味道，男生的味道，她熟悉的北京班长的味道，男同学在班里初二就开始有人上课手淫了，看着她悄悄手淫，她是样板人。她懂，比所有女生都懂得早，跳鞍马的时候就开始懂了。

看得心慌闭上了眼睛，再睁开的时候那个男孩站在炕前，依然光着屁溜，真不害羞。她倒羞得脸红，扭过脸去："你干吗呀？"

男孩不说话，静静地看着她。

"快出去！"她的声音有点飘，颤悠悠的，"你怎么不穿裤子呀？"

男孩不说话，看着她，又看她的下面。

"对不起啊！"她这才发现背包压住了一条裤子，军裤，她坐到了裤腿上，忙拿起来，注意到好长的裤腿挽到里面缝住，不好意思地递给他，"给你。"

男孩摇摇头，用手比画着。

她明白了，是她坐了他的裤子，脏。

真无语，不知道怎么办了，原来是个聋哑人。不能让他光屁溜这么站着啊，也不是个小孩子，好难为情。

"那怎么办？"她感觉怪怪的，下意识地看了一眼他赤裸的下身，比画着说："要不我给你洗洗？"

男孩接过裤子，比画着说什么，她明白了，是别让他妈妈知道。她明白，老龙湾好封建，女人不洁，也没有男女平等权力，因为这是保留着太多习俗的老龙湾，银城革委会照顾还照顾不过来呢，非常尊重老龙湾的习俗。

她使劲点点头，男孩伸出手，要跟她拉钩。

她站好，郑重地伸出手，他想拉住，停了一下，然后坚定地钩住了她的手指。

钩住她好半天没有松开。

她奇怪地看着他，往下看，男孩有了变化，鸡鸡竟然高高挺起。

"快回去吧！"她抽回手指，脸又唰地红了。

男孩突然摸了一下她的乳房，然后跑了出去。哑巴的心思和举止常人无法思量，她倒没特别生气，跟聋哑人生气又何必。

"你这个挨刀的！怎么这屌样了？"门外传来一个女人的声音，寡妇妈妈还没忘到她家要饭时留下的仇恨。老校长该知道那人是洞庭雀，河对岸吹笛子的卫华的爸爸。"谁教你的？城里的逼丫头不在城里待着，跑老龙湾干屌来了？真不要脸！你没被破了童蛋子吧？"

不是天要塌下来，跟妈妈到银城，一寸天都不曾立起，托不起一片云。不知银城的云有多重。龙椅哭就因这个吗？她又惹出事儿来了？

那好吧，爱怎么样就怎么样，被赶出老龙湾才好呢，她还不放心妈妈呢。幸亏洞庭雀给她家的院子做了门，妈妈从里面出不来，从外面上了锁，不会掉进黄河里，她和洞庭雀有钥匙。

天渐渐黑了，寡妇没进来，倒也没再骂，龙椅哭跟寡妇无关，跟那个不是淘气却有生理反应的男孩无关。真是奇怪了，她莫非真是一颗丧门星，跟男孩拉钩竟让男孩挺起了，连毛还没长的男孩也挺起。怨不得当姐姐的都喜欢有一个弟弟，在南山经常听胖奶奶在院子里骂丫丫，"丫丫，你这个挨刀的！老招尿你弟弟哭干尿的？"

不知道第一个吃螃蟹的人遭遇了什么，发明眼镜的人是怎么想的，谁第一个开的刀从女人肚子里取出来婴儿，谁发明了馅饼难坏了哥伦布不知道馅是怎么放进去的才创造出了披萨。

她搬了石头，这就是凳子，坐到炕边帮丫丫抄曼娜的回忆录。寡妇万一生事儿，丫丫还能帮帮她，革革也不会起反作用力，这是唯一还理她的两个人，也不怕别人说什么人找什么人，物以群分人以类聚了。

这个东西好难抄，再写一遍更是深刻，太多字句不堪入目，却实实在在好多都是她体验过的，更多更深的是范无病，她过去的无病哥。范无病参军走的那个夜晚到她家来，穿着没有领章帽徽的绿军装，胸戴大红花来跟她道别。"客山红，你要念尿的高中，等着我回来！不许谈恋爱！谁尿的追你也不行！"

"你怎么进来的呀？"她已经躺下，妈妈在那边睡着了，坐起身慌张地穿上衣服，"我锁门了呀！"

"你锁不住我！"范无病看着她越发激动："我爱你！你是我的！我会照顾你和你妈一辈子的！"

"您说什么呢？"她没听懂，真的没听懂，用了您，"您走吧！"

范无病忽然掀开她的被子，不管不顾地扑上来，搂住她，使劲亲，一边脱下她的内裤，疯了一样。

"你别！不要！"她挣扎着，哪里推得动，"放开我！我脏！"

"你是最干净的！"范无病脱了她的衣服扔了，拽下来她的乳罩，趴在她身上，"我要你！你是我的！"

"别……"

她被压得喘不过气来，范无病彻底疯狂了，在离开银城的最后一个夜晚进入了她的身体，她记得他胸前的花压扁了，范无病是戴着扁花去的火车站。

她赤裸裸地坐在床上，没有哭，也不觉得委屈，如果说想到了什么就是别怀了孕，第二个想法就是范书记会放过妈妈和她了。

然后她流下了眼泪，听到了火车的长鸣。

丫丫匆忙跑进来，急头白脸地说："快别抄了！文文要死了，她要你去！真尿的奇怪了，文文怎么会找你？"

她也奇怪，不光是文文找她干吗，怎么还要死了？跟着丫丫跑向村队部旁边的卫生站，听见龙树上的大老鹰发出呱呱叫声。老校长站在队部门口，像鹰一样低着头伸长脖子用凶神恶煞的鹰眼看着她和丫丫，革革转过身迎上来："客山红，快尿的，文文一直叫你！"她低下头，像是躲开老校长的目光，急忙问："文文怎么了？"革革说："急性阑尾炎，肚子疼，疼得嗷嗷叫，喊尿你，不让我们靠近！"

阑尾炎，放心了，没那么可怕。"喜翠呢？"她扫了一眼老校长，"叫她来！"丫丫说："叫了！她说她又不是医生，让村支书陪着挨门挨户的访贫问苦呢！"她对革革说："革革，你腿快，去叫几个男生来，要是不行把文文赶紧送到人民医院！"革革说："别扯尿的了！要是真那么重，没抬出老龙湾的山就给她折腾死尿的了！"

倒是也对，还好有医生，走到门口，听见文文在里边喊："流氓！出去，给我找女大夫！"她推门进去，愣住了，是大龅牙，好一阵才认出原来是大龅牙，黑不溜秋的，到老龙湾插队成了赤脚医生。他说："客山红？真是你呀？"

她没说话，看见文文躺在小床上，高高的小床，身上盖着白单子，一只手捂着肚子，另一只手紧紧压着盖在身上已经灰不拉叽的白单子。她快步过去："文文，怎么样了？"文文伸出手，拉住她，眼泪流了出来，说："老龙湾一帮蒙古大夫！流氓！三下五除二把我就给扒光了，扔这儿不管了，摸尿我肚子干吗呀？臭流氓！"

"别着急文文！"她捧住文文的手，看着大龅牙，怎么看也不像个大夫，连白大褂都没穿，衣服脏乎乎的，好像粘着牛粪。"什么情况？"

"三姐回家取针去了，在家用锅煮着消毒呢，还得照料牛！"大龅牙擦了一下脸，不知道抹上了什么，说："我们正在给牛接生，难产！"

还真是牛粪。她问："现在怎么办？严重吗？"

"给她量量体温看看发不发烧。"大龅牙无奈地说："她哪尿的都不让碰，根据我行医经验凡是大喊大叫的病人都没尿尿事！就怕不吭声的！文文，你说你跑支书家吃那么多炸糕干尿的？还不喝水能不粘尿肠子吗？"

"那水能尿喝吗？里面都是鱼虫吓死我了！"文文大声说："小红姐，上海和北京急性阑尾炎怎么治疗的啦？是不是先得打针输液要得哇？老龙湾的刘三姐不唱山歌回家煮针，煮针干屎的？"

"给你针刺治疗呀？万一不行，做手术也得屎的针刺麻醉！"大龅牙说："你又不懂，病人不配合治个屎呀？那我先抢救牛去了！"

"回来！"她喊着，"救人要紧，救什么牛呀！"

"客山红你错了！"大龅牙斩钉截铁地说，"牛是国家财产！何况俩呢！我走了！"

无语了。"文文是共产主义接班人！更重要！"她涨红了脸大声说："到那会儿牛早老死了！赶紧看看现在怎么办。"

"量体温！"大龅牙说，"让我摸摸，是压迫疼还是反射疼？"

"文文？"她着急地说，"文文听话，看你这一头汗，你就从了吧，别真有事儿！"

"你也不帮我！"文文哭了，"我要打针输液，就是刘八姐来了我也不屎的什么针刺！你看他那屎样想用下面刺我呢！"

"你说屎啥呢！"大龅牙往自己下面看看，看到蹭了好些牛粪。

"文文我帮你，寸步不离！"她弯下腰，把脸贴在她的脸上，"好文文，听话，真需要手术也得开刀，不能拖的！"

"就他们给我开刀？不死才怪！"文文吸溜了一下，"我疼，难受，帮帮我！让他出去！"

"你去找三姐！"她着急地看着大龅牙，"别惦记牛了，帮文文更重要，人才是最大的国家财产！"

"客山红你都快高中毕业了，怎么思想没屎的一点进步？"大龅牙很生气，"你刚才说到了共产主义牛都老屎死了？银城可真拿你没屎办法！"

"好了，我一会儿写检查！"她大声说，"把温度计给我！文文烫成了个火人，看看多少度，你赶紧去让你们三姐想办法！"

大龅牙悻悻地出去了，丫丫和革革要进来，大龅牙说："子弟学校可真屌是一拨不如一拨！这屌的是动物园呀？还是屠宰场看杀猪？"

"你才是猪呢！大公猪！"文文嗓子哑了，还不依不饶地说："他特流氓！刚才给我打针的时候下面都顶起来了！"

传来浩浩荡荡的声音，像是来了大军，还真是大军，大龅牙说："你俩赶紧的去那看，野战军拉练进老龙湾了！"

"真的假的？"丫丫兴奋地说，"革革，咱们赶紧去看看屌的！"

"慢点！真屌的反动！"大龅牙嚷嚷着，"那是野战军！上礼拜来过一拨，在大山里三年连母猪都没见过，你俩那屌样非把部队给弄乱屌了！"

"真缺德！"她听着怪怪的，问："文文，给你打的什么针？"

"止痛针！"文文说："贼流氓，有打针给人脱成一丝不挂的吗？"

"可能用针刺疗法需要吧！"

"那有把裤衩也给脱了的吗？"文文很羞恼，"什么针刺疗法，他就想用他的那根肉针刺我！"

"你别这么说文文。"她拿着温度计，"量量体温，你看你嘴唇都干了，还有，不该打止痛针吧？我也不懂。"

"你也想让我疼死呀？"文文又要哭，"我好怕！老龙湾屌也不懂，还在远古时代没进化过来呢！你是北京的，像我们上海人一样见过世面，你在我才放心。"

"文文，我都快忘了北京，你比我早来银城好些年还放不下上海。"她摇摇头，"你不是发烧，看看烧得有多高。"

文文掀开了单子。大龅牙是够缺德的，赤脚医生脱姑娘衣服的手法倒是利索，把文文给脱成一丝不挂。文文身上好白净，丰满的乳房，乳头显得大一些，不用说，从一年级开始让张拐子摸的，给刺激成这样，才比正常的要大吧！上海姑娘，皮肤从里到外透着细腻，止痛针发挥了作用，文文发泄之后好多了，忽闪着睫毛看着她。

"怎么了，文文？"她抬起文文的胳膊，把体温计夹到腋下，再把单子盖好。

"我还是比你漂亮！"文文又掀开单子，"至少比你的皮肤好！"

"是！"她把单子给文文盖好，拽过来凳子在床边坐下，双肘拄着床托着下巴做出欣赏状，"文文最漂亮了，银城第一美女！"

"第不第一没关系，只要比你强一点就好！"文文拉住她的手，"童小红，你别跟我争好不好？求求你了！"

"争什么？"她苦笑了一下，"我只跟自己争，又能跟你争什么？"

"咱俩拉钩！"文文坐了起来，单子又从身上滑落，钩住她的手指，"拉钩上吊，一百年不许变！"

"那好吧！"她伸出拇指顶了文文的拇指。又拉钩，到银城第一天喜翠就跟她拉过钩了，看来还真管用，她从心底拒绝了范无病，只因那两颗子弹。"快躺下，温度计都掉了！"

"我想好了，调整好了，还是要跟男人在一起，不能再逆天意了！"文文躺下，看着她，"你听这脚步声，多雄壮！"

外面传来脚步声，像滚在地上的雷轰鸣而过，野战军从大山里出来，拉练到了老龙湾。

"景惠就在里面！"文文好甜蜜，脸上溢出幸福。"就是这样，其实我更喜欢景惠，反正景贤也死尿了，学校给弄的。从小是司马光砸缸、孔融让梨，后来是黄继光堵枪眼，张思德因砖窑，欧阳海救火车，怎么不是远古的死人就是牺牲了的啊？活着的不是你们北京王府井百货大楼卖糖的就是淘粪的，我该有自己的英雄，吹号的！"

"景惠？"她不明白，听着文文的一串总结奇谈怪论，"景惠是谁啊？"

"笨死你！"文文笑笑说，"也不怪你，大麻雀到银城就给他们哥仨改了名字，把张景贤改成张卫东，张景林改成张卫革，张景惠改成张卫华！景惠就是卫华呀！"

"文文？"她有点惊讶。

"别说话！"文文又坐起来，"你听？"

军号响了，嘹亮的军号划破夜空。

"景惠的号声！"文文有些陶醉，"我的景惠！我给他写信，他从来不回，只回了一封，我告诉他在排《泥塑收租院》，九月要到老龙湾，景惠回信不写我倒问起你来！我就是要病一下，看他关心不关心！"

"文文？"她更惊讶了，"你是装的？就为了让他来看你？还高兴让大龅牙给脱光了？"

"我本来就疼，哪是装的啊？"文文不高兴了，"你以为我像你呢？哎哟！"

"快躺下！"她站起来，又给文文盖好，"文文，你怎么知道卫华他们要到老龙湾？卫华，你的景惠写信说的？"

"哪呀！"文文揉着肚子，"江校长当屌过兵！就是这个野战部队的，你不知道吧？也不怪你，他从来没提起过，我疼！"

大龅牙和一个女医生进来了，就是大龅牙说的三姐吧，两个人都穿上了白大褂，三姐还抱着针灸盒。三姐认出来她，说："是你呀？更漂亮了！"

不用说，那次检查处女膜时被妇科专家指导时现场的一位。

好难为情，她让开，低下头。

"给她针刺足三里，还有鸠尾穴，留针半小时。"三姐对大龅牙说，看着她，笑笑："你果然是一个有影响的人，影响巨大的人，受人关注的人！有两个人找你呢，一个是解放军战士，一个是你们喜翠排长，先见谁你自己决定吧！我建议你先回寡妇那见喜翠，那丫头比她妈更过分，吹号的不用急着见，他跑到黄河边洗脸去了，见你还要收拾一下自己，有心人，有情人。"

"你别走！"文文坐起来，赶紧用单子遮挡住身子，"我不要你走！"

"怎么脱光了？"三姐好惊奇，看着大龅牙，"你干屄呢？"

"不是！是她自己脱的！"大龅牙好委屈，"可能疼屄蒙了吧，乱抓着就把自己脱屄这样了！"

"文文，放心吧！"她叹了口气，走过去，"是你的就是你的，不是你的怎么也不是。小时候董爷爷就告诉我，我也教给你，争就是不争，不争才是争。"

"那你跟我争还是不争啊？"文文快哭了。

"让我说心里话吗？"她捋了一下文文的头发，"我也不知道。"

真的不知道，也知道，卫华推下卫东让张拐子死了，连尸首都没有找到，卫华心里该压着多大的一块石头啊，为了她，所以才没有给她写过信，让他自己心里上从这个世界消失了。

怎么可能，好想见见卫华，这个曾带着自己在喜翠家屋顶吹笛子的英俊少年，心里的绿洲有多绿，多茂盛。她要告诉他忘了过去，搬开他心里的那块石头，打死她也绝不会说出只有她知道的秘密，用更大的石头把它压在自己心底，而且充满感激。缺德的范无病入伍之夜占有了她，算是扯平了吧！范无病后悔？所以一直连封信都没有，到了部队大熔炉修炼了自己吧！董爷爷说得对，世界上没有一个人没有自己的秘密，尘封起来是最好的选择，一旦揭开痛的不是自己。好人会让整个世界都痛，大为惋惜；而"坏人"才对所有的秘密毫不遮掩，让别人知道得越多越好，还高兴呢，没准自己还添油加醋。坏人就是让这个世界痛苦的。

"客山红？"一个战士追上了她，绕到前面，"真是你呀？不认识了？防空演习那天我关过你呀？还记得小凉亭吗？我们不跟范无病打架他气得抽自己？想起来了？"

"你好。"她好无语。人都是能记住丑闻，总会把好人好事给丢了，怪不得董爷爷同意西方人的观点。人之初，性本恶。骨子里善良的中国人太喜欢自娱自乐了。总是自娱自乐的民族或国家，实际上对人类文明的贡献并不多，起码没有自己想象的多。

"客山红你也太过分了！"他说，"就说军人不要邮票吧，你也不能把张卫华的信看都不看全给退了回来！我们本来想看你俩的童话呢，结果屐的看成了笑话！"

"你说什么？"她怔住了。

"卫华来了！"他兴奋地说，"我给你俩警戒！快躲到那个戏台里，在老龙树的树洞里也行！快，别让一会进村的范无病看见！"

"谁？"

"哎呀你快屐点哇！"

她撒腿就跑，既不是迎接卫华也不是钻树洞，自己都不明白为什么要跑，害怕见到一直想见的卫华，心像小兔子似的乱跳！

范无病也要到老龙湾？为什么没有一起进村呢？这不是拉练的野战军文工团吗？真正的野战军？范无病实现了理想进了特务连当特务？也不对呀，特务该先进老龙湾侦察一下才是，怎么还会晚来呢？到底什么情况真是搞不懂了！

她惊慌失措地跑进院子，寡妇在门口，看见她骂道："一看尿的就不是什么好东西！看尿骚的，两个乳房还颤呢！连我十二岁的娃子都勾搭，那尿不撒尿都会挺了！你是摸他了还是含尿嘴里了？哑巴好玩是吗？"

真是无语了！跟寡妇较劲也无趣，而且不能够，有过男人的女人忽然意外失去男人难免进入恼羞成怒的世界，想法和行为总是让人费解。

她进了屋，几个男生站在里面，一脸出了大事儿的样子。丫丫和革革坐在炕沿嗑着瓜子，炕上有好些个西瓜，中间放着一个盆，俩人边吃边往盆里吐着瓜子。喜翠背着手踱来踱去，手上拿着两个笔记本，她刚帮丫丫抄了半页的《少女的心》，明白了，这是被喜翠给抓住了。

"这是严重的流氓事件！"喜翠恼羞成怒地看着她，"你这个破鞋，可愁死我了，把流氓德行带到老龙湾来了！还勾搭寡妇房东家的男孩，人家才多大呀？"

"我没有！"她大声说。

"你没有？这是什么？"喜翠把两个笔记本举起来，戏谑地说，"少女的心？你是少女吗？不要脸！"

丫丫和革革抬起头，她以为是看她要出来承认呢。不是，她俩看着她的后面，几个男生也看向门口。她转回头，身上背着枪手里拿着军号的卫华站在门口。

"还想不承认？你就是一个什么都抵赖，干了什么缺德事都不承认的人！"喜翠也看见了脱胎换骨威风凛凛的卫华，更来劲儿了，把文文的笔记本摔到地上。"这是文文的！她这是缅怀死去了的张代表，还写上流氓回忆录了！"然后举起丫丫的笔记本，翻开，举起来大声说："你的字谁不认识呀？证据确凿！文文写流氓日记要批判，你传播流氓日记罪加一等要批斗！卫华你帮我吹一下集合号，七连一排到戏台集合！"

丫丫呸了一下，把瓜子吐到盆里。"真难吃！西瓜都娄了！"革革说："这不是西瓜，叫打瓜！就这屎味，存的时间太长了！"

"我看你们俩也娄了！"喜翠把笔记本摔到地上，指着她说："你早就娄屎的了！生下来就熟透熟娄了！"

咔嚓一声，她急转回身，卫华举起枪对准了喜翠。

"卫华哥哥？"她惊讶不已。

咚咚咚的脚步声，多么熟悉的声音，范无病大步走来，扎着武装带，武装带上别着手枪，进了屋，看见卫华用枪指着喜翠，大喝一声："你干屎呢？放下枪！"

传来开门的声音，好响，开大铁门一定用好大的钥匙，打开那把好大的锁。董爷爷说，天下的锁都有一把钥匙能打开，她从一开始就把钥匙给丢了，成了一把打不开的锁。

"出来！"狱警进来，用钥匙敲了敲里面的栅栏，呵斥道，"听到没有？装屎死呢？"

她抬起头，没看狱警，看他手中的钥匙，没那么大。不大的钥匙也能打开好大的锁。就是天下的爷爷们说过的那样吧：山不在高，有仙则灵。水不在深，有龙则灵。人不在贵贱，有赤诚的心就灵。这一句是董爷爷说的，倒不一定，她第一次怀疑董爷爷的话，贵贱不在现在，赤诚要对对的人。

"还没屙的毙你呢，瞳孔散了？"狱警拉开铁栅栏，用钥匙敲着钢棍，"出来！"

"别屙的吼！她胆小！"另一个狱警说。

"胆小个屙！胆小带俩逼丫头卖淫？"狱警很生气，"你哄屙谁呀？"

她抬起头，不是狱警，是跟大雄一起抓她的那个警察，曲若曦。

"快出来！"曲若曦低头弯腰钻进来，用更小的钥匙打开扣在地上的锁链，嗅了一下，扬起头说："你好香，客山红，像花一样！"

那就是要审花了，还说她香。洞庭雀说过，再芬芳的香也斗不过韭菜合子。每个人都有精彩语言，属于自己的经典。是欧阳雄审问她吗？要还原现场还要再脱一次？

"怎么给她戴上全套了？"曲若曦说，"监狱长让戴的？"

"废屙话！你们抓她的时候范书记不正在开公检法会吗？"狱警说，"北京来的首长也在，范书记当时就定性了，在银城宾馆组织卖淫的首犯必须枪毙！"

就是这样了，枪毙。

她嘴角一咧，哭了，不为自己哭。

又回到那个夜晚，忘不了的老龙湾之夜。范无病出现的时候，卫华那样地看了她一眼，目光里充满失望。是她让卫华失望了，还是范无病？肯定是她，卫华从未对范无病希望过什么，所以谈不上失望。她记得自己那样难过地看着卫华，卫华在黄河边刚洗过脸，看见了卫华脸上留下的伤疤，心里一酸。卫华因她肚子上挨过一刀，一定也是为她又被张拐子用菜刀划破了脸，卫华怒火万丈地才把他推进黄河吧！

洞庭雀一定知道，是卫华淹死了卫东，景惠杀了景贤，不想让人问起脸上的刀疤是怎样留下的，复杂的事情简单做，把命大的卫华谁都没让见通过关系就给送参军了，并没有进部队文工团吹笛子而是在野战团吹军号。

"客山红，"范无病看了一眼喜翠，转向她，"文文叫你，赶紧去吧！"

"不行！"喜翠不干，"要开她的现场批斗会！她写跟张卫东的流氓日记，还叫张拐子表哥！"

卫华收起枪转身出去，咚咚咚地跑起来。

"马喜翠！你闹尿的什么！"范无病很恼火，一把拉住她的手，"走！"

她被攥得紧紧的，拽着出了屋。

"回来！"喜翠追了出来，站住。

范无病掏出手枪指着喜翠，一边拉着她快走，对站在院子里的寡妇说："大嫂你说的尿事部队不管，找她去赔你儿子的童蛋子！"

"范无病！"喜翠大喊，"我非杀了你！说到做到！"

她被范无病抓着手，拉着走。她不是一个主动的人，细想想，除了上阁楼去叫董爷爷下来吃饭，长这么大再没有什么主动的事，电石炉爆炸是一次。龙椅一哭恶果不断，天下最真诚又善良的龙椅，原来天下事都与动机无关，这回是自己总结的，与董爷爷无关。不，有关，董爷爷说人总要自己长大，靠别人教是教不会的，要学会自己担当。

文文就担当了，她来晚了，一个只活在自己的世界对外面总像偷窥似的人生多么悲惨，让人悲伤。她难过地双手拉住文文的手，呼唤她别走，别死，可文文的肠子把五脏毒素腐蚀了，已经无法抢救，来不及抢救。文文软绵绵地拉着她的手说："我，我告诉你一个秘密，秘密，到底是谁打死的你爸爸……"

"快说！"范无病好激动，"文文，谁向童叔开的枪？你知道？"

"你出去！不要你在这！"她拼命推着铁塔般的范无病，"去找卫华来！"

"找他干屎的？"范无病大声说，"文文跟张卫华也有一腿？"

她忽然感觉到文文的手没了力气，回过头来，哭喊着："文文？文文你别死！不能死！文文？钱文文！"

她扑在了文文的身上，失声痛哭。

烈烈的风掠过黄河刮进老龙湾，好冷。她躲在龙树的树洞里，任凭人们喊她，叫她的名字，不回答，不出来，一直瑟瑟发抖，听着老鹰在树上悲哀的叫声。好孤单，好可怜，好悲伤，文文死了，没说出那个秘密，范无病在，文文怎么可能说出来呢？

也许文文知道要死了，决定说出来是谁躲在南山的暗处，早已经准备好了开枪，爸爸发现了，可是不知道枪里已经没有子弹，被范无病从枪里取出来偷走了。范无病没进成特务连当特务，成为军长的警卫员，不管军长了，在呼唤着找她。

可她听到的是卫华在喊，卫华叫着她的名字，以为她跳进了黄河，绝不参加喜翠为她召开的批判会。她不会跳进黄河的，人人都会说这辈子总有人为一些事儿跳进黄河也洗不清。黄河是从巴颜喀拉山汇聚而下的母亲河，又不是洗人的。她有妈妈，妈妈还在，她还要带妈妈回北京呢。

范无病钻进树洞，一下抱住她："你干屎的钻进这里？我以为你死了，干吗呀？"

"别碰我！"她喊，"滚开！"

呱，呱，老鹰在叫。

"客山红？童小红！"范无病紧紧搂住她，"我要过你了！你是我的！你可以不看退回我的信，但下辈子你也退不了我的人！我要跟你三生三世！"

"站住！"外面忽然有人喊，传来子弹上膛的咔嚓声，卫华在喊："马喜翠你别过来！"

"范无病我操你妈！我带全排的人找那破鞋还真怕她屎的死了，你跟她钻进树洞干屎啥呢？操她呢？你这个浑蛋！左撇子老摸我右奶，从小都给摸得不一样大了！"喜翠声音好大，又尖，争着要压过树上大老鹰的叫声："张卫华！你有本事开枪打死我！"

"你是不是以为我偷走的子弹？"范无病捧着她的脸，"卸下子弹的不是我！是阿姨！是你妈妈啊！"

"你说什么？"她吃了一惊。

老鹰呱呱地叫，听着叫成了乌鸦声似的。

"别叫了！"卫华朝树上喊，又对树洞里喊："范无病你编！继续编！"

"我编个屎呀！"范无病也向外面喊，压住老鹰的叫声。老鹰在龙树上必是疯了，没完没了地叫，他扯着嗓子对她说，也说给卫华听。"你妈为屎一下疯了？急火攻心！她后悔取下了子弹！"

叭的一声，老鹰不叫了，从树上栽了下来，被卫华一枪打死了，子弹击碎了老鹰的头，从树洞口滑过，扑通一下摔到了地上。

　　"妈呀！"喜翠惊慌失措地大叫："卫华！你怎么敢打死老龙湾的神鹰啊！"

　　"不好！"范无病突然推开她跑了出去。

　　她的头撞在树干上，好疼。

　　"卫华快跑！"范无病大声喊。

　　她怔怔地惊呆了。

谢 幕

脚镣沉重，从死牢出来她已经不会走了，过了十八岁生日，在牢房才几天就不会走了，每一步还都有声响。知道了，过了十八岁要有担当，可她虽然独生女不用下乡，银城知青办依然没有安排她工作，说是明白范书记的心意，让她留守在家可以好好照顾妈妈。"能不审吗？"她冷冷地说，"已经定性了，我害怕审问。"

"好好交代，你也许峰回路转呢！"曲若曦看着她，"欧阳雄队长没准能救你一命呢！"

"是他？"她嗓子哑了，太恐怖了，"千万别让他审我！"

"啥尿的？"狱警狠狠地抽了她一个耳光，"卖逼还挑肥拣瘦！"

"干尿呢？"曲若曦很生气，"你打她干尿的！"

"打她都是轻的！"狱警更生气，"她卖逼也不挑个日子，还带着丫丫和革革两个未成年！九月十八号那天是什么日子？全国人民都在给伟大领袖毛主席开追悼会！"

好长的走廊，顶上吊着阴暗的灯，像小人书上画的，粗糙，简陋。一道道铁门开了，每一声她都一激灵，像枪声回荡。枪声，记忆中最残暴的声音，悲哀的声音，每一声都有它的理由。忘不了卫华被摘掉领章帽徽绑起来，捆在龙树前。老龙湾没有了鹰叫，响起嘀嘀嘀的声音。范无病站在军长旁边看着通讯员在发报，不知道这电波传到哪儿，范无病的军帽被汗水浸透了。

老校长站在戏台上，冰冷的月光照亮他鹰一样的眼睛，村支书蹲在一旁吧嗒吧嗒抽着好长的烟袋锅，中间凳子上放着那只死鹰。全村的人都集中了，却静得要死，支书的烟装锅冒着火星。老校长伸出手，支书把烟袋递给他，他嘬着烟袋，看着龙树下的卫华。部队战士们也集合了，全副武装地背着行囊，枪管在月光下闪亮。

卫华睁开眼睛，满含泪水，看着战友们。老乡们把目光投向她们这里，她低下头，眼泪像断了线的珠子掉在地上。脑袋嗡嗡的，她听见了血流的声音，好久以后才睁开眼。没有看到卫华，紧张地转回头，卫华走向黄河，范无病拿着手枪，两个跟在后面的战士举着枪指着卫华。

发报员调整着发报机，等待着消息。没有消息，上级还没有回复电文，军长在龙树旁踱来踱去。

她猛烈惊醒，明白了，跑向戏台。妈妈说她平足，不宜行走，走不了远路，原来可以奔跑，她从未想过也不知道可以奔跑，不是去追卫华，卫华背着戏台已经走远。她冲上戏台，扑通一下给老校长跪下，哭泣着嘶喊："都是我的错！我的罪！您放过卫华，张景贤！您当校长的时候他刚来银城还没改名字，还上小学的张景贤，您想起来了吗？求求您了老校长！您放过他！您惩罚我！求您了！"

老校长不说话，两道目光像刺一样扎了她一下，把烟装递给支书，村支书吧嗒吧嗒了两口烟，说："你哭个屎，等上面指示呢！他撒尿尿去了！你个女娃子不演戏别屎登戏台，污屎了后面老龙湾

313

的宗堂！"她想抱住支书的腿，村支书有防备不让抱，猴精地躲开。"我给老鹰守灵！你们放过卫华吧！"

她站起来，整理了一下衣服，捋捋头发，转过身扑通一下给老鹰跪下。

烈烈的风吹乱了她的头发。咚咚咚的脚步声，奔跑，范无病跑回来，惊慌地叫着："报告军长！没拦住，也没想到，张卫华跳进黄河了！"

"立正！"军长突然下令，放声高喊："举枪！预备齐，放！"

轰鸣的枪声骤响，射向夜空，在山谷中回荡，碎了。

不知道军长是祭奠老鹰，还是他的战士，张卫华。

齐射的枪声总在她耳边回荡，永不消失，留在脑海，钻进心底。她对突响的声音、大一点的声音总是过敏，会瑟瑟发抖，身后每一声关上铁门的声音她都会抖一下。有一种光会让人睁不开眼睛，有一种声音震耳欲聋，有一种味道发人深省，有一种触摸记忆永存。就是这些了，看到的，听到的，品到的，感觉到的，闻到的，像无数个碎片构成了生命的图腾。

狱警在前，曲若曦在后，她被押在中间，每一步都带着声响，穿过阴暗的走廊，把她带到一间审讯室。她熟悉审讯室，里面有血的味道。董爷爷说人有五觉，视觉、听觉、味觉、触觉、嗅觉，五觉都在生命才是完整的，少一觉都残缺，她好像正在失去听觉，害怕声音。

枪毙她的时候只有一个愿望，让范书记同意她捂住耳朵。狱警早就说过了，到银城宾馆抓她的时候就已经决定枪毙她。范书记知道是她时好是难过，不开公审大会，不能再让她给银城丢人

314

了。就是说不会像油葫芦那样在宣判后当场被踹断双腿做出跪下伏法的造型，也不把她押在解放卡车上游街，脖子上也就不会系根细线让她总张嘴像条死鱼。她是鸟，客山红，一只无脚的麻雀，从生下来就注定一飞到死。

她被带进一间审讯室，惊愕地又见欧阳雄，武装带上别着手枪，毛主席去世，这些日子凡是配枪的每天身上都带着武器，银城进入了战备状态。那天晚上就不该去见北京班长，可是不见司马钢不行，丫丫告诉她过去的北京班长现在接了班进了锅炉厂当了采购员，专门到银城来采购的，原来他不是采购锅炉而是来采购人的。司马钢兑现了诺言，千里迢迢来睡她。

真是倒霉，怎么又是欧阳雄来审，是福不是祸，是祸躲不过。曲若曦也跟着进来了，这样好，大雄不会当着曲若曦的面让她再脱光了演一遍吧，何况大雄知道还没有发展到那一步，上床。一张好大的床，司马钢在床上，北京班长买了三张火车票，而且都是卧铺，这回是她带妈妈回北京。可以躺着回北京，带妈妈不光是到天安门，还要到安定医院看病，小时候就知道北京神经病多，最好的神经病医院在北京。

欧阳雄对曲若曦说："你在门口守着，别让人进来屄的！"

曲若曦看了她一眼，把手枪插进枪套，退出去，关上了门。

她惊恐地看着大雄，欧阳雄走过来，她一哆嗦。"你抖个屄的？坐下！"大雄把她按到凳子上，贴着她的耳朵说："你别想就这么死屄了！你爸的案子不破我心不甘！"

大雄要破案，到底是谁开枪打死了爸爸，仍在坚持寻找，也是一个执着的人。执着，到底是好还是不好呢？张秉贵不执着还只是王府井百货大楼一个普通卖糖的，时传祥不执着也还是北京普通清洁工里挑粪的一个，董爷爷不执着不会到四合院来住在高高的阁楼上，爸爸不执着不会成为一块砖说往哪儿搬往哪儿搬，妈妈不执着也不会离开北京到银城来，她不执着就不会掉进欧阳雄的陷阱。

司马钢怎买了三张火车票，还是卧铺，终于把自己也搭上了。她没想好洗完澡会不会上了北京班长的床，从小学三年级第一次见她就说要睡她也够执着了，司马钢当采购员往全国各地跑必是睡过一些女人了，还没放下她，该感动还是义愤填膺呢？革革和丫丫早就脱光了，可司马钢不要她俩上床，让她俩在旁边看一个男人是怎样实现理想的，他要带她和妈妈回北京，坐的还是卧铺。她没有钱买车票，妈妈自她从老龙湾回来也没有了工资。洞庭雀不管了，也没个交代，知道卫华死后吊死在小凉亭上，一直瞪着眼睛，凝视银城。

不敢看大雄，看着门。门上有两只苍蝇飞舞，兴奋地飞舞，然后落到门上，一个苍蝇骑到了另一个苍蝇身上，倒立着就把事儿办了。她也是苍蝇，不是鸟儿，银城之蝇，差点就跟司马钢一起撂到床上，也可能是立着的。丫丫说司马钢特流氓，把丫丫按在洗手间的洗脸池从后面捅进去了，说好了十块，可十块是上床的，站着只能给一半，结果连五块也没给，说必须叫童小红来。革革和丫丫好惊讶，她俩回到银城是找知青办告状的，知青办的人说解决被村长强奸这屎事只能上北京告状，听说已经有知青去了。丫丫和革革知道她没插队，赵小辉做主让她到五七连做临时工，每月十二块钱能活下来一年多没带妈妈去要饭已经是奇迹了。自那以后，她宁可绕很远也没再上过爸爸建了十年的人工山、小凉亭。

"采购员都屄的贼流氓！"丫丫愤怒地说："他哪是来采购锅炉呀，到银城就是来采购你的！你赔我五块，还有革革的！革革连五块也没屄的拿到，你带我俩去银城宾馆找他！他知道我们是一个班的了，革革说的，还要他再多买两张火车票一起去北京！"

不开口，卫华死后她就不怎么说话了，每天晚上搂着妈妈坐在院子里数星星。赵小辉一直帮她和妈妈，睡不着的时候就仰望天空。赵小辉通过组织调查了董爷爷，董爷爷跑到洛阳，军代表回家探亲的时候剁了军代表一条胳膊东窗事发。就是妈妈带她上火车的那天董爷爷也上火车了，去了洛阳，董爷爷被判死刑缓期两年执行，原来是这样，所以再没有董爷爷的消息。

不知道董爷爷还在不在，活着吗？

"你说话呀？真屄的是害人精，也想装傻呀？马团长是吓的，你妈也是装疯，时间长了没想到都真屄的疯了！"大雄眨巴着眼睛说，"你妈为屄装疯？把你知道的都说出来！我就奇怪了，告张卫东强奸的时候你妈带着你走屄哪哭屄哪，这回你屄的怎么一直没哭？"

不哭。董爷爷说人是哭着来的，走的时候不要哭。

"谁杀死的张卫东？"大雄严厉地说，"张代表死屄了，连尸首都没找到，肯定喂鱼了！告诉我，我带你立功，让你不死！"

她闭上眼睛，想起文文的话没有说完，范无病怎么会让文文说出来呢？欧阳雄又在逼，可不可以咬死他？手铐脚镣都有了，锁住了她的身体，没锁住牙。牙齿还在，做一个吸血鬼，咬死这个披着羊皮的狼。不，披着人皮的鬼，银城恶魔。如果有来世，来世她会杀人，死亡名单里第一个就是欧阳雄，他一定也没想到会排在第一吧！

"你爸杀死的张卫东，把枪里的子弹都打光了，留了一颗给自己！"大雄紧眨着鱼眼，用大头皮鞋踢了一脚桌子，发泄着。"可我不信！你爸肯定不是自杀！用枪自杀都是把枪口伸到嘴里，他怎么对着心脏还打尿偏了一点？"

她无法回答，那个情景无法再现。若能再现该有多好，她一定奋不顾身地推开爸爸，宁愿自己挨那一枪！

"你爸是被人开枪打死的！"大雄揪住她的头发把她拎了起来，"你和你妈心里都知道！所以你妈才装疯卖傻！"

她闭上眼睛，眼泪缓缓流了下来。

"别害怕！告诉我是不是范书记派人干的？"欧阳雄拎着她的头发拽到耳边，压低了声音，说，"你爸太冲动了，怎么可能活着离开七八七？七八七是什么地方，你懂吗？所以你也得被枪毙！可惜你妈看不见，知道你被枪毙今天跳进黄河了！你妈真是疯了，还没枪毙你呢，你是唯一知道真相的人了！快告诉我！"

"妈妈？"

她脑袋嗡的一下，一刹那像是重重地摔在了地上，原来"灵魂出窍"是有的，原来每一个形容词都有出处，都有它的历史。她知道了灵魂出窍是怎么回事。毛主席说没有调查就没有发言权，她调查过自己的死亡，现在妈妈也死了。死亡一瞬间就是穿过黑暗，然后看见那么多深深印在生命里的痕迹，竟是一幅幅的画卷，妈妈看到了吗？

她声嘶力竭地哭喊道："妈妈！"

近乎昏厥，她是如此无助，无力，哭得委屈，找不到一丝在银城活下去的意义。妈妈，妈妈终于还是走了，她最怕的还是按照最怕的发生了，妈妈一定是从院里冲出去飞下了黄河。

"告诉我那天晚上的经过！"大雄扶着她坐在椅子上，"你别尿的晃呀？坐好了！"

她坐不住，无法坐稳，不想再哭，忽然咬住了舌头。咬舌是可以死的，咬舌而亡，不错的选择，被大雄发现了，一下掐住了她的嘴，像那年在公安局一样掐住了她的嘴，张开了，咬不下去，好疼。大雄特会掐嘴，张拐子爱掐脖子，她疼出了眼泪。门外忽然传来曲若曦的声音，大声说："你怎么了？警服弄成这尿样？嗨，你别进去！"

哐当一声，曲若曦被摔倒了，骂道："范无病，我操你妈！"

范无病早就没妈了，一脚踹门进来，欧阳雄直起腰还没站直，被范无病一拳打到下巴上腾飞而起，重重跌倒。范无病练就了擒拿，更威武，扑到地上扭住大雄的胳膊，欧阳雄一侧身用手枪对准了他。范无病一闪也拔出了枪。

两个人站起来，都用枪指着对方。

曲若曦跑进来，拔枪对准了范无病，手直抖，又指向欧阳雄，再指向范无病，跺了一下脚说："哎呀！你俩都别尿的冲动！"

局长带着风匆匆进来，身后跟着好几个警察，一下都举起枪，分别指向范无病和曲若曦。

"下他的枪！"局长指着欧阳雄，"你个尿尿驴日的！"

"局长！"大雄叫道，"我们可以破那个案子的！"

"浑蛋！"局长上前给了欧阳雄一记耳光，"带走！"

又见范无病，他真的做到了，提前复员，不是年底，才九月，他怎么做到的？不重要，不关心，她泪流满面地想妈妈。妈妈，我是你的天使啊！天使没在您身旁怎么可以飞呢？

昏暗的走廊，她被摘掉了刑具，戴了几天手铐脚镣，突然拿掉竟像是不会走了，老想飞，轻飘飘的。爸爸死了，妈妈也飞进了黄河，见不到董爷爷，这世界上再没有亲人，她愿意死，安安静静地死去。

范无病扶着她的胳膊，跟着前面的狱警，不是回原来的囚牢，向南拐。范无病的手一直在抖，她抬起头，看见范无病嘴角抽搐。狱警回过头，好不奇怪："你哭屌的？"范无病用袖子擦了一下鼻涕，狱警惊愕不已，说："你拿警服当什么？新的啊，你这屌样！"范无病指着他："我操你妈！闭嘴！"

范无病疯了，就是个疯子。

被带到一处囚牢，范无病说："换一间，不对着花园走廊的！"

狱警拿起对讲机，范无病上前夺下来："范书记指示的，对客山红好一点，你傻逼呀？"

花园走廊，多好的地方，可黑洞洞的看不见，也许白天能看见吧，范无病却不让她看。拐过弯，她被带到另一间牢房，狱警打开门，范无病跟着她进来，转回身对狱警说："滚屌远一点！"

范无病叭地关上了门，咚的一声，狱警又气又恨地从外面踹了门一脚。

这是一间屋里铺着木板的牢房，她可以坐，也可以躺了。范无病从后面忽然抱住了她，一定会这样的，能想到，要不进来干吗？他是范无病，范书记的儿子，参军没进特务连而成了警卫员。

"你不能死！我要跟你结婚！你是我的！谁也挡不住！"

她动不了，被从身后搂得紧紧的，突然抬起腿向下狠狠跺到他的脚上。范无病被跺疼了，依然没有松开，抱着她摔倒了。她没有摔疼，倒下去的时候范无病让身体先着地，她摔在了他的身上，范无病紧紧搂着她说："你别这样！说句话！你爸的死不是范若麟干的，你相信我！"

她哭了。

范无病叫了他父亲的名字，范书记有名字的，从到银城第一天就没有人叫过他的名字，何况现在是银城第一书记。"范若麟信不过局长，把我提前弄转业，也不信童叔会开枪自杀！"

"放开我，"她闭上眼睛，"你把我弄疼了。"

"谁会有那样的枪法？"范无病坚持在自己的世界里，"我们军出过两个神枪手都未必打得准！一个调到8341部队了；一个是军长警卫员，因为想搞军长老婆被提前复员到子弟学校烧锅炉，'文革'一来才不低调了造反当了校长！"

"神枪手？"她怔了一下，"是江校长吗？现在的教育局江局长？"

"呀！"范无病突然松开她，从地上一跃而起，恍然大悟，"我知道文文说什么了！我操他祖宗八辈！"

范无病拉开铁门，喊："你进去看好她！不许她死！"

她怎么会死呢，心都要跳到嗓子眼出来了。天啊，莫非真是江校长干的？现在的教育局长才是披着人皮的狼！怪不得文文不喜欢男人，那天看《卖花姑娘》文文拿出钱包取张卫东相片时她看到了里面一沓子钱，赵小辉不会给文文那么多钱呢。文文那天晚上看到了什么？文文死前要说什么？

不能死，她不会自杀了，一定要知道那晚是谁向爸爸开的枪，是因为她和妈妈冲了他家盖房上梁而复仇吗？

范无病开着警车拉响警笛向外冲，开得风驰电掣，直奔教育局，出了一头汗。

他一直想哭，从南山东面黄河出口捞出来阿姨就哭过了，放声痛哭，哭得肝肠寸断，又一次主动跪下："阿姨，对不起！我回来晚了！"

这回也晚了，教育局门口停满了警车，路被封了，他看见公路上的自行车轱辘，被撞散了的自行车碎片撒满公路，还有好多瓶女儿红碎了，洒满一地，在教育局大门前飘出酒香。他跳下警车，冲向现场，姓江的趴在地上脑袋开花，把路弄脏了，好脏。

"你干屎来？"欧阳雄恶心得直想吐，"你也来屎晚了！局长把线索调查到姓江的身上了，他居然死屎的了，被汽车撞死屎的！"

"车呢？"他一把揪住欧阳雄的领子，"肇事汽车呢？"

"跑屎的了！"欧阳雄眨巴着眼睛说，"放开我，赶紧回局里抓阄！谁来执行枪毙客山红刑警队抓阄决定，可别是你屎的抓到！"

天意如此，居然是他！

最后一个早晨，她走出囚室，梳妆得漂漂亮亮，又穿上了来银城时的红毛衣。妈妈给她织的红毛衣好大，那时穿像时装，要挽起袖口，下摆过了屁股，现在刚刚好，那样合身，她走进了花的海洋。

就是花的世界，朵朵鲜花，那样娇艳。银城的壮举，死刑犯在被枪毙前会经过"花园走廊"，花儿朵朵，留芳人间。她懂了，死亡是美丽的。原来死亡很美丽，花儿绽放，留芳人间。

她走过好长好长的花廊，回头望了一眼，那簇拥着盛开的花。四个荷枪实弹全副武装的警察过来了，押送着她，耳边又响起那支歌：花儿开了，花儿落了，花开花落就是活过了。

应该是七点多，时间对她来说已经不重要，太阳还没升起，银城的早晨跟北京的早晨没什么不一样，只是晚一点，云彩比北京多，也厚，天是一幅画，像油彩涂抹在天上。

她从北京吉普车上被全副武装的警察押下来，看到漫山遍野的人头，那一个个人头像是悬挂在血红的晨曦中。银城人都来看枪毙她，大快人心，布告上是这样写的，也有人觉得惋惜。她被银城兴致勃勃地枪毙，人们不像看枪毙油葫芦那样喜兴。美并非全是让人欣赏，也会让人纠结。这一刻她明白了太多，明白了董爷爷说的悲剧就是把美撕碎了给人看，而她并不想给谁看，只是自己把自己给撕碎了。范书记也不想让人看，所以没开公审大会，只是把布告贴满大街小巷。她没有被蹦断双腿，脖子上也没系根肉线像油葫芦那样的一条死鱼似的悬挂在解放卡车上，她是坐吉普车被押送刑场执行枪决的银城第一人。

人山人海，都打着雨伞，黑的伞，白的伞，绿的伞，像开满山的花。前面的路不知道有多长，没看见坑，她记得枪毙油葫芦枪声响过就一头栽进挖好的一个坑里死了，枪声还在山谷里回荡。

看见范无病被警察举枪对准头，不知道发生了什么，欧阳雄坐着一辆解放汽车疾驰而到，还没停稳就跳下来，跑向范书记。

"报告！"大雄敬了一个礼，"龙椅搬来了！人也到了！"

范无病望向解放汽车，只见一个人从车上下来，背起龙椅走向那个不够圆不够深看上去也不够大的坑。"嗨，这屄的！"大雄摘下帽子掸了一下，"还没让他搬屄的呢！"

"别管他，让他做吧！"范书记摆了一下手，说："我一直以为他死屄的了，原来没死，判了死缓，表现好，又是考古专家吧，提前释放了，昨晚跑到银城追这把龙椅来了！我同意让客山红坐在龙椅上执行枪决，赶紧准备，马上执行！"

范书记瞪了一眼范无病。他知道了，没有改变决定，还得由他来执行："爸！"

"她来干吗？"范书记看着跑过来的喜翠，"不是在局里值班吗？"

"范书记，"大雄戴好帽子，"局长让喜翠跟我去南山，搬屄的龙椅一起来了！"

"让她过来！"局长向拦住喜翠的警察摆摆手，凑近范书记，说："我同意的范书记，这么优秀的知青充实公安队伍，喜翠新警训练表现优秀，得到刑场锻炼锻炼，她还说找你有事。"

"这孩子，有什么事？"范书记摇摇头，指着欧阳雄："你给我用枪顶着范无病执行任务！"

"爸？"范无病哭了，"你干屄的呀！"

喜翠穿着一身崭新的警服，跑过来："范叔叔！"

"怎么了？"范书记有点不悦，"喜翠，你不是分到户籍科吗？

专门管外地人到银城落户，跑到刑场干什么？"

"范书记，我跟你说！"

喜翠凑到范书记跟前，嘴快贴到他的耳朵上了，突然从范书记的兜里掏出来他的手枪。

喜翠拿到了范书记的小手枪，叭的一下顶上子弹，说时迟那时快，所有人都没有反应过来，一转身顶在了范无病的头上："范无病！可愁死我了，你尿的什么人呀，让你做你就做？"

"别动！"范书记慌了，"放下枪！别冲动！"

哗啦，警察举起枪对准了喜翠。

范无病侧了一下脸，看见了熊熊火光燃起。

"董爷爷！"

她呼叫，看见了，董爷爷来了，激动万分。又见董爷爷，董爷爷到银城，没想到是在刑场再见。董爷爷抱着骨灰盒，抱着妈妈的骨灰盒坐在龙椅上，身上和龙椅洒满了汽油，看着她露出了微笑，用打火机点燃。

她哭喊着，火光冲天，冉冉升起，泪流满面地抬起头。

响起一声枪响，她禁不住抖了一下，以为身体会一热，然后飞起来，像鸟儿一样飞起。

没有。随后响起一串枪声。

她没有回头，不知道为什么会有枪声，而是抬起头，看天上的云，云彩像一只大鸟，火红的客山红翱翔在天。

在飞，轻轻地飘，不知道去哪里，往东飞翔，是要到天安门吗？

华表下，妈妈穿着裙子躺在华表下，地上满是血。救护车来了，医生赶过来，蹲下，检查着，摇摇头。

"快！救救她！"妈妈好惊慌，没了力气，"她叫红，我的女儿，红！"

"救不活了！"医生又摇摇头，好惋惜，说，"你也不小心一点！快生了还出来，脐带缠住了脖子，早已经没有了呼吸，生下来就死了！"

第二部完

请关注陆涛银城系列第三部《铃儿响叮当》